我當道士那些年

仐三 著

高寶書版集團

卷三・城中詭事

目錄

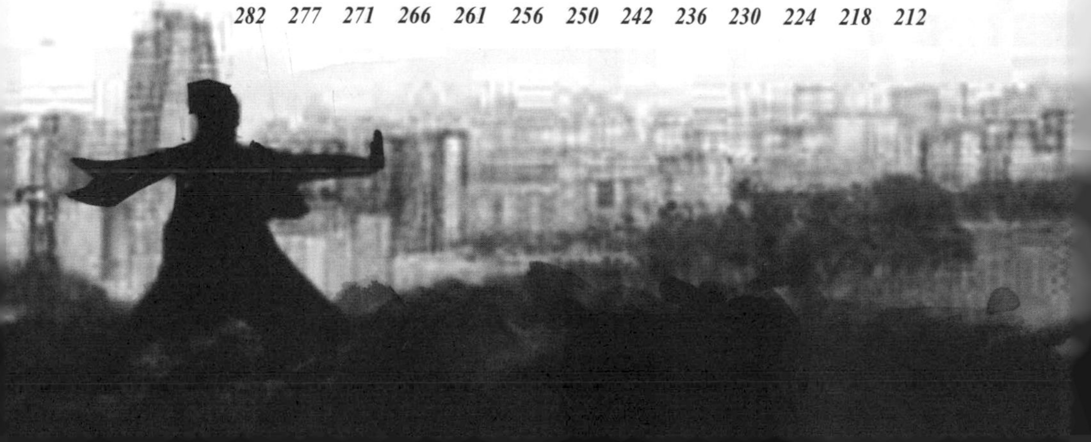

第一章　往事如煙

在出發去月堰苗寨之前，我一直有一個念頭，猶豫但卻衝動，就是為愛琳重聚殘魂時，我要不要通知林辰一聲？我也不知道我為什麼會有這個衝動，但我最終還是這樣做了。

我個人是沒有林辰的聯繫方式的，我只能聯繫到肖承乾，當我提起我要林辰的聯繫方式時，肖承乾明顯有些緊張，我能感覺到他怕我站在林辰一方。

「其實你們組織的事，我沒有任何的興趣參與，我與你聯繫，也不代表屬於你的這一方。如果說你非要我說出一個和林辰聯繫的原因，我只能告訴——因為愛琳。」我是如此對肖承乾說的。

肖承乾沉默了一會兒，還是把林辰的聯繫方式告訴了我。

我和林辰的通話十分簡單，電話撥通之後，我很明瞭地對林辰說道：「我是陳承一，兩天以後的飛機會去昆明，估計到月堰苗寨會是五天以後，到時候我會為愛琳重聚殘魂。」

「我知道了，我還在醫院。」林辰回答我的也很簡單。

就是兩句話，我們已經無話可說，各自都乾脆地掛斷了電話，他在醫院，估計是上次和我鬥法的燒傷還沒有好，但這話的意思是拒絕嗎？我懶得多想，我只是握著那包在黑布裡的指骨，默默地在心裡對愛琳說道：「我已盡力！」

我和慧根兒到達昆明的時候，是六姐來接我們的。

那麼多年不見，六姐依然風情依舊，眉眼間成熟女人的味道更重。見到我和慧根兒，六姐一笑，既不過分熱情，也絕對讓人感覺不到疏遠，她妥貼地挽住我和慧根兒，說道：「今天我早早關了花鋪，家裡備了幾個小菜，很久不見，你們嘗嘗我的手藝退步沒有？」

六姐就是這樣，一言一行都讓人感覺甚是舒服，到了她的小店，一切依舊，六姐給我夾了一片兒火腿，又給慧根兒夾了一塊兒糯米藕，笑笑地解釋：「人總是懷舊的，這店子我還真捨不得變。」

懷舊？那一年的我生命漂泊，一個人茫然無措來到雲南時，就是住在六姐這裡，竟然從她這裡得到了淡淡的溫暖，我忘不了那個時候的妥貼熱食，乾淨床鋪，若說懷舊，那是人的共性，又豈止是她一個人？

我和慧根兒沒有急著出發，在六姐這裡住了一夜，我和六姐說話說到很晚，她有她的智慧和對人處事的從容，和她聊天，心靈上總是能得到寬慰。

我說起愛琳和林辰的事情，也說起這一行的目的。

六姐聽後久久無語，最終只是說道：「有一種人，他是這樣的，在擁有的時候，他不知道有多重要，而總是要失去以後，他才發現自己曾經是多麼幸福。這樣的人呢，是自私的，為什麼？因為在他擁有的時候，他覺得是理所當然，失去的時候也就格外不能承受！這是心理落差吧。」

「你是在說林辰嗎？」其實我相信林辰的一份深情，如若不是如此，他不用冒險去取得一份指骨，招來愛琳的殘魂陪伴，我無意去評論他的行為是否極端，但他去月堰苗寨這樣做，總是冒險的，為一個人冒險，心中沒有深情，說不過去。

「呵呵，也不是林辰吧。」六姐挽了挽耳邊垂落的髮絲，這一抹風情的動作一如當年，只不過我敏感地看見了六姐的魚尾紋，人，終究是會老的。

「每個人或許或多或少都會這樣吧，這叫一種對幸福的惰性，無論一開始是如何的誠惶誠恐，如何的珍惜，日子一久，變成了習慣，也就覺得應該。我在想，如果每一個人都記得最開始的那份珍惜，這世間的感情會多一些完美的。」六姐淡然地說道，她總是那麼深刻，可對自己也總是絕口不提，我知道六姐應該是一個有故事的女人，但我真的沒興趣知道再多的故事，總覺得聽多了，心雜了，有時候就承受不來。

或許，這也就是師傅為什麼說我心性有缺口，很難圓滿。

只不過，這句對幸福的惰性，我悄悄記在了心間，提醒自己時刻記得要珍惜。

月堰苗寨還是隱藏在深山裡，去的路經過了十年，也沒有任何的改變，那一年我是和飯飯團團一起上路，這一年，慧根兒走在我的前面，顯然比我有精神多了。

我自嘲地笑笑，三十二的年紀不會是老吧？

到了去月堰苗寨最後的路上，我再次看見那幅美景，每一次看見都會震撼，這一次同樣也不例外，只不過不同的是，在原來的那片平原以及平原旁邊的山坡上，又多出了許多吊腳樓，那是黑岩苗寨的新寨子吧？

一瞬間，有一種往事如煙的感覺。

「哥，你說這兩個寨子的人還會在山裡待多久？」戴著墨鏡的潮流少年慧根兒望著對面的寨子，這樣問我。

「會慢慢走出去的，我聽你如月姐姐說，小的一代已經慢慢地在往外面送了，只不過她們和或者已經老去的一代，總會安守在這個寨子裡的，你知道一個人的習慣尚且難以改變，何況是一個寨子祖祖輩輩的習慣？」我這樣對慧根兒解釋道。

「習慣有時候是一種束縛，偏偏卻是讓人最難察覺到的束縛。如果一個人能超越自己的習慣，他的心或者在那一刻就自由了，那也是一種心境。」慧根兒忽然對我說道。

我轉過頭去，望著打扮得像街頭小痞子的慧根兒，聽著他說出這麼一番深刻的話，總覺得有一種咖啡用來配包子的感覺，很不搭調，不過我還是揉了揉慧根兒的腦袋，對他說道：「你小子夠深刻的啊。」

慧根兒不滿他那麼大，我還摸他腦袋，在我的手底下扭來扭去地躲，接著說出了他的偉大願望：「什麼深刻不深刻的，我才不要當什麼深刻的人，我要當帥哥。」

「好吧，那你這輩子都無法超越我了。」我微笑著說道。

「得了吧，哥，你老了，你哪有我帥。」慧根兒不屑地撇撇嘴。

「你不懂男人的魅力是越成熟，越醇厚。我都懶得跟你解釋！」

「和一個小孩兒爭帥的人叫成熟？哥，你醒醒吧。」慧根兒做出一副很無奈的樣子。

額……我發現我無言以對了，竟然說不贏這小子，那就動手吧，我想也不想地就掐了掐慧根兒的臉蛋……

就這樣我和慧根兒一路笑鬧，走到了山腳下，卻不想在山腳下早已有人等著我們，是林辰還有他的幾個手下。

林辰的樣子看起來不是很好，儘管穿著衣服，也能看出身上裹著繃帶，可他一如既往的張狂，見到我，取了下墨鏡，對我說道：「陳承一，你打電話通知我，可我卻比你早到了半天！我的傷口很疼，這麼熱的天氣，如果引起什麼，你負責嗎？」

我平靜地看著林辰，覺得這個人你越瞭解他，也就越難討厭他，從某種程度上來說，這個人其實很有小孩子的一面，只不過掩藏得很深。

「事關愛琳，你覺得你不該早到嗎？」這是我的回應。

林辰戴上墨鏡，也看不出他的表情，過了很久他才說道：「我不管，總之我的病有任何的後果，下次鬥法，你要讓一招。」

其實驕傲如他，也不見得能承受我讓他一招，只不過他總是想表達他和我對立的一面。

為什麼要對立？一生的對手，就一定要對立嗎？我無奈地搖頭。

我們繞過黑岩苗寨，直接去月堰苗寨，儘管我和黑岩苗寨算得上是恩怨已消，但我總覺得他們見到我，不見得會很愉快，畢竟，我是攻打他們寨子的其中一人，就算他們開始了新生活，這也是他們的選擇，可不見得就會因此忘記一些東西。

所以，讓他們在月堰苗寨旁邊生活，有監管，還是好的。

只有歲月才可以沉澱一切的東西，隨著兩個寨子相處久了，一切才會真正地重新開始。

進入寨子，我沒有先去見如雪，總覺得在這個我們曾經熱戀的寨子見她，我還沒有做好心理準備，我們剩下的是一場電影，和偶爾如朋友般的見面，從分開以後，我們再也沒在寨子裡見過。

而林辰在這裡，當然是不受歡迎的……好在一切有我的解釋。

在處理了一些瑣事以後，我決定在今天晚上十一點以後，就為愛琳重聚殘魂！

第二章　紅

這一片山坡背後，是月堰苗寨的祖墳所在，愛琳在當年為了愛情做了寨子裡的叛徒，可她又用生命證明了對寨子的愛，不管她生前是活在多麼掙扎的憂鬱裡，在林辰和寨子之間是怎樣的難以選擇，她終究還是被葬在了這片祖墳地。

這或許是寨子給她的一個回答，不論妳犯了怎樣的錯誤，只要妳心裡還有寨子，妳終歸也會回到寨子的懷抱。

山坡的地勢很高，山風凜冽，吹得我和林辰亂髮飛揚，林辰也不知道是出於怎麼樣的想法，儘管此時已經是深夜，他依然戴著墨鏡，這樣的人或許不喜歡別人窺視他的內心吧，一副小小的墨鏡倒能掩藏很多事情。

至於我，站在事先已經畫好的陣法裡，全心全意的為愛琳聚集著殘魂，作法的過程繁瑣費力，畢竟已經過去了那麼多年，重聚是何等艱難的事情？

我的靈覺終究幫助了我，這種聚殘魂的過程重要的是一個——「尋」字，靈覺強大，自然更容易感應愛琳的另外一部分殘魂，她不能去輪迴，魂魄自然是徘徊在葬身之地，這是唯一一點最讓人輕鬆的事情。

或許因為是殘魂，在我施法徹底釋放靈覺，找尋到愛琳的時候，在我的靈覺裡，她總是有些木然而呆滯，我在內心歎息，沒想到快十年，我還會再次見到愛琳，但是在這種情況下，確實是有些傷感。

找尋到了愛琳，自然是點亮陣法裡的引魂燈，再用喊魂的辦法，把愛琳的殘魂聚攏。引魂燈是林辰幫忙點亮的，喊魂的過程卻不怎麼順利，畢竟我不是愛琳的至親，很難喊回愛琳的殘魂。

這時，倒是慧根兒機靈，早早的去找來了愛琳的哥哥與雙親，終於把愛琳的殘魂喊了回來。

我釋放了藏在指骨中的愛琳殘魂，利用陣法，終於艱難地聚攏了愛琳的殘魂。

殘魂在聚攏的瞬間，愛琳清醒了，她的目光落在了林辰的身上，而林辰也不知道什麼時候開了天眼，兩人四目相對，竟是沉默。

我無法說出這十年後再次相見，兩人給我的那種感覺，總覺得是愛琳已經放下，而林辰卻有諸多的欲言又止。

兩人彷彿對望了很久，但實際上只是短短的幾秒鐘，愛琳就收回了目光，我看不透她眼底的情緒，或許是傷感，或許是一種徹底失望後的放下，我的腦中響起了愛琳的聲音：「承一，謝謝。」

在清醒之後，愛琳自然明白發生了什麼事，這句謝謝的背後彷彿有很多的欲言又止，但我覺得一句謝謝其實已經足夠，這是了卻生前事的最後一句，其餘的都已經埋藏在歲月中，包括自殺以後的各種情緒，所以，只說一句謝謝，愛琳是對的。

說完這句謝謝以後，愛琳轉身，她已經錯過了輪迴的最佳時機，必須有我的幫忙，她的眼神告訴我她不再留戀，我也知道我該做什麼。

行咒，打出手訣——引路訣，這是為孤魂野鬼指引黃泉路的一個仁慈手訣，道家人會在特殊的日子，這樣去幫助孤魂野鬼，但其中有太多因果在內，平常的日子是不會輕易相幫的，天道秉持公平，錯過自然要付出代價。

當然，本人與亡魂有因果，自然也可使用這引路訣！

想當年，師傅想為李鳳仙做一次引路訣，可惜魂飛魄散的李鳳仙再也沒有這個機會。

引路訣下，黃泉路開，或者我不是靈體的狀態，我根本看不見所謂的黃泉路在哪裡，可是愛琳卻亦步亦趨走得堅決，彷彿在她面前是真的有一條路。

「愛琳，對不起，我愛妳。」忽然一個聲音傳入了我的耳朵，帶著明顯的哭腔，不用說，那聲音是林辰的。

我沒想到林辰會如此克制不了情緒，藉著火光回頭看去，在林辰的墨鏡下，竟然有兩行淚痕，或許在此刻已經不用掩飾什麼，林辰乾脆取下了墨鏡，雙眼通紅。

林辰的這句話引來的是愛琳家人的罵聲，家人對林辰的這種恨，自然是可以理解的，儘管他們一開始很克制，但他們一定是聽不得林辰說這個愛字的。

林辰是一個不會在乎他人想法的人，在罵聲中，他只是緊緊盯著愛琳的背影，或許他在期望愛琳能再回頭看他一眼吧？可是，既然如此，為何在那個時候不珍惜？如果是愛，其實林辰不用讓愛琳去做叛徒的，最多也只是讓他在組織裡少一些功勞。

早知如此，何必當初，這一句輕描淡寫的話，其實是古人告訴我們的，異常沉重的道理。

可惜愛琳的身影只是停留了一下，終究是沒有回頭，而是再次毫不猶豫地朝前走去，快要消失的時候，一句：「罷了！」傳到了每個人的腦海裡。

愛琳的雙親失聲痛哭，她的哥哥也悲從中來，再也不想去罵林辰。

而林辰彷彿是被抽走了骨頭，一下子雙手撐地跪了下來，山風凜冽，風中傳來林辰斷斷續續的聲音：「她為什麼不肯再看我一眼？為什麼？」

至於我收了手訣，腦海中反覆翻騰的只是一句話：「這聲罷了，到底背後埋藏了多少的情緒？」

慧根兒唱了一句佛號，一步一步走到了林辰的面前，低聲說道：「愛琳姐一句罷了，那也就是她已表達願放下這世的所有！她自殺之後，是我師傅和我親自加持念力於身，不會輪迴不順。你……你也罷了吧，諸多牽掛，只會為她平添因果。」

慧根兒的話有些無情，其實我很明白這才是一種正確的態度，至親至愛之人離去，你可以懷念和悲傷，但絕對不要長久的懷念與牽掛，那是他輪迴之路的羈絆，會有上世恩怨遲遲未了的意思，嚴重者甚至會影響到久久不能入輪迴！

因為感情是一根線，還牽絆著他。

這是佛家道家皆有的說法，只不過這做到太難，人們往往只能軟弱地依靠時間。

或許是慧根兒的話刺痛了林辰，他有些腳步不穩地站了起來，說道：「她竟然對我說罷了，那我也就罷了吧。」

林辰就是如此，一點不肯軟弱，但他這話在我聽來是如此的沒有底氣，有一種深深的受傷感覺在其中，可也但願他真的罷了。

走到我的面前，林辰對我說道：「指骨給我。」

我拿出了指骨給他，愛琳的哥哥對我喊道：「別給他，他帶走，我妹妹就沒有完整之軀了。」

其實在我以為，魂魄已走，剩下的只是皮囊，就如用過已經壞掉的機器，可是這種無情的道理，我沒辦法對愛琳的哥哥說出口，只能對林辰說道：「了她家人的願。」

林辰根本不理會愛琳她哥哥，只是走到愛琳的墳前，挖了一個小坑，把指骨埋了進去，他說：「我曾經承諾，生死相依，若妳死掉，我親手葬妳，若我死掉，妳親手葬我。那時候，我以為只是哄妳的甜言蜜語，到後來，我知道，我是真的想這樣做。一截指骨，當年是我流著淚挖出來的，如今我再葬下，也算因果，也算我親手葬了妳，我不欠妳了吧？那就罷了。」

說完，林辰對墳前一拜，其實這樣做意義已經不大，他很清楚，愛琳已走，只是拜一拜，慰藉和安撫一下活著的他，總好過生生的疼。

山風中，林辰轉身，原本遠遠守在一旁的他的手下，走過來為他披上了一件風衣，林辰穿了，在山風中走向下山的路，風衣的衣角翻飛，我總覺得他在哼著一首歌，於是朝著他走了幾步，發現他幾乎是在無意識地唱著：「紅像薔薇任性的結局，紅像唇上滴血般怨毒，從晦暗中漆黑中那個美夢，從鏡裡看不到的一份陣痛，你像紅塵掠過一樣沉重……」

「紅像年華盛放的氣焰，紅像斜陽漸遠的紀念，是你與我紛飛的那副笑臉，如你與我掌心的生命伏線……」

「你是最絕色的傷口，或許……」

林辰是在哭吧，我聽到了那沉重的鼻音，紅嗎？我彷彿再回到了那一年，看見愛琳的那一刻，那鮮紅的血液就真的像一朵薔薇盛放在了她身體的周圍，刺目得讓人流淚。

後來，我找到了這首歌，看著歌詞，忽然就想通了林辰為什麼在最傷心的時候，會無意識的哼著它，那是——他對愛琳所有所有的感覺吧。

我也不知道是懷著怎樣的心情，和慧根兒一起走下這片祖墳山的，山風吹得我有些冷，在月光下，我卻遠遠地看見了，在山腳的一棵老樹旁，有一個淡然的身影站在那裡。

是如雪！

我其實一直逃避在這裡見到她，陡然見到，我就愣在了那裡，諸多的往事又浮上心頭，一時之間，竟不知道自己是該不該走上前去。

隔著十幾米的距離，如雪望著我，就站在那裡問道：「愛琳，愛琳她走得安心嗎？」

第三章　月下

隔著很遠的距離，看著如雪的臉，我一時有些發呆，甚至忘記了回答如雪的問題。

倒是慧根兒歡呼了一聲，幾步就蹦到了如雪的跟前，大聲說道：「如雪姐，愛琳姐姐走得安心，無牽無掛。」說完，慧根兒就很自然地攬住了如雪。

也難怪慧根兒這小子熱情，他是有很多年沒有見過如雪了，曾經他要如雪牽著他，如今他已經高到可以自然地攬住如雪的肩膀了。

如雪淡淡地微笑，望著慧根兒，說了一句：「長大了。」便沒有了多餘的表達和情緒。

這便是如雪，感情表達得從來都很淡薄，一切的一切都喜歡壓抑在心裡，這麼多年，她一直未曾改變。

或許是山風真的很涼，如雪無意識地抱了抱肩膀，我的心莫名其妙地心疼，終於從說不清的狀態中回復了過來，幾步走上前去，幾乎是不加思考的，很自然的就脫下了自己的薄外套，披在了如雪的身上。

如雪微微一驚，平靜如水的眼神變得複雜，終究還是沒有拒絕，任由我的外套披在了她的身上。

慧根兒見狀，做了一個鬼臉，吐了一下舌頭，蹦跳著說道：「我回去玩我的遊戲機了，我惦記著通關呢。」說完他就跑了。

我就不明白，那款螢幕都是黑白的遊戲機有那麼好玩嗎？但下一刻，我就知道，慧根兒已經長大了，他懂了很多事兒，他想給我和如雪單獨相處的機會。

慧根兒一走，我和如雪反而不知道說什麼，在這清涼的月光下，一路沉默地走在寨子裡的青石板路上，有很多情緒在兩人之間流動，卻就是不能開口，彷彿只要一開口，便會破壞此時的氣氛。

如雪住在山頂，我做為月堰苗寨最熟悉的客人，自然也被安排在山頂，原本上山的路很長，但在我看來，彷彿很短很短，只是眨眼間，就走到了山頂。

和她在一起，總感覺時間過得很快，就如那夢幻一般的半年。

「穿上衣服吧，山頂冷，我先回去了。」如雪取下披在她身上的外套，神色平靜地還給我。這樣的姿態，讓我有些悲傷，明明我們就不是如此陌生，需要客氣的人啊。

「再走走吧，去那片山坡。」我指著遠處的一片山坡，那是我和如雪在一起的時候，常常去的地方。

說出這句話的時候，我的心跳得很快，就如當年我給如雪表白一般，我怕她會拒絕。

但如雪終究是沒有拒絕我，「嗯」了一聲，和我一起朝著那片山坡走去。

我不想再這麼沉默下去，雖然我知道我和如雪就像在兩個懸崖邊對望的人，望著彼此很近，卻再也不能靠近一步。

「這次來，沒見到如月那個丫頭呢。」我沒話找話，其實我清楚如月在寨子裡的時間很少，她都在外面忙碌公司的事兒。

「她忙。」如雪回答得很簡單，反而弄得我不知道如何去接話了。

又沉默地走了一陣子，來到了那個我們熟悉的山坡。

月光灑在山坡上，此時夏季，山花正好，在月光下倒是美得讓人沉醉。

可我有些恍惚，思緒總是回到那一年的下午，在陽光下，我和如雪總愛來這裡，如雪坐在厚厚的草坪上，我枕著她的腿，常常就這樣睡著。

這樣的情緒讓我軟弱，我知道我是不能和如雪在愛過的地方見面，可是知道不一定代表能抗拒，不是嗎？

我幾乎是脫口而出地說道：「妳找蟲蟲還順利嗎？」

「啊？」如雪有些沒有反應過來。

我轉身，看著如雪的眼睛，一字一句地說道：「我每一年幾乎都會來寨子住一個月，可是不管我是哪一月來，妳總是不在的，答案千篇一律，妳是去找蟲蟲和藥草去了。所以，我問問，妳找得順利嗎？」

如雪的神情依舊平靜，只是眼神稍微有了一絲傷感的波動，接著很快，連眼神也恢復了平靜，她說道：「承一，你不該計較這個的。」

她話的意思我懂，她是在告訴我，我不該計較在這裡，她會對我避而不見，我們的身分已經不合適這樣計較。

我很懊惱，我一直以為自己很克制的，可是在這裡見到這樣的她，我又變得很孩子氣，就如當年在黑岩苗寨各種幼稚的賭氣、掩飾、衝動……

我掏出一枝菸，點上了，索性躺在了草地上，望著清冷的月亮，我說道：「不計較，很克制，我一直都在做，不是嗎?只是很辛苦啊……」

如雪沒有離去，在我身邊坐下了，風微微吹起她的長髮，還是那麼熟悉的清淡的香味，和我同樣看著月亮，如雪輕聲說道：「都很辛苦，可是當初的選擇，是我們做的，半年的時間也是我們要的，那也就認了這份辛苦吧。」

「怪我執意要和妳在一起半年嗎？」香菸的煙霧在我眼前飄散開來，我問道。

「不怪，也不後悔，今生夠了。」如雪答得簡單。

「為什麼每年可以和我看一場電影，偶爾也會在外面的城市見我，獨獨不在這裡見我？」其實我知道答案，可我還是想問，男人的孩子氣，連我自己也不能理解。

「不要孩子氣，你難道會不知道回憶太重？」如雪淡淡地笑了，或許是在笑我孩子氣又發作了，在月光下，她的笑容是如此的迷人，總是讓我想起曾經她在我耳邊唱過的那首歌《流光飛舞》中的一個詞，雲中飄雪。

雲中飄雪，那該是有多麼美?我有些愣神地盯著如雪。

如雪輕輕地微微轉頭，那麼多年過去，她面對我，依舊有些羞澀，而我的心也一如當年，見到她總是會心跳，總是會不知不覺就看癡了。

「說說你最近的事兒吧。」如雪抱著雙膝，忽然這樣問道，或許我們之間有曖昧流動，都要趕緊掐斷，因為我們承受不起。

「最近很多事兒呢……」我又豈能不明白如雪的意思，對她我也沒有什麼好隱瞞的，把最近的事兒，包括鬼市，包括沈星，承心哥，一切的一切都告訴了如雪。

「沈星或許愛的是承心吧，但她不敢面對這樣的感情，不能去否定以前的深情或許只是親情般的存在，或許只是感動，或許只是喜歡。喜歡和愛總是有距離的呢。」如雪沒有對其他的事情做出評論，獨獨沈星，她說了這麼一句。

我不得不承認，她說的很有道理，親情，喜歡，感動總是和愛有著距離，偏偏她愛得不敢承認，想要去選擇，卻在最後一刻還是捨掉了承心哥，感情的複雜，世事的無奈豈是我們能夠左右和安排的？

「死，其實不是勇敢。」我這樣說道。

「可是，活著在一起，也不見得幸福。因為她心中始終會內疚，這樣久了，對承心哥也是折磨。」

「那麼，你是說，她的死反而是最好的結局嗎？」我有些不解，但或許女人更瞭解女人。

「當然不是最好的結局，最好的結局是另外一種勇敢，那種勇敢是徹底地放下，那才真的是勇敢，而不是無情。」如雪輕聲地說道。

「那妳說，我們勇敢嗎？」我忽然很想這樣問如雪。

「我們？我們很勇敢，我們也很不勇敢。」如雪抱著雙膝，頭髮輕輕飛揚的樣子，就像月下的精靈，太美，可說出來的話卻是那麼的苦澀。

我們當然勇敢，為了心中的義，放下彼此廝守的渴望。可我們也不勇敢，我們放不下彼此的愛，那麼多年，一直在折磨的思念著。

這句話，讓我們都沉默了。

最終我開口道：「今年還要和我一起去看電影嗎？」

「看的，不過我們換一個地方吧，我叫如雪，我總是想看看雪的。」如雪很少出去，但這裡偏偏是一個不怎麼下雪，甚至不下雪的地方。

「好吧，那我們去北方看電影吧，那裡的冬天總是下著雪，下雪的，細碎的聲音很好聽，聽著很安靜的……」我說道。

「北方？你剛才說要去東北老林子，那個時候帶上我一起去好嗎？」如雪忽然說道。

我一下呆了，這簡直是巨大的幸福忽然砸中了我！

第四章 情

面對我狂喜的表情，如雪的笑容淡淡的，她說道：「你知道我的本命蠱沒有了，前些年姑奶奶走時，留下了一隻幼蠱給我，我也是身體調理好以後，大巫才告訴我這件事情的，之前是並不知道的。」

如雪又有本命蠱了，這倒是一件兒值得高興的事情，可是我有疑惑，我問道：「如雪啊，這本命蠱和妳要跟我去東北老林子有什麼關係？」

如雪輕輕攏了攏頭髮，這才淡淡地說道：「老林子的危險很多啊，你們防得野獸，防得山精鬼怪，但能防得了各種蟲子嗎？你們也不是有經驗的獵戶或者挖藥人，採參人……還有就是我的本命蠱還是一隻幼蠱，培養是不易的，需要的材料也是極多，東北老林子裡物產豐富，我也好去尋得一些。」

「那好，太應該了，就是，該去！」我太高興了，以至於有些語無倫次，總之要表達的意思就是如雪必須去。

我珍惜和如雪在一起的每一秒！哪怕是在危險的環境中，我也想要和如雪在一起，當然，我也會用我的生命保護她。

不過，我的這個樣子也太不加掩飾了，惹得如雪也忍不住笑了起來，我最愛看她的笑容，乾淨明媚的動人，終於是忍不住輕輕地抱住了如雪。

如雪的身體微微一顫，輕聲說道：「承一，有些過了。」

「不，別動，就今晚，讓我抱一會兒。」我把頭埋在如雪的髮間，壓抑得太久，也只有一個擁抱才能帶來心靈上的慰藉。

終究，如雪還是沒有動，輕輕地靠著我，任由我抱著。

天空，月色如水……

解決了愛琳的事情，我就要離開月堰苗寨，我和如雪約好一旦要出發去東北老林子，我會事先來這裡接她，在這之前，我還有一些瑣事要處理，都是去鬼市留下的事情。

我以為會很快，但結果卻出乎我的意料，這是後話，暫且不表。

在我的計畫中，事情當然要由易入難，我準備先去解決那老婆婆說的後人的風水問題，接著再去辦那個骷髏官兒後人的傳承問題……

不過，在這之前，我要先回家一次，想家人了，況且劉春燕要生了。

在機場，是酥肉來接我，一些日子不見了，這小子竟然瘦了一點兒，這可是我們認識幾十年來，從來沒有發生過的「怪異事件」，比普通人見鬼了還讓人吃驚。

看見我和慧根兒出來，酥肉立刻迎了上來，我還沒來得及問他為什麼瘦了，他倒是咋咋呼呼地說道：「三娃兒，你去天津混黑社會了說？還帶了一個痞子小弟回來？」

酥肉話剛說完，那雙下巴就被慧根兒拍了一下，酥肉一愣，接著吼道：「小痞子，找打是不是？」

當然，酥肉不會真的打跟在我身邊的人，不過他最討厭別人觸碰他頭部的任何部位，肯定是要發作一下。

那邊慧根兒已經摘下了墨鏡，眨巴著大眼睛委屈地望著酥肉，說道：「酥肉叔叔，兩年不見，一見你就要打額？」

「額……」酥肉愣了，估計慧根兒這所謂的潮流形象，他也和我一樣，一時間接受不了，好半天反應過來之後，才一把掐住了慧根兒的臉蛋兒，說道：「走，叔叔帶你買衣服去！你這娃娃該是有多遭罪，才穿成這個樣子？」

一路笑鬧著走出機場，在車上我問到酥肉為啥瘦了的問題，他跟我說劉春燕快生了，他親自照顧，肯定會瘦啊！

「孩子的事兒重要，別人照顧我也不放心，最近連公司我都是交給兩個副總打理的，只要重要的決定才來通知我。」酥肉喋喋不休地跟我幸福地「訴苦」。

「那麼多年了，你和劉春燕感情還是一樣的好。」也不知道酥肉這種幸福，我何時才會有，所以我忍不住感慨地說了一句。

「切，你說那些！我和你的感情那麼多年還不是一樣的好！你看，我公司的事兒都可以暫時放下，但你回來了，我肯定是要來接的。」酥肉一邊開車一邊說道。

「等下，你把我送到家就可以了，然後趕緊去照顧兄弟媳婦兒，我先開車去看一下我爸媽，陪他們兩天，再陪著你等你兒子出生。」我靠在椅背上說道。

「要得，你也是該去看一下叔叔阿姨了。」說話間，酥肉一邊開始一邊從衣兜裡摸了一疊錢出來，說道：「給叔叔阿姨買點兒東西去，表示一下我的心意，我最近是忙，沒法親自買，親自去。」

我也不矯情，直接收了那錢，我和酥肉的關係到了現在，就是如此，每次見他爸媽我也會如此表示，這不是人情來往，純粹是對雙方父母的關心。

酥肉孩子出生，我爸媽肯定是會去的，酥肉還告訴我，那天，沁淮和如月也來，這小子早把他老婆的預產期到處去宣傳了一次！

至於帶慧根兒買衣服，酥肉顯然是沒那空的，只好用人民幣來表示，最終那些人民幣化成了慧根兒身上穿的所謂的「古惑仔」衣服。

對這些有著各種金屬的衣服我更欣賞無能，隨這小子去吧，在覺遠的影響下，這小子的審美能正常嗎？

由於是要去見我爸媽，慧根兒這小子倒也不敢放肆，老老實實地換了一套乖乖衣服，跟我一起上路了，這倒讓我想起很久以前的自己，在外面和沁淮搞「崔健範兒」，師傅回來了，我還是得趕緊換一身好學生衣服。

那些年應該很久遠了吧，那個時候在四合院喝茶等我的師傅，卻還是那麼清晰。

在去之前，我聯繫了爸媽，他們又回我們曾經的小村去住了，每年夏天都是如此，他們會回去住，只說城市太喧囂，夏天太熱，他們也受不了空調的味兒。

是啊，這生活到底是越來越好了？還是越來越自我折磨了？各種燈紅酒綠的享受難道真能比過青山綠水的自然？這個恐怕不是我能回答的問題，而是整個人類的選擇問題。

到了熟悉的小村，已經是星光漫天，這麼些年過去，這個曾經封閉的小村變化更大了。修了整齊的水泥路，那些小樓也由國家出資，外觀變得整齊，倒是那些山間田野變化真的不大，看著這個小村，我儘量不讓自己感傷，因為怕想起師傅，爸媽每年來消暑，我都是不來的，這次因為要長久的外出，我是必須要來……

得知我要回來的消息，我爸媽早早地就等在了村口，現在連這裡都有車站了，遠遠的我就望見爸媽的身影，心中有一種說不出的熟悉的感動，這麼多年，這種感動我一直不曾遺忘。

把車停在爸媽跟前，我和慧根兒趕緊下了車，日子好了，我媽現在倒是胖了很多，一身穿著還頗為時尚，就是一個洋氣的老太太，時光如水，轉眼我三十二歲了，我媽也快六十了。

我一下車，我媽就迎了過來，使勁地抱了抱我，笑得開心：「我大兒子回來了。」

抱完我，她又去抱了抱慧根兒，但也不忘掐一掐慧根兒的臉，笑咪咪地說道：「慧根兒，靚仔啊。」

慧根兒一聽這個就樂了，我爸在旁邊咳嗽了一聲，不滿地嘟囔著：「這個老太婆，啥東西啊，看個香港電視劇，一天到晚就說些亂七八糟的詞兒，真是的，為老不尊！」

「你說啥？你敢給我再說一遍？」我媽不依不饒。

我爸「哼」了一聲，像隻驕傲的公雞，根本不理我媽，背著手轉身就走了幾步，但絕對也不敢再說！在平日裡，他少不得就要賠笑了，不過在兒子面前嘛，絕對是要維護尊嚴的。

我感覺好笑，一把拉回了我爸，說道：「爸，你要去哪裡？我們上車回家啊！這次我給你帶了好菸好酒。」

「啥菸？我不抽中華啊，抽不慣那味兒……」

「行了，你的習慣你兒子還不知道嗎？」

第五章　新生

在家的感覺是溫暖的，恰逢暑假，兩個姐姐也把我的兩個侄兒送到了這裡，四川人有些外甥侄兒不分，其實我覺得還挺好，加個外字不親熱了。

這麼幾年過去，兩個小傢伙也長挺大了，到現在反倒是跟慧根兒親跟我不親，隨便給我打了個招呼，拿了禮物後，兩小子就拉著慧根兒在別的屋嘀嘀咕咕的了。

直到我喊慧根兒出來吃飯，這兩傢伙才放過了慧根兒，自己跑出去玩兒了，說是要烤玉米。

從小我就愛吃我媽做的紅燒排骨，這一次飯桌上當然也少不了這個，和幾樣我愛吃的菜，另外還變著花樣給慧根兒做了雞蛋，和好吃的茄盒。

我和慧根兒都吃得很香，就是想著要吃家裡的飯，我和慧根兒在路上都故意沒吃東西。

我媽還是老習慣，我在吃飯的時候不停地給我和慧根兒夾菜，我爸就在旁邊，一會兒就把酒瓶子摸出來了，在我媽的吵吵嚷嚷下，打著陪兒子喝兩杯的藉口，樂呵呵地給我和他各倒了一杯酒。

飯桌上的氣氛很是溫馨，我媽拉著我話家常，說著說著她就說道：「三娃，你要不要上山去看看啊？我和你爸每年來都要上山去打掃一番呢，順便拜祭拜祭你師叔師姑啥的。」

我一愣，心裡不自覺地湧起一股刺痛，都這樣了嗎？荒涼到要我爸媽去打掃了？曾經我也離開過竹林小築，但事實上，我知道我們還會回去，或者有師傅的地方就是竹林小築，但如今……我不敢回去，因為這個每年李師叔的忌日，我都是自己在家拜祭，不單是我，我們這一脈都特別怕去那個地方，回憶太傷。

我幾乎是不由自主地就放下了筷子，下意識地端起酒杯就喝了一大口，辛辣的酒流過喉嚨，胸腹一下子泛起一片火辣辣的感覺，好歹壓抑住了一些心痛。

不只是我，連慧根兒吃東西的動作也慢了下來。

「啪」的一聲，我爸放下酒杯，重重地一拍桌子，吼道：「老太婆，妳提啥不好，妳提這個？兒子才回來，妳就不能說點兒高興的。」

平日裡，我爸哪裡敢這樣吼我媽，我媽也哪裡能任他這樣吼，可這次我爸一吼，我媽竟然訕訕地不敢說話，估計她也覺得自己多嘴了。

我給慧根兒使了一個眼色，趕緊裝出一個自然的笑容，對爸媽說道：「好了，爸，我不難過的，我剛才愣了一下，就是覺得自己太不盡本分了，竟然要麻煩你們去打掃。」

「就是，就是，額也不乖咧。」慧根兒在旁邊幫腔道。

我媽的臉色這才好看點兒，趕緊說道：「唉喲，這就好，我還以為我這老太婆說錯話了呢。」

「什麼老太婆，我媽是美女，不是老太婆。」我趕緊轉移話題，逗媽開心。

「什麼美女，都這麼老了，盡是瞎說。」我媽嘴上怪著我，可是臉上的笑容卻出賣了她。

「就是美女，媽，我走了那麼多城市，就沒見過哪個老太太比妳漂亮，真的。」

「哼哼，美女……」我爸在旁邊表示「不屑」，當然又挨我媽罵了。

但氣氛總算又再次回復了溫馨。

我在村子裡待了五天，每一天都儘量陪著爸媽，雖然每天面對熟悉的景色總是會勾引很多回憶，但溫暖的親情總能給我撫慰，我的內心是安寧的。

慧根兒也很開心，因為這山野田間才是孩子們的天地，比起來公園啊，遊樂園什麼的一點兒都不差，他帶著我兩個侄兒玩得不亦樂乎，由此證明，這小子絕對不是早熟那一類的人，十八歲的大孩子了，雖然讀書讀得晚，但好歹明年也要高考了，沒見過他這樣還要上樹掏蛋，下河撈魚的。

五天以後，臨近劉春燕孩子的預產期了，我帶著爸媽一起去酥肉所在的城市，兩個侄兒不肯離開這村子，因為和村子裡的孩子們混熟了，倒也沒事兒，爸媽反正也去不了幾天，就乾脆把兩侄兒拜託給鄰居。

雖然時代已經讓人們之間變得越來越冷漠，但是這些老鄉親的情分總是還在的，也是值得讓人放心的。

在回去的路上，我們就接到了酥肉的電話，在電話裡他聲音都有點兒發抖，他對我說道：「春燕今天就要生了，就是今天啊，已經被推進去了，推進去了……三娃兒，我真的，我真的好緊張啊。」

「今天嗎？」我不由自主的就露出了笑容，心中也是激動，這是我的人生中第一次迎接一個新的生命，還是我好兄弟的孩子，也算我的半個孩子，我幾乎也是在電話裡激動地大喊：「我快到了，今天一大早就出發呢，快到了，要等我啊。」

「我×，這生孩子的事兒咋等？難道給醫生說，叫我媳婦兒憋著，等你來了再生？」酥肉都被氣笑了。

在電話的旁邊也有笑聲，我聽到了沁淮啊，如月啊的聲音。

我爸媽也在車後面笑我傻，連我自己都有些臉紅，對酥肉說道：「那就別囉嗦了，我估計還有一個小時就到，趕緊掛了，我開快點兒。」

說完，我就掛了電話，忍不住地就把車開快了一點兒，在這三十二年的生命中，我經歷過生離，死別，但是就是沒有面對過新生，我兩個侄兒的出生也被我生生錯過，這一次我是不肯再錯過，因為有什麼感動能比過生命帶來的感動。

車子行駛得有些快，一向擔心我開快車的媽媽這次竟然難得沒有抱怨，只是兩老人都忍不住歎息了一聲，我媽更是說了一句：「酥肉生孩子咯，我是高興啊，可是你啥時候讓我抱孫子啊？」

我默然了，我不敢接話，說實話我比誰都想讓爸媽抱孫子，可是我無法違背自己的內心，和一個不愛的女子去生一個孩子，我有時也會幻想如果我和如雪有一個孩子，那樣的幸福只是想一下，嘴角都會掛起笑容，可是很快就會被現實擊碎這樣的想法，到最後乾脆就是不敢想。

但是面對父母，有一天我會妥協嗎？我不知道……人生，難以兩全的事情太多，換一句話來說，我又怎麼捨得父母抱憾終生？

可我又怎麼能負了我的愛情？

這樣的事情想來太過心煩，我皺起了眉頭，在開車的中途，就摸出了一枝菸來點上，我是我媽的兒子，我真的煩躁了，她怎麼看不出來，她沒說話了，連同我爸也是半句沒說。

我透過後視鏡看了一眼他們的眼神，那是一種多麼渴望又多麼失望的眼神啊，我的心又狠狠地痛了一下。

再說我立志追尋師傅的腳步，我有資格要個孩子嗎？

隨著車子的行駛，我還是漸漸忘卻了這件事情，我們連家都沒有回一趟，就匆忙趕到了劉春燕待產的醫院，問清楚了酥肉所在的地方，我讓慧根兒帶著我爸媽，我幾乎是一路小跑上去的。

一去到那裡，就看見酥肉焦急地走來走去的身影，沁淮懶洋洋地靠在牆上，不過時不時的看手錶的樣子出賣了他還是很在意，至於如月算是最淡定的一個，只是目光盯著手術室，連我來了都沒有看見。

其他還有酥肉的幾個朋友，我都認識，倒是他們先看見了我。

這讓我不得不感慨，酥肉這小子那麼愛熱鬧，連媳婦兒生孩子都叫那麼多人。

酥肉的朋友先招呼了我，我還沒來得及說話，就看見酥肉的父母風風火火不知道從哪兒跑來了，手上拿著一些嬰兒的必需品，一邊跑酥肉的媽媽還一邊說：「看我高興的，連一些東西都忘了帶。」

在這時，我爸媽連同慧根兒也到了。

一番寒暄招呼以後，大家都陷入了焦急的等待，酥肉在我旁邊，跟我念叨著：「就是你，讓我媳婦兒等你，這不憋住了？」

我不好意思地抓抓頭，這個時候就不和這個要當爸爸的傢伙鬥嘴了。

沁淮過來攬住我們倆，說道：「沒說的，承清哥給取名字，我們當乾爹，給小傢伙的禮物可不能少。」

如月也走了過來，剛想說話，酥肉就對如月說道：「如月丫頭，我警告妳啊，別送我孩子一隻蜘蛛啥的。」

如月沒好氣地說道：「我還想安慰你兩句別急來著，你倒擠兌起我來了，我絕對不會送我乾女兒或者乾兒子這個的，送你一隻蜘蛛好了。」

「可別，我脆弱，心臟承受不起。」酥肉說完，我們一陣大笑，緊張的氣氛倒是沖淡不少。只是笑完之後，酥肉有點兒想哭地說道：「我孩子真幸運，還沒出生，就有那麼多乾爹，乾媽了，那麼多人疼。」

是啊，酥肉可以算是我們這一群人當中，最早有孩子的人了。

也就在這時，一聲清脆的啼哭傳入了所有人的耳朵，幾乎是不約而同的，每個人都露出了欣喜的笑容。

誕生……生命……還有什麼比這個更讓人感動，酥肉哭了，如月也流淚了，連我和沁淮的眼圈都紅了。

往日的各種冒險歲月擠入腦海，那時我們都還小，都還年輕，如今我們竟然一起迎來了一個新的生命！

新的……生命！

第六章　觀風水

酥肉的孩子是一個女兒，由於大多數時候是在嬰兒室，我們能見到她的機會不多，不過這並沒有消減我們對她一絲一毫的喜歡，這是一個小胖丫頭，生出來就有八斤，皮膚白白嫩嫩像酥肉，眼睛大大的像劉春燕，可以說是集合了父母的優點兒，可愛之極。

因為我有事情纏身，不可能在這裡多待，一個星期以後我就要離開了，留給酥肉女兒的禮物是一塊底子極好的，溫養了多年的靈玉，只願小傢伙平平安安身體健康。

但是新生的嬰兒還不適合戴玉，因為自身的氣場還沒形成，而靈玉的正面氣場雖然溫和，也不是新生嬰兒能承受的，嬰兒比較適合的應該是有機寶石。

在機場，酥肉和沁淮送我，如月這丫頭太喜歡小胖丫，就留在了醫院陪劉春燕。

「酥肉，孩子三歲以後，最好是五歲以後，再把玉給她戴上，平日裡用紅綢裹了，用個盒子收起來，最好收在採光好的屋子裡，知道了嗎？」上飛機之前，我囑咐著酥肉。

「好了，好了，你都囉嗦了八百遍了。」酥肉攬著我的肩膀說道。

沁淮在旁邊，懶洋洋地又是哀嚎了一聲：「我想要個大兒子，我想要個大兒子啊……」

「你小子是不是嫌棄我家丫頭？你小子重男輕女！」酥肉可不依了，初為人父的他可敏感。

「得了，我哪能嫌棄我乾女兒，你知道我家的情況，我爺爺老封建啊，生個兒子，一勞永逸啊。」沁淮搖頭晃腦地說道。

說到這裡，酥肉有些感慨，對我和沁淮說道：「你們也知道，我和我媳婦兒結婚得晚，當年吧，我心疼她，想著過了三十，生孩子危險，不然不生我也疼她一輩子唄。可是，當我媳婦兒偶然懷孕以後，我那心情啊……特別是看著她肚子一天天大起來，守著孩子出生……我反正也不好形容，我就是想給你們兩傢伙說，要個孩子吧。」

沁淮打了個「哈哈」，然後伸出一隻手來，說道：「三年，再過三年，我就找個女孩子生孩子去吧。」

我懂沁淮的意思，他的家庭壓力更大，而且他是獨子，他只能再等如月三年，如果三年後，如月還是和他沒結果，他也就耗不起了。

至於我，乾脆沉默，我無話可說。

好在這兩個人是我最鐵的兄弟，不用解釋什麼，很乾脆的換了個話題，把這件事情遮掩了過去。

老婆婆的家人是湖南的一個縣城的人，飛機不可能直奔那裡，所以當我坐著客車到那裡的時候，已經是深夜了。

我沒有貿然按照老婆婆給我的地址找上門去，而是隨便找了一家小旅館住下了，要做風水局，我自當盡心，要盡心自然得在這個縣城多走走。

第二天，我起了一個大早，開始繞著這個縣城慢慢的走，這個小城說是縣城，但比起一些繁華的縣城還有一定的差距。

關於風水，很多人都有個誤會，認為是屋子的格局啊，屋內的擺設啊作用很關鍵。

其實這個看法是錯誤的，屋子的格局和擺設是對風水有一定的影響，但這影響其實不算大，因為這屬於內局，對風水影響大的永遠都是外局，什麼是外局，那是指居住的周圍的環境……

給老婆婆家後人盡心做一個風水之局，重點就是盡心，哪怕我自己貼錢也在所不惜，才算完成了老婆婆的願望，所以這考察外局就是我要做的第一步。

慢慢地行走在小縣城，我登上了小縣城的最高建築去觀察，也爬上了小縣城背後的小山頂上細細地查探了一番，心裡才慢慢有了一個底。

所謂風水，藏風，聚氣，得水，而其中得水為上，藏風次之。

我在尋找一個最合適的位置，在這個小縣城觀察了那麼久，我很驚奇地發現這個小縣城外局最好的位置竟然沒有人佔有，後來我就釋然了，因為這裡離小縣城繁華的位置已經很遠了，簡直是邊緣中的邊緣。

這個發現讓我興奮，趕緊跑到我看好的那個位置站定，閉眼輕輕的感受了我看中那個位置的風速，心中已經有了定論。

藏風是指一個地方氣息流動，但是太猛烈的風是絕對不行的，會吹散原本聚集起來的正面氣場。

藏風和聚氣要有一個微妙的平衡，如果光是聚氣，沒有空氣的流通，聚氣的氣息氣場總會消散，因為沒有置換，就會變質！就好比一件很好的衣服你穿在身上，穿得髒了，總需要水去洗洗，流動的氣息正好可以保持聚來的地氣兒乾淨，純淨，達到氣純，氣專的地步。

而氣息太猛烈的流動，氣場也就聚集不起來，那麼三氣（氣純、氣專、氣聚）中也就少了氣聚。

這個微風拂面的程度正好，我很滿意！

在這個位置反覆地徘徊，觀察了這個位置背後的山勢起伏落點，和植被的生長情況我才算放心！其實這是在簡單的觀脈，我是學習了一些不算太難的陽宅知識，這樣的觀測已經算足夠，若我師妹來，少不得就要動用各種的工具，一個羅盤是遠遠不行，師妹的黃布包裡工具豐富，光是尺子就不下三種。

不過，那關係到點穴定位的功夫，陽宅自然不用這樣，陰宅的講究比陽宅多。

收起亂七八糟的想法，我離開了這裡，心說這老太太應該是一個善鬼，讓我去做一個風水局，竟然讓我尋得這麼一個好地方，而且，還沒有被佔用，這不是我的福分，應該是它累積給後代的福分。

原本，我已經做好準備，到最後只能做一個內局，如果有各種煞，再為他們想辦法化解，遮擋，鎮壓。

觀測好了位置，我自然就該上門而去，老太太的子孫就在這個縣城偏西的位置住著，按照老太太給我的說法，一家八口都住在一棟三層小樓之內。

在縣城住著，是不太可能擁有自己的院子的，這就是一棟獨門獨戶的小樓，走到這棟小樓跟前，我的內心有些忐忑，也不知道這老太太到底托夢給她子孫沒有，別人該不會以為我是個騙子吧。

但是這是鬼市的交易，我必須得做！

懷著忐忑的心情我敲響了這家的大門，由於是晚飯時間，不消片刻，就有一個看著挺和善的中年婦女為我開了門，只不過看見是一個陌生人站在門外，她的神情自然狐疑了起來。

「你找誰？」那婦人問道。

「請問向小華是在這裡嗎？」向小華就是老太太後人的名字，在這個時候只能先搬出來用用。

「向小華？你找我家太公啊？」那婦人臉上帶著不可思議的表情。

而我則一頭冷汗，這老太太也太頑皮了吧？竟然不和我說清楚，她的後人竟然已經是太公輩，也就是說應該是這婦人老公的爺爺了，我竟然直呼其名，挺不尊重的。

至於這婦人不可思議也可以理解，老公的爺爺，少說也八十歲了，一個年輕小夥子找一個老頭子幹啥？

雖然疑惑是疑惑，可能是我長得也不像奸邪之輩，這婦人說了一聲「你等等啊」，然後就轉身進屋了，她沒讓我進屋，不過只要是正常人，誰讓第一次見面的陌生人進屋啊。

站在門外，等了大概有五分鐘吧，一個蒼老的聲音從屋子裡傳來：「誰啊，誰找我？」接著，那扇虛掩的門又被打開了，我看見一個中年漢子和剛才那婦人扶著一個老爺子出來了。

這老爺子精神還算不錯，說話聲音也算中氣十足，只不過見到了等在門外的我，臉色一下子就變了，指著我說道：「你……你……我見過你！」

見過我？我眉頭微皺。

那老爺子竟然掙脫了兩個人的攙扶，自己拄著個枴棍，走上前來，繞著我看了很久，才喃喃地說道：「難道真不是一個夢？這世間還有這事兒？」

第七章　布外局

我一聽就知道是怎麼回事兒了，這老爺子見過我，完全是那老太太搞的事兒，這種事情不用具體的描述我的樣子，根本不像書裡寫的那樣，在夢裡，會有人跟你說，你會見到一個什麼什麼樣的人，什麼樣子。

要知道記憶包含在靈魂力中，托夢當然是有能力把記憶中一些資訊託付。

面對老爺子這樣的反應，我也不想太嚇他，畢竟對普通人把事情扯「玄」了也沒有什麼好處，我笑眯眯地開口說道：「老爺子，別開玩笑了，你肯定沒見過我。我來這裡，是受師傅所托，給你家看風水的。」

「你師傅是誰？」老爺子面露疑惑，不過我說起看風水的時候，這老爺子眉毛一揚，明顯是有些事情在心裡有了觸動。

「我師傅你不必知道是誰，只是他說對你家有一段緣分未了，要我來為你們做一個風水。」我開口說道，其實也不是我想說謊，這其中太具體的東西是不能透露的，說得含糊不清一點，一切都說是緣分也就對了。

本身，這也是緣分不是嗎？

「是了，是了，不該多問，快請進，快請進啊！」老爺子忽然就激動了，把我請進了屋子。

我估計是老爺子的夢裡，那老太太吩咐過不准多問的原因吧，畢竟事情實在是太巧合了，也容不得這個老爺子不信。

老爺子叫我進去，他的子孫就算有所懷疑，也不敢有半分意見，看來這老爺子還挺有威嚴的。

大廳中，飯桌子上，老爺子的所有家人都在。

包括老爺子的兒子和兒媳婦兒，孫子，孫媳婦兒，還有他的孫女，孫女婿，最後就是他的重外孫，之所以這樣說，是那小孩兒叫了一聲父母。

只是這樣簡單的，我就把這個家庭人員的分布情況判斷出來了。

坐在飯桌上，老爺子招呼我吃飯，或許是這湖南家常菜，對我確實很有吸引力，我也老實不客氣，拿起筷子還真的吃了起來。

見我不客氣，老爺子反而很高興，一般人客氣了，就是端著架子了，會有要求的，真心幫忙的可能性也就小了，這向老爺子活了那麼大的歲數，也算是個人精，這點兒怎麼可能看不懂？

酒足飯飽，老爺子叫家人泡了茶招呼我，閒話一番家常以後，他終於臉色有些猶豫，更多的是有些難堪地說道：「小師傅，其實呢，我很感謝你來幫我看風水，我也不知道這個風水的作用有多大，我也不求大富大貴，但是我們家的情況你也看見了，全家四代都擠在這三層小樓裡，這第三層還是臨時加蓋上去的，現在的情況麼，也就只能圖個溫飽……」

說著向老爺子停頓了一下，其實這些情況我早就看在眼裡，這個家裡的傢俱擺設都很少，連牆都沒有粉刷。

這絕對是低於這個縣城大多數人生活水準的，他倒也沒有撒謊騙我。

一命二運三風水，風水的確能提升一些人的運勢，就比如你命裡帶的好東西，能給你放大一些，你命裡帶的不好的東西，能把負面影響給你減少一些，在這方面，陰宅比陽宅的影響力又要大一些。

老爺子這一番話，我明白他的意思，想利用風水，弄個財運較順。

我點頭，沒有發表具體的意見，示意老爺子接著說，這時老爺子就不是難堪了，而是難過了，他說道：「還有一個最關鍵的問題呢，我今天已經九十歲了，知道嗎？可是我是快三十歲才得到我兒子，還是獨子，你知道，在我們那個年代是不可思議的！而我兒子也是二十八、九歲才有了我孫女，過了兩年，才有了我孫子，哎……當年生我孫子的時候，我兒媳婦差點死掉，有個算命先生說是我兒媳婦命硬才逃脫啊……也才該我有了一個孫子，可是你看我孫子這都三十好幾了，還沒一個孩子，我孫媳婦兒莫名其妙流產兩次了，我覺得我家人丁不旺啊，我……」

「老爺子，我大概也是明白了你的意思，其實按你所說，你們其實也不是命中不帶丁，而是由於各種各樣的情況，導致添丁不順，這個風水確實能改變一些，但是你有決心嗎？」我對老爺子說道。

「什麼決心？」老爺子不明白。

「唔……」我摸了摸下巴，對老爺子說道：「重要的是你和你的家人要相信我。」

這也怪不得我要這樣說，跟個真正的神棍似的，畢竟莫名其妙讓人搬家什麼的，這必須有些說服力吧？好在那個夢是我最大的依仗。

「哼……」老爺子枴杖重重一頓，說道：「我信你，我的家人哪個敢說半個不字？我相信你的，小師傅！」

這老爺子是該命裡長壽吧，九十歲，耳不聾，腦不傻，說話還中氣十足！偏偏性格卻不是什麼平和的性子，而是那種霸氣，火爆的脾氣，這讓我只能總結為命裡該這老爺子長壽。

老爺子一發話，他的子子孫孫都不敢說半個不字，包括那個看起來還在上小學的重孫子也不敢調皮，真是有威嚴。

我微笑著，還沒來得及說什麼，老爺子又發話了，他說道：「一群沒用的東西，這層小樓，還得靠我大半輩子賺的錢，你們連給自己的窩都準備不好，丟人！」

我趕緊咳嗽了兩聲，畢竟家醜不外揚，對著我這個外人說這個，算咋回事兒啊？

果然，這番話一說，他那一群子子孫孫，個個低頭不語，表情都有些訕訕的，而那老爺子大手一揮說道：「小師傅不必介意，你給我家做風水，總得瞭解我家的情況吧。」

我不想就這個話題和老爺子糾纏，乾脆站了起來對老爺子說道：「老爺子，如果可以，你們明天隨我去一個地方吧，到時候我們再具體談風水的事兒。」

第二天，我們站定在我選定的那個地方，此時向老爺子一家人正莫名其妙地望著我，等待我給他們解釋。

因為我太直接，帶他們來這個地方以後，就莫名其妙地要他們把城裡的房子賣了，在這個他們看來偏僻的地方修建房子，一般人確實是難以接受的。

但是風水這個東西解釋起來太複雜，我只能簡單地對他們解釋道：「風水有很多說法，有的是大方向，有的是細枝末節，但老爺子，你們要搞清楚一個重點就是，真正的好風水，要先選外局，再布內局，外局對運勢的影響比內局重要多了！」

「我給你們說一個簡單的四靈知識吧，以我站的這個方位，就是我昨天問了你們家家人的生辰八字以後，發現沒有特別的忌諱以後，決定的房屋朝向，和我最初設定的一樣。」

「什麼是四靈？簡單的說就是青龍白虎，朱雀玄武。按照我們古老的傳統定位，玄武為後，朱雀在前，青龍在左，白虎為右！這四靈是風水中非常重要的一個布置辦法，不僅應用於外局，也運用於內局。」我儘量耐心地對向老爺子一家人解釋著。

「向老爺子也知道簡單的風水知識，是在路上我告訴你的，得水為上，藏風次之，藏風是內裡自有氣息流動，卻避外界風之干擾，這裡在藏風上達到了很好的條件，而這得水呢，如果條件允許，可以人為，在這裡……」我來到一塊平坦的平地，對向老爺子說道：「在這裡，可以挖一個池塘。」

「還要挖個池塘，那麼大的工程？占那麼大的地兒，我們家沒那個錢啊！」說話的是向老爺子的孫子，他的擔心也是他們家的實情。

我望著他說道：「錢的問題你先擺在一邊，這個地方必須挖一個池塘，如果你想家吉，而財不散，這裡會正是你們家明堂所對的地方，也就是朱雀位！」

「明堂是啥？」

「就是指望，陽臺，大窗戶朝著的地方！」我簡單地說道。

第八章　城市風水說

「老爺子，你想人丁興旺，是要看屋宅背後的地形，即玄武位，山環水抱乃風水的絕佳地形，這個地方水抱差了些，但是山環絕對是好的，這其中涉及到觀山的一些地形，說起來也就太複雜，但對人丁興旺絕對是好的。」我繼續對老爺子解釋道。

鬼市的交易容不得不盡心而為，所以我也儘量詳細地給老爺子解釋道。

一聽這個，向老爺子明顯很是動容了，只是有些猶豫地說道：「你說這水抱差些，是不是住這個財運就差？」

我帶著老爺子向前走了幾步，指著那邊應該是屬於這個縣城的一條不知名的小河說道：「水房屋的左向而來，也暗符青龍於左，不存在財被水沖走一說，而是帶財富而來，這條河水流平緩，悠揚，雖無主大富大貴的幾種水形，可也主吉，且水質淺淡，是為下貴水，這還是不錯的。而水有一個作用，就是水要環繞，是為界水，也就是說環繞著留住這一片地方的生氣，這條河雖然平緩，但也不是直來直去，而是在那裡形成了一個彎道，也算不錯了。」

「嗯，不錯，不錯。」向老爺子很滿意，連帶他的子孫們臉上也流露出滿意的神色。

「白虎位呢，講究少一些，最注意的一點就是在外局上，白虎位不能高於青龍位，這樣的話……」我其實不是一個大男子主義的人，所以白虎位在外局上高於青龍位，家裡會女人說了算這種話我是說不出來的，所以我停頓了一下，接著說了另外一個方面：「從一定角度來說，是不利於居住的男主人健康的，內局也是，定白虎位要略低於青龍位。從外局上來說，就是這個位置的山頭不能高於那邊那個位置，或者是房屋的右邊不要有高於房屋本身，形成壓迫的高樓。你看這裡，是完全沒有問題……」

「其實呢，你們剛才說不想挖池塘也不是不行，畢竟朱雀位首要的就是開闊，平坦為吉，但是有水在，效果是更好的，老爺子，你自己掂量吧。」畢竟，我也不能強迫人家在屋前挖個池塘不是？

「這個地方是不錯的，小師傅，你還有什麼要特別講解的？」老爺子問道。

「如果要挖池塘，最好挖成半月形和圓形的。就是如此。」我對老爺子說道，關於這裡外局的簡單形式我已經給老爺子講清楚了。

「嗯，很好，那就這裡了，我就算豁出一把老臉，去借錢，也要在這裡修建一棟房子！」老爺子很是開心地說道。

他既然已經決定，他的子孫們當然是不會有任何意見的，這裡雖然偏僻了一點兒，大不了也就是多走一些路的問題，倒也無傷大雅。

回去的路上，向老爺子問我：「小師傅，你說外局重要，這內局……？」

「內局呢，你們既然是要修房子，我會給你們畫一張圖，詳細的布置一下，這比臨時改內局布置要簡單一些，至少局限要少一些。」雖說外局的影響重要一些，可是內局多多少少也是有影響的，外局主大運勢，內局就主的是比如身體之類的東西，另外如果外局帶來了一些不好東西，就如各種煞之類的，也是要在內局布置來化解。

「這就好，這就好……」老爺子點頭說道，倒也挺開心。

也就在這時，一直沒說話的老爺子的孫女忽然叫住了我，她說道：「小師傅，我和我丈夫如果以後順利了，也可能有出去住的，我們想去城市裡住，畢竟以後還是有這個希望的……」

我看著她，說道：「妳是想說，在城市裡的房子都是一些高樓，或者一棟棟的樓，怎麼看外局風水，對嗎？」

「對的，我就是那意思，我表達不好。」老爺子的孫女急忙說道。

「這個，比較複雜，首先要確定一下房屋的朝向，如果是獨棟的樓呢，就以最高大的主屋為決定坐向的參照物，如果是一棟大樓呢，就是以那棟大樓的總門，嗯，也就是單元門為坐向參照物，其後為坐山……」其實，城市裡的地形相對複雜，因為建築物多，我只能儘量簡單地對她說。

老婆婆說過，為後人做風水局，我是在做，這孫女也算老太太的後人，給她講解一下也是在我的範圍之內。

但是我的話沒說完，那孫女的丈夫又問道：「可是城市裡哪來那麼多的山啊？後面沒有依靠豈不是很糟糕？」

「嗯，只要後面有高於建築物本身的大樓啊，坡度啊，都可以的。而且後面有依靠是非常好的風水了，只要沒形成一定的煞，都對人影響不大的，可以放心去住。總之呢，在城市裡，房屋的坐向判斷情況多種多樣，以為地勢高的一面為山，而以屋前有空曠的地面，或者人流量大的街道啊，甚至是湖泊，河水為向。如果連這些也沒有，也可以以自己家的大門的朝向來定！總之，朝向不同，基本看四靈的位置也不同，這個是比較複雜的。」我講解道。

「那，在城市裡就講究不了外局？」那孫女的丈夫有些失望。

「其實呢，在城市這種地方，外局是可遇而不可求的，只有你買房子的時候，稍微注意一下了，只要沒有特別忌諱的地方，就對人沒有特別大的影響。因為，城市裡人氣旺，從某種程度上來說，其實不容易形成外局風水聚氣，可人氣也會沖散不好的影響，也算有利有弊。如果不是特別的求好風水，或者是買別墅，你們可以更重內局，避開幾種煞局就好了。」我簡單的說道，其實這才是最實在的話，在城市裡，如果你不是特別有錢，就不要想著自己家單獨的外局風水，或者得好風水，那是不現實的。

在城市裡，風水對人的影響是要小一些的，只能通過一些內局或者擺設，來稍微調整一下運勢。

除非是特別的凶地，你又住在了特別的位置，煞氣的正衝口，加上你所住的地方人煙少（比如現在有些樓盤，確實住戶沒多少），你又犯了忌諱，那麼或者會發生很不好的事情。

我的一番解釋，讓這兩口子放心了一些，但是女人的心終歸要細一些，她問我：「要注意什麼煞啊？如果我們確定了朝向，又該看些什麼呢？」

「這個我很難說清楚，到時候你必須找一個懂基本知識的人來給你定定內局位，另外，有些煞是普通人不懂觀測，也看不見的，就比如飛星煞之類的，它如果和你屋子外的不利因素結合起來，影響還是挺大的，不利的因素，就比如說對著門窗的屋角，迎面之路，電線杆，鐵搭什麼的，那樣不是光靠人氣就能沖散的。簡單的說，就是處理凶星是很重要的，有些凶星的位置，宜靜不宜動，就是不能設門，不要放什麼有聲響的電器，而有的凶星之位，則要用五行相剋的辦法。但無論如何，凶星是要和不利因素結合，才能形成大的影響，如果你們儘量避開這些不利的因素就對了。」這個的確很複雜，還牽涉到飛星定位法，確實是無法太具體地講的。

「另外呢，簡單的煞要懂得避，比如街道反弓著，正好那個反弓角正對你家的大門，這個房子就一定不能選，避開就是。還有呢，天斬煞也要避開，天斬煞怎麼看呢？就是兩棟很高的樓之間，有一條狹窄的通道，從天上看，好像被斬成了兩半一樣，這條通道越是窄就是越是凶險，確定房屋朝向後，如果是向著天斬煞的屋子，最好別住，這個天斬煞結合起一定的東西，很容易招來血光之災。最後一個，就是箭煞，這個關係到破財，就是有尖銳的牆角之類的東西，對著房子大門，像一枝箭，這個倒是能破解，在門框地下藏一個五帝錢，或者門框正懸一面八卦鏡都行，最簡單的就是把門把手換成獸含環的樣式。」我一口氣說了一些比較明顯，影響較大的煞，這些對普通人來說是比較容易理解的，其餘都是一些細枝末節，如果不是刻意追求風水外局的極致，倒也無傷大雅。

第九章　內局與小忌諱

就這樣一路和老爺子的孫女聊著，一路走回了他們家，這段時日，我要幫房屋設計一下內局，所以我必須還要在這裡待一段時日。

在向老爺子家裡，他們首先商議的就是賣房子，買地，建房子的花費，怎麼算都怎麼差一些，大概差了兩萬塊的樣子，在那個時候，兩萬塊不是小數目，這一大屋子人都在為這兩萬錢憂愁。

我之所以能從劉師傅那裡得到那麼多線索，也是多虧了老太太給我提供的資訊，所謂盡心理解起來可大可小，況且這也是我的因果，所以在第二天，我隨便找了一個理由，暫時離開了一下，在靠近這個縣城的一個小城市銀行去取了二萬塊錢，在當天晚上回來的時候，交給了向老爺子。

「小師傅，你這……你為我們家設計風水就已經是很好很大的恩德了，我們怎麼還能收你的錢？」向老爺子情緒有些激動了，連帶他的子孫情緒也有些不敢相信。

他們也不是沒見識過幫人算命，看風水的人，從來都是賺錢的，哪有倒貼錢給別人的規矩？還一貼就是兩萬？

我把錢強塞在向老爺子手裡，說道：「這不是恩德，這是因果，我們道家人講因果，這兩萬塊錢，做風水局是我該還的因果，所以你不要拒絕。」

或許是我的神情嚴肅，或許是因果二字鎮住了老爺子，再或許是那個對於他來說奇怪的夢，總之到最後這兩萬塊錢，老爺子是收下了，但也忍不住紅了眼眶，念了一句：「祖上庇佑啊。」

這倒讓我很奇怪，這是普通人忽如其來的靈覺嗎？這句祖上庇佑說得倒是十分正確。

我在縣城待了一個星期，在這一個星期內，我大概幫向老爺子一家人畫好了內局圖，說是內局圖，大概也就是房間的排列，大小，每間房屋的作用，傢俱的一些擺設。

內局所用的定位方法更多一些，每個流派不同，講解起來也很是複雜，我把圖紙交給向老爺子一家人的時候，還是特別說明了一些小細節：「大門不直對著窗戶和陽臺是很基本的規矩，如果是這樣，氣流會直進直出，不容易聚氣，但一間房屋也講究藏風聚氣，所以氣息必須是要流通的，在這裡，是沒辦法設計不相對的，因為建築的格局已經決定了，所以在這裡用門簾擋一下，二樓大廳的門與窗之間設一個隔斷。」

「這個隔斷要怎麼弄？」老爺子不太懂。

「其實很簡單，弄一個多寶閣的架子也行，弄一塊裝飾性的玻璃也行，都是可以，擋一下氣流就行了。看，這裡臥室的布置，床的擺放就一定要按照我設計的來擺放，首先臥室大門外面不要安鏡子什麼的，這樣影響住在同一間臥室裡人的關係，就比如夫妻關係，另外床頭不能對著門，更不能對著鏡子，那樣會帶來一些病痛，這裡是衛生間，也有洗澡的功能，這個門在我的設計下不能對著臥室，同樣也會帶來病痛。對了，你們修房子的時候，一定得注意，臥室的頂上不能有橫梁，這樣會壓迫臥室裡的人，如果迫不得已要有橫梁，記得用一定的辦法遮蓋了，知道嗎？」我講解了一些關於臥室的細節。

老爺子頻頻點頭。

「而在這書房呢，主要是給你重外孫女用的，以後你的玄孫也會用到，書房在生意人的講究裡呢，書桌是要擺在旺位，因為生意人求財嘛。而你的書桌我設計在這裡，這裡是伏位，我相信你是想要你的子孫能夠學習順利，這個位置有伏案讀書的說法，另外有一種穩的寓意，這個位置是利於學習的。」

「廁所我給你設計的位置是沒有問題的，現在很多城市裡的廁所設計都有問題，處在內明堂的位置，也是房屋明亮大廳靠前的位置，也是非常不好的，一般情況下，用土屬性的東西鎮，就如石敢當什麼的，因為廁所屬水。如果產生了汙穢的氣場，那就要特別的處理了。總之，你們廁所的位置沒有問題，這個就放心好了。」

「至於大廳，在這個位置擺放一盆綠色植物吧，因為這個位置是吉位，有生機的綠色植物擺放在這裡是非常好的。這個吉位的判斷具體我也沒辦法給你說，牽涉到一些知識。只不過，有一個簡單的辦法，從大門望向客廳四十五角位置的盡頭角落，但這也不是一定的，只不過可以簡單的這樣判斷一下。老爺子，你要記住啊，吉位擺放的植物呢，最好是闊葉植物，這樣才比較容易聚財。在陽臺上呢，可以擺一些尖葉植物，這個能從一定的程度擋住一些煞氣，仙人掌是可以，但一定不要擺在室內。至於你們的忌諱呢，就是不要在陽臺上栽種一些蕨類和葛藤類的植物，畢竟你們住的地方比較偏僻，它們長勢太好，比較容易招邪，知道嗎？」

「最後廚房，這個屬火，我給你們設計的位置也是合適的，最重要的也是為了家裡女人的健康，廚房上最好不好有橫梁，總之有就要想辦法讓眼睛看不見。」

「總結起來，任何的門都不應和大門相對，屋裡最好所有的橫梁都藏起來了。為了和氣，大廳頂上如果你們以後要裝飾，最好能帶一些圓形，這樣比較和氣嘛，就如圓形的吊燈什麼的。這個……關於裝飾品的講究很多，基本上陰氣重的屋子，放桃木或者向日葵的裝飾，而高山流水圖之類的畫，水流向不要朝外，另外不要亂掛一些動物的圖，特別忌諱貓啊，禿鷹之類的東西，最後船什麼的擺設也是好，但記得船頭朝屋內。」

講解到這裡，我算是把一些基本的小常識都給老爺子梳理了一遍，在我個人看來是希望盡善盡美的，不想因為一些小擺設壞了風水的完美性，雖然這風水不可能有絕對完美的一說。

老爺子拿著設計圖很是激動，對我說道：「小師傅，我都不知道怎麼感謝你了。」

我對老爺子說道：「這個不存在感謝我，風水有作用，但作用不會大到人格之上，你要知道改命改運，別人做起來很難，自己做起來就會相對簡單一些，那就是多善必有好報。而一命二運三風水，老爺子啊，你要永遠記得一句『積善之家必有餘慶』，在風水和人心的善之間，我更相信的是人心的善良。」

說完，我也該對老爺子告辭了，而老爺子若有所思，到我告辭之時，才猛然驚醒了過來，忽然站起來對我說道：「小師傅，你說得對，我已經是九十歲的老頭兒了，但我決定在有生之年定個家規。若我向家在以後有發達之日，必不忘處處行善，多積德行，更不會肆意張狂，耗盡祖上之福。」

我握住向老爺子的手，說道：「老爺子，你的想法很好，這樣做，不算世世代代富貴，至少世代喜樂安康是可以的，謝謝你對善有著執著的追求。」

向老爺子一家人一直把我送到了縣城裡的車站，看見我上了車才告辭，鬼市的一樁因果到此也算了結了，最後能得個善果，我的心情是愉悅的，在多年以後，我無意中還曾路過這裡，我悄悄地打聽了一下向老爺子家的情況，他的後人做了生意，算是小富一方了，還得了雙胞胎的重孫。

而他的重外孫成績優秀，是縣城裡中學的三好生，最重要的是一家人各種行善，在縣城裡頗有善名。只是遺憾，向老爺子已經去世。

這是很久以前的事情，而我在那天坐上縣城的汽車離開以後，在三天後才到了家，而到家之後，我打開大門，竟然發現家裡有人，而且還擺出了一副等我的樣子，這倒把我嚇了一跳。

第十章　兄弟部門

但是很快我就鎮定了下來，隨手放下了背包，去倒了一杯水喝。

來我家的一共有三個人，其中一個就是酥肉，而酥肉有我家的鑰匙，會出現在這裡也並不奇怪，在酥肉面前我是隨意的，一邊喝水一邊問酥肉：「咋不去守著我的乾女兒，帶兩朋友跑我這兒來坐著啊？」

酥肉有些哭笑不得地說道：「三娃兒，你什麼腦子啊？我會不想守著我老婆孩子啊，這兩位大哥是來找你的，你說我交了你這個朋友啥事兒攤不上，來找你還是別人的保密行動。」

「咳……」我正在喝水，一下子就被嗆到了，咳了好一陣兒，能夠通過酥肉找到我的人，意味著絕對是不簡單的人，至少有強大的調查能力，而這調查能力跟勢力是掛鉤的。

我想起了馮衛，心生警惕，放下了水杯，沉默不語望著來人。

這時，其中一個樣子比較威嚴周正的中年人站了起來，走過來掏出了一本證件遞給我，說道：「你好，我們是××部門的人，這麼冒昧地找到你，先說聲抱歉。」

××部門？這個部門說起來和我師傅所在的部門也是一樣，屬於比較祕密的部門，但保密程度沒有那麼高，簡單點兒說他們是類似於高級員警的存在，所面對的各種案子都是不能在社會上宣揚的，有些扯到國際勢力，有些扯到地下祕密勢力，有些甚至牽扯到科技，未解之謎，還有更神奇的案件，那是扯到普通百姓想像不到手段的刑事案件，再直白點兒，就是扯上了靈異了，而且犯罪後果特別嚴重那種。

綜合起來，那個時候倒是有一部片子可以描述這種部門的存在，那就是《X檔案》，他們就是華夏版的。

這個部門說起來裡面也是有很多能人的，各方面的都有，一般的情況下，他們都能自己搞定，但也有和我們部門合作的時候，這種時候一般是比較大型的靈異案件。

我看著手中證件，像這種祕密部門都有特殊的編號，不在部門中，是看不懂這種編號的，也不明白這編號所代表的意義，而這種部門的證件，在蓋的鋼印裡還有隱藏的東西，必須用手觸摸才能摸出一些門道。

我先是仔細看了看編號，這個中年人在這個部門中也算是有實權的人，而觸摸那個鋼印，我就知道這個證件是真的。

是不是明白人兒，出手就知道，他看我檢測證件的全套動作，倒也不以為意，他知道我是懂的。

這證件沒有任何的問題，我伸手還給了他，他接過證件以後，和我握了一個手，才對我說道：「陳承一，我們需要你的幫忙。」

這時，另外一個顯得年輕一些的男人也站了起來，和我握了一個手，對我說道：「趙洪，陳承一，我希望這次你能和我一起行動。」

這事兒算怎麼回事兒？這個部門不缺人，而且我也是屬於名聲不顯的那種人，為什麼找上我？看口氣還是國家的行動，不容我拒絕？

我剛想問什麼，那個叫趙洪的年輕人對著酥肉咳嗽了幾聲，酥肉是個機靈的人兒，趕緊站起來，伸了個懶腰，然後說道：「好了，你們人也找著了，沒我啥事兒了吧？我走了啊！」

說完，酥肉站起身來，就朝著門口走去，在走到我身邊的時候，小聲對我說道：「三娃兒，你知道，你兄弟我也是見過世面的人，要不是這女兒才出生，說啥我也賴得看看啥事兒，這日子太無聊啊。」

我笑著輕輕打了一下酥肉的肚子，而酥肉則哈哈地笑著打開門離開了。

酥肉一走，我倒也不急了，對來人說道：「你們先坐吧，我去簡單的洗漱一下，泡壺好茶，你們來了，總不能茶也不喝一口吧？咱們喝著茶，慢慢說啊。」

「陳承一，這事兒很急……」那趙洪到底要年輕一些，有些按捺不住的對我說道。但是那中年人拉了趙洪一把，說道：「砍柴不誤磨刀功，也不急這點兒時間，你去吧，陳承一。」

我點頭，旅途的疲憊讓我迫不及待想洗一個熱水臉。

半個多小時以後，我們三人總算面對面地坐在了沙發上，茶几上的紫砂壺散發著裊裊的輕煙，茶香滿室。

那個中年人端起面前的小杯子，抿了一口茶，對我說道：「好茶啊，現在市面怕是不容易淘到了，有錢也難買到，是姜師留下的東西嗎？」

提起了我師傅？不過我也不奇怪，畢竟兩個部門在一定程度上屬於「兄弟」部門，在師傅所在的部門有時也要借助他們的偵查啊，科技力量什麼的，認識很正常。

「是啊，是我師傅留下來的。」我也端起茶杯抿了一口茶，在平常的日子裡我是捨不得喝這茶的，而今天拿出這茶來，原因很簡單，我打算拒絕他們，這樣拿出好茶來，好說好招待的，拒絕起來也不是那麼傷人家面子。

我的目標是昆侖，這三年時間我還要籌錢，還有許多事情要做，說我自私也好，冷漠也罷，我確實沒有那麼多時間去幫這個部門做事兒，我相信這兩個部門能人多得是，並不是非我不可。

「可惜了啊，姜師失蹤了，××部門就像失去了一根頂梁柱，而我有幸和姜師合作過一次，他的風采我至今難忘。」那中年人放下茶杯感慨地說道。

不急著說事兒，反倒是扯這些，莫非是要和我打感情牌？我眉頭微皺，覺得面前的中年人是一個有智慧，有手腕的人，面對這樣的人，只有一個辦法，那就是不鑽他的任何「套子」，直來直去！

打好主意，我放下了茶杯，帶著抱歉的表情直來直去地說道：「對於我師傅失蹤了，我很難過，但是也很心灰意冷，我不想再插手這些部門的事兒，因為我要生活，也有很多私人的事情要處理。」

說到這裡，我稍微停頓了一下，在組織接下來的拒絕理由，卻不想就這麼小一個間隙，那個趙洪就有些著急加憤怒了，他低聲說道：「陳承一，你不為國家辦事兒，是什麼意思？你知道這關係到多少人命嗎？多少……！」

這時，那個中年男人拉住了趙洪，意思是讓我說下去，而我也很直接地說道：「抱歉，你不要告訴我具體的事情，我相信部門的任何案件都是絕密的，我在某種意義上來說，只是個普通公民，知道這些是不合規矩的。而我拒絕是我相信，部門能人輩出，老一輩的出面，隨便哪個都比我強，如果說這事兒，只能選擇是我去，面對國家的要求，我自然是義不容辭。」

其實我沒說出來的話是，如果是師傅所在的部門，我肯定是一口答應了，因為師傅曾經這樣吩咐過我。

可是這個部門，我不想蹚這趟渾水，與其他的事兒無關，我的時間緊迫，我也是有心無力。

「陳承一，你很直接，我也直接吧，不要說場面話，給我說一個拒絕的真正理由。」中年人目光真誠，但眉頭也皺了起來。

我想了想，這種事情沒有隱瞞的必要，他們有心一直查我，總是會查出我接下來幾年會奔走賺錢，而且還要去辦理某些關於出海的手續什麼的，於是我說道：「我時間緊迫，我要賺錢。」

我的話剛落音，趙洪就氣得狠狠拍了一下桌子！甚至忍不住罵了一句娘。

第十一章 殘酷死亡

歲月總是會讓人多多少少成熟一些，就比如我，要以前別人在我面前連解釋也不聽，就拍桌子罵娘的，我一定也會馬上火大，可是這次我很淡定，給自己再倒了一杯茶，再慢慢喝著，我很明白趙洪說什麼，根本不是關鍵，關鍵是那個中年人。

他看著我，看了半天才說道：「陳承一，按理說我們真沒強迫的理由，因為你不屬於我們部門，在那個部門也只是備案的人員，你是有權力可以拒絕。當然，我們也可以動用一定的權力，只是這樣的話，你不盡心辦事兒，誰也拿你沒辦法，對嗎？」

我默然不語，搞不清楚別人葫蘆裡賣什麼藥的時候，還是少說為妙。

果然，那中年人這樣說並不是要放棄，而是繼續說道：「陳承一，我們不會調查你什麼，更不會威脅你什麼，威脅一個修者是愚蠢的，何況你師傅和你們這一脈於國家都有功，我們更不能這樣做，我只是表達一個意思，你為什麼賺錢，我不會管。如果我說，這個案子耽誤不了你多少時間，我給你賺錢的機會，你做不做？」

「什麼意思？」我眉毛微揚，說實話在我心底對於拒絕這件事還是內疚的，不管是誰，如果在條件允許的情況下，能為社會做一些正面的事情，肯定都是情願的，所以那個中年人這樣說，我動心了。

趙洪哼了一聲，顯然他對我印象已經是很不好，可我懶得解釋，只是聽那個中年人繼續說下去。

「這樣說吧，其實要論人脈，你們活躍在民間的修者，肯定比不過正式的部門。有我們站在背後給你牽線做幾單，無論是價錢，還是信任度，都是不同的，對吧？其實，在海外的華人啊，或者在香港啊什麼地方的，財富到了一定程度的巨富，和部門來往還是多的，你覺得呢？」有些話不能明說，那中年人說得非常隱晦。

可我還是明白了他的意思，我笑著說：「如果這次我和你們合作，你會給我介紹生意？」

「是的，介紹生意！你可以以部門之名，名正言順地收錢，只要你解決了事情，你看如何？」那中年人也笑了，那笑容跟一隻狐狸似的。

「為什麼找上我？」我捏著下巴問道，還是沒急著答應，因為偏偏找上我，是挺蹊蹺的。

「哈哈……你在鬼市兩戰，難道你以為沒消息傳出來嗎？我認為在年輕一輩中，你可以說是絕對手段靠前之人了，而老李一脈，誰不知道祕法出色？更何況你和你師傅參與了幾次也不算小的行動，也可以說是經驗豐富。要找年輕一輩，不找你找誰？」那中年人說道，理由非常充分。

但我心裡還是微微震驚了一下，鬼市兩戰影響這麼大？連祕密部門的人都知道了？我當時只是想著不能丟了我們這一脈的臉，但我這個人骨子裡還是比較「孤僻」，討厭熱鬧，喜歡平淡安靜生活的，看來以後還要低調一點兒。

我如此想著，但這中年人給我的理由還是不夠，我笑問道：「就算如此，老一輩的人中誰不比我厲害？再說，他們在部門中，你們合作更是理所當然。你的理由不夠啊！」

「還真是一隻小狐狸。」中年人搖頭笑道。

「哎，年輕的時候被師傅坑多了，後來呢，又發現自己是一個萬事兒纏身的命，不敢不小心啊。」我抿了一口茶，淡淡地說道。

「算了，我也不饒彎子了，這個呢，還是與我們要合作的案件有關，因為這個案子在背後隱約牽涉到一些國際的勢力，還有國內的一些地下的，陰暗的修者勢力。你知道，其實一個國家不可能哪兒都乾淨的，在某些方面，要維持一個微妙的平衡，以求得力量，然後再重拳出擊，一舉撲滅一些東西，你懂嗎？」這中年人不愧是當官兒的，說不繞彎子，說話還是繞彎子，包含了太多的政治智慧啊。

不過，我當然理解這個意思，我說道：「所以，部門不好出面了，是吧？特別是我師傅所在那個部門！畢竟沒到撕破臉皮兒的時候，還是要維持『和平』，至少不要干涉到老百姓生活，對吧？所以，我猜得沒錯，這趙洪也是一個新面孔吧？」

「對的，就是這個意思。」那中年人給出了一個讚賞的眼神，然後對我說道：「趙洪，是新進部門的人，近身搏鬥、槍械、駕駛，甚至電腦網路無一不通，還有一定的偵查能力，是個人才，也是這次任務最合適的人選。」

「至於我，至少圈子裡的人知道我不是在為國家辦事兒，不屬於那個部門，對吧？因為部門的人可不會參加鬼市的，就算參加了，也不敢高調，更別說像我這樣打兩場了。有這些面子功夫，這件案子就是我和趙洪的私人行為，是嗎？」我笑著說道。

中年人笑了，沒說話，手在大腿上敲了敲，拿過公事包，拿出一疊資料，說道：「看資料吧。」

他還挺強勢的，遞過資料的意思就是，這事兒就這麼定了！

可是我最終還是接過了遞過來的資料，一邊感歎著自己又往身上攬事兒了，一邊想到如果不是大義之事兒，我再反悔吧。

不過，這也只是自我安慰罷了，哪裡還有我反悔的餘地？

資料很多，我一時難以細看，只是隨便翻了翻，但從看見第一張照片開始，我的眉頭就皺了起來，第一張照片死掉的是一個女人，面孔扭曲到恐怖的程度，下面說的死亡原因是「心肌梗塞」。

第二張照片，是一個男人，身體可能不叫身體了吧，因為是被重物忽然從高空碾壓，可以想像那屍體是有多麼可怕？死亡原因當然是意外。

第三張，第四張……

各種各樣的巧合與自殺，到了後面一張的時候，終於出現了一個所謂的凶殺，一個女人在血泊中，不知道被砍了多少刀，那張臉，那個身體已經慘不忍睹，那血幾乎是流了滿地，而在她旁邊是一個男人，那個男人也倒在血泊中，身上的刀口並不比女人少，甚至有幾條口子誇張到一看根本就是少了肉。

我忍著心中的不適，指著照片旁邊的塊狀物，問道：「這是什麼？」

「這是肉塊，這些肉塊的成分包括一般的肌肉組織，也包括半截舌頭，還有一顆踩爛的眼球。」這次是趙洪回答了我。

「這麼殘忍？」我還沒來得及看這案子的調查結果。

當然，這是所謂的調查結果！

「這不是殘忍，你知道這個案子嗎？這個女人是被這個男人砍死的，整整砍了七十幾刀，快砍成一個破布娃娃了！但你以為這樣就是冷血殘酷了嗎？不是的！事實上，這個男人砍完這個女的以後就自殺了，可是你見過這樣自殺的嗎？不是很快了結了自己，而是瘋狂地折磨自己到死，你不用懷疑，那些肉塊兒，包括什麼眼球和舌頭，都是那個男的的。」趙洪對我這樣解釋道。

我倒吸了一口涼氣，這種怕是已經超出了正常人類的行為範疇了，放下資料，我沉思了起來。

「關鍵的地方是什麼？是這對夫妻非常恩愛，在事後我們走訪調查過，他們之間沒有任何出軌啊，夫妻感情不和的事情發生，是真正的恩愛那種，不是面子功夫那種！連殺人動機都沒有，是忽然發瘋嗎？我想你是一個道士，你比我清楚。」趙洪望著我，認真地說道。

「忽然發瘋，有很小的這樣的可能！只不過，瘋子也不是沒有痛覺的傢伙，而痛覺是一種本能的自我保護！」我簡單地說道。

「是的，就是如此。」趙洪說道：「知道嗎？這個案子的現場照片絕對是絕密，這麼殘忍的死法和真相會嚇趴周圍的群眾的，幸運的是，報案人只是看見滿地的鮮血從門縫裡流了出來就報案了，可是呢……」

說到這裡，趙洪頓了一下，接著說道：「可是，這個犯罪現場嚇哭了一個年輕員警，嚇得一個有十幾年工作經驗的老員警做了很久的心理輔導。當時，這件案件是當做普通刑事案件來處理的。」

「特別之處在於哪裡？」我相信趙洪的話，但是我知道這件案子有後續，而這些資料都收集整理在一起，一定是有關聯的，可是我竟然也理不出頭緒，這會是什麼幹的！

第十二章　小鬼

特別之處在哪兒？趙洪在聽完這個問題以後，沉吟了一會兒，說道：「其實這些資料上有詳細的記錄，不過我還是可以先說說，最特別的地方就在於，當時接到報警以後，幾個員警進去之前，分明都聽見了屋子裡有男人女人說話的聲音，還有……」

說到這裡，趙洪微微皺了皺眉頭。

而我點了一枝菸，問道：「還有什麼？」

「還有就是一個很小小孩兒的笑聲，很讓人難忘的笑聲，很張狂的樣子！這就是為什麼那些員警會嚇成這樣的原因，當然這種事情在現實裡沒有證據，就只能稱之為扯淡。這些案子看似沒有共通之處，但是作為特別的被收集到一個資料集裡，是因為我們在調查時，無意中根據一個特點把它們歸結為一類。」趙洪緩緩地對我說道。

「什麼特點？」我吐了一口菸，淡淡地問道。

因為到現在我還沒有理出頭緒，到底會是什麼做的，說不定這個所謂的特點，就能給我一點點線索。

「那就是，這些無論是自殺的人，還是受害的人，在之前都對小孩子感到特別的恐怖！我們當時收集了大概九十幾個案子，都是這種類型，在這其中有大概一半多，我們做了處理，也解決了！剩下的這四十幾個，從表面上看，是絕對不在一個人際網路裡的，按說也可以照之前那樣處理，解決，但事實上不可以，我們做了無用功，找不到任何一絲線索，除了……」趙洪說到這裡喝了一口水。

他對我印象不怎麼樣，但說起這些案子還是盡心盡力的，我等待著他接著說。

「除了一個共通點。」趙洪放下水杯，然後把我放桌子上的資料翻到最後一頁說道：「他們或多或少都和這個公司有些聯繫，有的聯繫只是很微弱的，就是使用了這個公司的產品，有的是一些人際聯繫。」

「使用了這個公司的產品也能算聯繫？」我問道。

因為酥肉是做生意的，這個公司我就聽他提起過，是一個實力異常強大的公司，公司總部通過一定的辦法，已經是屬於國外了，他們涉及的業務範圍很廣，旗下的子公司也多，實體產品覆蓋面也大，使用產品從某種意義上來說，真的不能算是聯繫吧？

「是的，我也知道這個很扯淡！但是本著負責的心情，一點點聯繫都不能錯過！」趙洪望著我說道，那眼神彷彿是在指責我不是一個太有責任感的人。

我像是抓住了什麼，然後問道：「另外你說你們處理了另外的一些案子，處理的結果是什麼？」

「有的是很一般的案子，有的是被所謂的嬰靈纏身了，至於有幾個特別一點兒的，是對孩子做了不好的事兒，從此以後厭惡小孩兒，甚至怕小孩兒，你知道的，我們收集範圍很廣，而華夏之大，無奇不有。」趙洪簡單地解釋了一句。

「為什麼收集那麼多同類型的案子？」我覺得這個部門用那麼大的力量去統籌分析，總不可能是心血來潮吧？

「因為他們，他們背後牽涉的利益很大！你參與到案子裡，你就明白了。」趙洪翻開資料，放到了我面前，而那一頁赫然就是那對死得很殘忍的夫妻。

「好吧，我知道了。」我收起了資料，我覺得我有必要今天晚上再仔細讀一下資料。

因為光憑怕小孩兒這一個說法，不能具體的去判斷什麼的，就算是靈異事件，怕孩子的原因也太多了。

「你有線索嗎？」趙洪的語氣帶著一些期待。

「暫時還沒有，我看了資料再說。」我簡單地說道。

「那什麼時候開始正式行動？」這趙洪果然是個急性子的人。

「正式行動？請你告訴我，往哪兒行動？」我笑著問道，確實，往哪兒行動？

「就是因為現在像無頭蒼蠅似的，我們才會找到你幫忙，你說往哪兒行動，我等著你的消息，最好別拖太久。」趙洪說道。

這小子怎麼說話的，那感覺就像我上杆子要幫他似的，可是這樣的人往往沒什麼壞心眼，我也就懶得和他計較了。

在我去縣城做風水局，辦事兒的時候，慧根兒就在酥肉那裡賴著，聽說我回來了，這小子提著幾包「戰利品」迫不及待地就回到了我這裡。

我當時正坐在客廳詳細的看著資料，說實話大晚上的看這些並不是什麼愉快的體驗，讓原本肚子有些餓的我生生地就沒吃幾口飯，連肉都沒碰。

我開門，慧根兒這小子一進屋，就大大咧咧地把他手中的「戰利品」一仍，人就大大咧咧地躺在沙發上了。

這沙發原本就不大，這小子加他的袋子，一下子就給我占完了，我懶得理會這小子，乾脆就坐在他的袋子上，繼續翻看資料。

慧根兒看我這一套動作，急了，一下子拉住我，討好地說道：「哥，別坐啊，這些衣服不便宜啊，真的很帥的衣服，不然額拿出來給你看看？」

我才懶得看，不看還好，要真看了，還不被他那些充滿「金屬感」的衣服給氣瘋？

「那你就給我收拾好。」我沒好氣地說了一句，看了這麼多陰暗的案子，心情自然也不會高漲到哪裡去。

慧根兒幾下就把他的衣服搬了進去，然後出來一下子跳到我的旁邊，跟個小猴子似的，他興奮地對我說道：「哥，額知道你又攤上事兒咧，酥肉叔叔都告訴額咧！」

我不置可否，原本就沒指望酥肉這小子能對慧根兒保密，本來慧根兒的身分也特殊，他知道這些也算不得什麼太忌諱的事兒。

見我意興闌珊，不愛說話，只是翻著資料的樣子，慧根兒覺得無趣，乾脆一把拿過了我手中的資料，再次討好的望著我笑著說道：「哥，額看看唄？」

我有些疲憊的往沙發上一躺，直接就把慧根兒「踢」到了一邊，說道：「你要看就看吧，只要你不後悔看見這些。」說完，我捏著額頭，這些資料我反覆地看了兩次，包括那個部門的各種推測。

畢竟在那個部門中也有一些懂道家術法之人，只不過和專業的道家人，佛家人比起來，還差了少許，但他們調查了那麼久，他們的推測也值得一看。

這些推測無非就是什麼房屋周圍有祕密的聚煞氣的陣法啊，或者中了降頭啊，或者……其實在我心裡，這些一個都不靠譜，我有一個挺大膽的推測，這個推測有些恐怖，而且也極其的不現實，但事實上我就是覺得從這一切來看，很有可能是它！

那如果真的是它呢？那就麻煩了，我自問沒有本事去對付，我的傻虎也不行……它，根本就是厲鬼中的「原子彈」，是「大殺器」！

我在心中祈禱但願不是！

慧根兒看著看著臉色就變了，然後嘴裡念叨著：「好大的煞氣啊！」

我睜開眼睛，對慧根兒說道：「怎麼？你也是隔著照片就能感覺到什麼嗎？」

「是的，煞氣是照不進照片的，可是有煞氣的地方照出來的景物，人物就是會讓人感覺到不舒服！況且，額是誰？天才小和尚，我自然能看出來。」慧根兒的臉色不好看，嘴上還兀自在逞強。

「說說吧，你的看法。」剛才我在沙發上躺著休息，這小子看資料也看了快一個小時，我不相信他沒有看法。

「哥，額不敢說。」慧根兒儘管年齡小，可是他絕對是專業人士。

慧根兒那麼一說，我的心打了個突，難道這小子和我一樣的看法？

我轟的一聲從沙發上起來，說道：「那就先別說，我去找兩張紙來，我們寫到紙上吧，然後同時交換來看，看你和我是不是一個想法？」

慧根兒臉色有些蒼白地點點頭，那些照片加猜測可能把這小子嚇到了。

很快，我們就在紙上寫好了答案，然後互相交換了，幾乎是一起打開，也幾乎是同時，我們念出了紙上的字兒——小鬼！

第十三章　我們是部隊？

這個相同的結果，讓我和慧根兒的臉色同時都變了，然後又同時心情沉重地放下了紙條。

「閻王好見，小鬼難纏」，這是一句古話，貌似是用來形容人際關係，但也從隱晦地說出了一點兒事實，小鬼確實特別難纏，原因很簡單，打個比喻來說，就比如黑社會吧，一個混得風生水起的人，他怕的永遠不是和他同等地位的人，因為彼此之間有顧忌，不願撕破臉皮，也想留個退路，所以他不必害怕。

可是他一定很忌諱去惹到一些年輕衝動的「小古惑仔」，因為那些熊孩子，一旦熱血上頭了，是不管什麼後果的，或者根本就不認識你，甚至因為年紀的關係受到的懲罰也沒成年人重，所以這些人才是最危險的，他們特別狠，特別下得起手，甚至被弄衝動了，死也不怕。

總結起來，就是心智不成熟，做事沒顧忌。

如果，再加上一條「怨氣深重」呢？

「小古惑仔」的特質加上一條怨氣深重，那就是小鬼了！光是想想就知道有多麼可怕，完全沒有顧忌，連天道懲罰也不怕，只知道害人發洩，而且手段特別狠的傢伙，誰不怕？

很多人對小鬼都有誤會，有一部分人認為嬰靈就是小鬼，可是嬰靈怨氣是重，但絕對還沒到小鬼那種恨到瘋狂，殘酷的地步，它們還有被超渡的機會，化解怨氣的機會，但小鬼是絕對沒有，除非去解結，安撫，才能換得它們一個魂飛魄散。

而更多的人受電影電視的影響，或是大多數人對一種事物習慣了一種叫法，就以為那一種事物就是小鬼了，但那一種事物絕對不是小鬼！

就說「古曼童」，從本質意義上來說，它們是一些可憐的早夭之靈，或許有的有些怨氣，也被渡化，然後拿出來，接受一些人們的供奉，讓供奉的人們因為善行，得一些或小或大的善果，它們根本就不是真正的小鬼！

小鬼是什麼？我想著我所知的煉製小鬼之法，就覺得頭疼，要說小鬼是什麼，那疊放在桌子上的資料就說明了一切，小鬼簡單到用兩個字來形容就可以了，那就是——恐怖！

是的，它們就是恐怖的化身。

我和慧根兒沉默了半晌，我對慧根兒說道：「這段時間，你要和酥肉混，還是沁淮混，自己選吧。你知道，我要去面對什麼了。」

「哥，額就是跟你混，有額在，多少能化解一些小鬼的怨氣，至少額身上的氣息是克制它的，也能幫到你。」慧根兒說得很直接。

是的，這小子是天才中的天才，修成金剛法相，對任何陰邪之物都有克制的作用，他說得沒錯，比起我這個倒楣的體質，他幸運得多。

我沉思了一會兒，把手放在慧根兒的光頭上，對慧根兒說道：「是吧，那你可以跟我去見識見識，或許以後也會用到你，不過最危險的時刻，我是不會帶著你的。」

慧根兒咧嘴笑了，倒也沒有反駁，彷彿我要面對的不是什麼危險的事情，而是一件好玩的事情一般。

看著他的笑容，我無奈地想著，我身邊的人還都有這個特徵，遇見危險的事兒，就跟遇見好玩的事情一般，這他媽的是在看我笑話嗎？看我有多招事兒？

想到這裡，我也苦笑了一聲。

在第二天，我按照趙洪留給我的聯繫方式，給趙洪打了一個電話，我提出來我要去那起凶殺案的現場去看看。

一大早，趙洪估計是在晨練，在電話那頭的聲音有些發顫，一聽就是在跑步，他沒急著答應我，而是說道：「你那麼快就有線索了？還是想到什麼了？」

「沒確定什麼，但那個地方我必須去看看。」關於是小鬼的想法，只是我和慧根兒的初步判斷，我不能就這樣就妄下評論，如果真的是小鬼，我去現場，應該還能找到一些證據和線索。

「那好吧，等一下我過來接你，我還以為要在這個城市等你十天半個月呢。」趙洪乾脆地答應道，然後掛斷了電話。

我擦了一把汗，我也才晨練歸來，去洗澡，然後等趙洪的到來。

早晨九點多，趙洪就到了我家，今天的天氣還要熱一點兒，他直接就穿了一件背心，昨天沒注意，今天倒是看見了，一身鼓鼓的肌肉，很有力量的樣子，和這樣的夥伴合作倒也行，真有小鬼，他也不會拖後腿。

趙洪這樣子剛好被洗澡出來的慧根兒看見了，一樣，慧根兒也得晨練！

他一看見趙洪，一下子就蹦了過來，二話不說，把身上的短袖T恤一脫，嚷嚷道：「來，比比肌肉，比比肌肉。」

趙洪莫名其妙地望著忽然竄出來的慧根兒，而我則無言的看著慧根兒，這小子什麼時候也是一身疙瘩肉了？不愧是慧大爺的徒弟！

一巴掌拍在慧根兒腦袋上，把T恤扔給他，讓他穿上，不好意思地給趙洪解釋了幾句，然後趙洪望著我，有些難以相信地說道：「你意思是說，這小子要跟著我們一起去？」

我平靜地解釋道：「他的師傅是慧覺。」

「慧覺？哪個慧覺？」那個中年人介紹過趙洪是新進部門的人，所以看起來趙洪好像不認識慧大爺。

「給你領導打個電話吧，你說我要帶去一個小子，是××部門慧覺的徒弟。」說完，我坐在沙發上耐心等著趙洪打電話。

我不知道我為什麼如此堅持地帶上慧根兒，或許是覺得自己平日裡陪他的時間太少了，我總是會想起那一年，我牽著他手，一路帶他去黑岩苗寨，把他放在眼皮子底下保護的事兒。

這人生，還真的如白駒過隙啊。

很快，趙洪就打完了電話，我對趙洪說道：「沒問題？」

趙洪有些不好意思地笑了笑，說道：「上面說了，如果是慧覺大師的徒弟，自然是沒有問題的。剛才對不起啊，我只是公事公辦。」

他言下之意是說，他真的去打電話驗證了，是件挺不好意思的事兒。

趙洪這一系列的舉動，倒是讓我對他有了幾分好感，對他下了一個最基本的定義，這小子是個負責人，且說話直來直去的直腸子！

這樣的人相處起來不累。

飛機場，我第一次坐上了所謂的頭等艙，看來進部門公幹的待遇倒是不差，我原先以為有個商務艙就很好了。

在頭等艙，待遇是不錯的，坐著也舒服，趙洪在旁邊給我簡單地介紹著這個案子的背景，因為這些是不能寫在資料裡的。

「那個公司涉及的背景複雜，而且跟諸多的勢力有牽扯，所以這才是我們不敢明著下手調查的理由！而且就算調查出來了什麼，也要我們兩個祕密搞定，不能牽涉到部門。你知道，要去搞這麼一個公司，而且它的總部弄到了國外，是要連根拔起，是多麼不容易的一件事兒，在這之前，是不能打草驚蛇的，至少事情不能做在明面上。」趙洪在我耳邊低聲地說道。

我很是不滿，轉頭望著趙洪，問道：「你覺得是我有三頭六臂，還是你有三頭六臂？」

「什麼意思？」趙洪沒反應過來！

「咱們倆，誰能頂上一小隊部隊？你還是我？就我們倆去搞定？」我再一次懊惱地覺得，我就真他媽的是個事兒精！

趙洪低聲說道：「如果是論打架，我一個人能頂七、八個！還能做很多事兒，我原以為我一個人就夠了。」

我無語地靠在飛機的椅背上，不想和這個被〇〇七系列電影荼毒了的趙洪說話，我決定一下飛機就得談判一下，否則這事兒老子不幹了。

因為，要面對的很有可能是小鬼！你趙洪一身力氣，難道還能打沒有實質存在的東西？這事兒不能這麼辦！

第十四章　夜探

談判的結果讓我「極端」的憤怒，虧我下飛機，就直奔賓館談事兒的那份心了。

我得到的答覆大概意思是這樣的，行動嘛，就扔給我負責了，我可以任意叫我的朋友來，部門會給報酬，我也可以申請「武器」，辦事兒也會儘量給我提供方便。

如果說事情很嚴重的話呢，部門會視情況而升級行動。

我很想追問一句，情況嚴重到什麼程度，你們才會升級行動？

結果，那邊打個「哈哈」，直接就把電話給我掛了。

我咬牙切齒地坐在床上，心想這是賴上我了，對吧？他們說什麼任意叫我朋友來加入行動，誰不明白就是暗示我可以找我自己圈子裡的朋友幫忙啊？什麼報酬啊，武器啊，都是扯淡的事兒，誰稀罕那點兒錢，而且對付的事情，如果是靈異的事情，我要你們武器有啥用？

特殊的武器倒是有，但問題是屬於我師傅他們那個部門，不是你們這個部門。

至於最後一句升級行動，純粹是屁話，說了跟沒說似的。

面對我的氣憤趙洪不以為然，也不知道他發哪門子神經，竟然在賓館做起了俯臥撐，這是生命不息，運動不止嗎？

或許是趙洪在那裡做俯臥撐的「雄姿」刺激了慧根兒，慧根兒這小神經病脫了上衣，在屋子裡晃蕩來，晃蕩去的，不時停在趙洪身邊，比一比他的二頭肌。

我有一種無力的感覺，也懶得理會在屋子裡跟神經病似的兩人，心裡正盤算著，具體該怎麼做，手機就響了。

接起電話，電話那邊傳來純正的普通話：「哥。」

在這個世界上，能管我叫哥的就只有兩個人，一個是慧根兒，一個就是孫強。

這麼多年了，孫強那口帶著濃重的當地鄉音的普通話早已消失。他忙，忙很多事兒，我們常聯繫，但他沒時間參與到我的生活中來，但這並不影響我和他的感情，和我們之間互相知道身邊發生了什麼事兒的親密。

「強子，咋有空給我打電話？」聽見孫強的聲音我還是心情愉悅的，老孫頭死了以後，趕屍的手藝就是這小子繼承了，或許是當年的那一幕太慘烈，激發了他的某種情緒，從某一方面來說，這小子應該算是年輕這一代的中的趕屍第一人。

而且，老孫頭的英雄事蹟感動了太多人，所以這小子被部門的一個大巫看中了，這些年那麼忙碌就是在學習巫術。

「哥啊，我師傅說我悶頭學習的日子也該停一段落了，說我該出來看看了。這麼些年，我就是過著『與世隔絕』的日子，我想來想去，不知道該走到哪兒去，我出來跟著你吧？」孫強對我倒是挺直接的。

我曾經對孫強說過，從此以後你就是我弟弟，而這麼多年，我一直也是這樣待他，他自然不用跟我拐彎抹角。

我沉默了，是在仔細考慮這件事兒的可行性，過了好一會兒我才對孫強說道：「強子，我現在在做一件比較危險的事兒，你先去××市去找酥肉，不然就去北京找沁淮，他們的聯繫方式你知道吧？等我辦完這件事兒，我再來找你。」

孫強倒也乾脆，直接就答應了，和酥肉和沁淮，強子也並不陌生，特別是沁淮，當初還一起在荒村待過，我這邊還沒說完呢，慧根兒已經顧不得要在肌肉上把趙洪壓下去的大事兒了，衝過來就搶了我的電話，大聲說道：「強哥，我是慧根兒，我跟你說，我現在是一個帥哥……」

我估計孫強一聽這話已經滿頭大汗，想著就不厚道地笑了。

趙洪對我的安排很不滿意，為什麼要選在大晚上的出門，去那個凶案的現場。

我也懶得和趙洪解釋，白天陽氣足的時候，是看不出來什麼的，晚上估計會發生一點兒「稀奇古怪」的事兒吧，但這個也不能說，我怕嚇到趙洪那小子。

死去的夫妻應該是有錢人，好好的市區不住，竟然跑去郊外的山上住什麼別墅。現在的時間已經是深夜，上山的路上一片安靜，在這炎熱的夏季，吹來的風竟然也有那麼一絲涼意。

我們三人安靜地沒有說話，總是覺得靠近了那資料上的凶殺現場，走在這路上聯想起來就有些壓抑，所以沒有說話的心情。

是不能從正門進去的，一是因為這種高檔住宅的社區，保安總是認真的，走正規途徑進去比較麻煩。第二，是最重要的一點，那就是為避免打草驚蛇，讓背後的勢力知道，從來就沒有放棄過這件案子。

以上的原意，讓我們選擇一切都低調行事。

這別墅區的牆也真高，而且周圍的路難走，不過對於我們三人來說，倒也沒有什麼難度，畢竟這年頭，哪個圈中人還不是練家子啊？至於趙洪那個〇〇七更不用擔心他。

順利地翻過了圍牆，我們進入了這個別墅區，趙洪挺直了腰桿，就跟這個社區的人似的，一邊走一邊對我們說道：「自然點兒啊，別翻牆進來，就得貓著腰跟小偷似的，那樣的行為就跟臉上寫著我是小偷沒區別啊。」

我和慧根兒臉一紅，我們倆不就是賊兮兮地貓著腰的典型嗎？趕緊挺直了腰桿，做散步狀，一邊低聲說道：「趕緊帶路，說這些話，就跟你是專業小偷似的。」

「老子是特工！」趙洪咬牙切齒地說道，接著又詆毀了我一句：「真沒想到你還能翻牆啊，是拿出了你的全部實力吧？」

這小子一直看我不順眼，我哼了一聲，不再和他爭辯，因為不遠處一對保安正在巡邏。

或許是趙洪親自來過這個凶案現場，輕車熟路地帶著我們七彎八繞，還盡是走僻靜的地方，很快就來到了所謂的凶案現場。

凶案現場這一片兒，幾乎是整個別墅區最安靜，也最黑暗的一片兒，如果不是有淡淡的月光，幾乎是看不見路，慧根兒本想拿出手電筒的，被趙洪阻止了。

「你看保安巡邏都不走這一片兒，你拿個電筒出來不就是大海裡的燈塔嗎？」這小子一副很專業的樣子，慧根兒傻乎乎地哦了一聲，收起了手電筒。

而我在適應了這樣的黑暗以後，藉著月光開始打量起這一片兒，這裡由於是富人區，所以樓與樓之間相隔還是有一定的距離，在這一片，一共有五棟別墅，全部都是黑燈瞎火的，根本沒有人住的痕跡。

想想這是啊，發生了那麼慘烈，血流一地的凶殺案，誰還敢在附近住？買得起別墅的人，不見得會特別在意就一定要住這兒，其實我觀察了一下，這一片兒的別墅都貼著出售。

這就讓我理解，卻又判斷不出具體的情況了，於是我小聲地問道趙洪：「這哪棟才是啊？」

趙洪低聲對我說道：「就那一棟，中間那棟，你走前面！」

「為啥？」你都是〇〇七了，為啥非要我走前面？

「因為鬧鬼的話，你才是專家。」趙洪一點兒都不臉紅，可是我們倆爭的時候，人家慧根兒早就大踏步地走在前面去了。

靠近那棟別墅就不自覺地感覺冷了幾分，透過那扇華麗的，但是已經有了鏽跡的大門，我看見了整個院子裡荒草淒淒的樣子，似乎空氣中還飄著淡淡的血腥味兒，那是錯覺吧。

站在外面是看不出來什麼的，我想也不想就要翻牆，趙洪一把拉住我，說道：「咋？你還要進去？我以為你晚上只是來看地形的！」

我玩味地看著趙洪，說道：「你小子是在找不進去的藉口吧？怕了？」

「老子會怕？」趙洪脖子一梗，極不服氣地說道，然後竟然率先翻進了牆裡面。

我感覺好笑，拉著慧根兒說道：「咱們晚一分鐘進去，嚇嚇這小子！」

可是我的話剛落音，就聽見趙洪在裡面驚呼了一聲：「媽呀！」由於緊張和害怕，連聲音都變得尖細了，還帶著顫音！

這就鬧鬼了？我和慧根兒對望了一眼，幾乎是想也不想的，就跳上了圍牆，翻了過去！

第十五章　怨氣之煞

剛剛落地，我就看見趙洪坐在地上，一臉委屈地望著我和慧根兒，那幽怨的眼神如泣似訴，彷彿是在責備我和慧根兒，你們怎麼可以現在才進來。

我看得好笑，倚著牆，叼著菸，頗為戲謔地看著他。

至於慧根兒就要厚道多了，問道：「趙大叔，你咋咧？」

趙大叔是慧根兒對趙洪堅定不移的叫法，無論趙洪怎麼「誘騙」，慧根兒就是不肯改口把趙洪叫得年輕一點兒，原因是趙洪那五大三粗充滿肌肉疙瘩的樣子，和青春不沾邊，哈哈……

其實，我倒覺得趙洪的身材還是不錯的，不是瘦，也不是胖，是健壯吧，啥時候讓承心哥把他介紹給富婆，我壞壞地想著！

那邊慧根兒一問，趙洪像找到組織的迷途羔羊一樣感動，都快哭了，他指著那邊的荒草叢說道：「那邊……那邊有很大的動靜！」

「那邊？」慧根兒徑直走了過去，趙洪全身僵硬地看著慧根兒，我絲毫不擔心地吐了一口菸。

走過去，不到半分鐘，慧根兒就從荒草叢中站了起來，提著一條草蛇問道：「你是說這個嗎？趙大叔？」

趙洪的臉瞬間就垮了下來，傻子都看得出來，這小子是尷尬了，堂堂趙大特工啊，被一條草蛇給嚇得魂不附體，說出去得笑死多少人啊？

我心不在焉地伸了一個懶腰，剛準備跟慧根兒說把草蛇放掉，可這時那原本溫順的草蛇，竟然不管不顧地朝著慧根兒咬去，於此同時，我看見這棟別墅二樓的窗戶有個人影一閃而過！

「這蛇還咬人咧！」慧根兒自然不會怕一條蛇，一邊驚歎著，一邊把蛇扔得遠遠的。

我眉頭微皺，還沒來得及說什麼，就看見有一個模糊的身影站在了慧根兒的身後，只是不敢靠近，我忽然想起了一個說法，一把把看見這一幕，嚇傻了的趙洪拉到了我的身後，對慧根兒說道：「慧根兒，別動。」

慧根兒一揚眉，一副已經了然於胸的樣子，忽然就回頭，大喝了一聲：「滾！」

這佛門蘊含無上意志的獅子吼倒是有了幾分意思，慧根兒一吼之下，竟然整個讓人感覺渾濁不堪的院子變得清明了幾分，我的神情不再輕鬆，慧根兒望了一眼屋子，走過來，臉上也有了幾分嚴肅！

趙洪還有些不清醒，抓了幾下頭髮，喃喃地說道：「在進部門之前，我就上過心理培訓課，也接受過祕密的談話，我真是接受不了，接受不了……」

「接受不了第一次出任務，就看見不可思議的事情，對吧？」我懶得和趙洪囉嗦，二話不說，褪下手上的沉香手串，就給他戴在了手上。

趙洪沒問我為什麼要給他戴上沉香手串，估計是剛才那對於他來說，如夢似幻的一幕，讓我和慧根兒在他眼裡變得神祕起來，他不自覺地問道：「你怎麼知道我是第一次出任務？」

「如果你出過××部門的任務，哪一件兒是輕鬆的？你心理素質會這麼差？別做夢當〇〇七了，跟著我。」我低聲說道，然後褲兜裡掏出了手電筒，朝著別墅走去。

順便我問了趙洪一句：「這裡出事兒以後，有人來做過法事嗎？」

「沒聽說過這茬。」趙洪挺無辜地在我身後說道。

我眉頭緊皺，在心中暗暗爆了一句粗口！如此慘烈的死法，不怕這屋子聚集起來，成為怨氣之煞嗎？就算悄悄的，也要讓專人來處理一下啊！

不過，又能怪誰？畢竟一開始，這件案子只是當普通的刑事案件來處理，又怎麼會專門來處理這裡？所謂的鬼屋就是這樣來的！

其實，鬼屋不一定是有冤魂厲鬼，有時候怨氣聚集起來了，也會對人造成各種不好的影響，甚至是招來一些「好兄弟」，這種怨氣特別容易發生在殘忍的凶殺現場，那種現場在事後，總是會及時的用淨水淨化一下，再用公雞冠子血灑遍全屋正陽。

估計這裡是太過恐怖，連老員警都去做了心理輔導，更沒人願意來這裡了。

「但願不是怨氣之煞！」我低聲念叨了一句，被慧根兒聽見了，他也點頭。

那怨氣之煞到底是什麼？其實我很難具體的去形容，可是在很久以後，有一部非常出名的恐怖片《咒怨》，就在一定程度上還原了怨氣之煞的概念！

原本厲鬼就已經夠可怕，何況是無時時刻被怨氣，凶戾之氣包圍的厲鬼？在《咒怨》裡，那一大一小兩隻鬼，無處不在的，不分白天黑夜的殺人，只要是被怨氣沾染了的人都逃脫不了！

而真實的情況是，如果是在屋子裡，直接面對這樣的厲鬼，普通有八成的可能會被生生嚇死，或者被幻覺自我毀滅。

如果是沾染了這屋子的怨氣，出去至少得倒楣好久，大病一場。

沒有電影裡那麼誇張！

但這屋子一定是影響了周圍的屋子，讓周圍都沒有業主住在這裡了，如果我有心，倒是可以藉這個機會發一筆小財，但無奈不論我在什麼時候，都沒有本錢去買所謂的別墅，就算有，也不敢冒這個險，誰會從我手裡接手啊？就算我把這屋子弄「乾淨」了！

回去得燒一鍋香湯，好好淨身一下了，慧根兒也拖來當苦力，誦經一篇，給驅驅身上沾染的怨氣，我這樣想到。

因為判斷是怨氣之煞了，那說明我們一進到這裡，少不得就已經沾染上了。

「什麼是怨氣之煞？」趙洪這小子耳朵倒是不錯，我這麼小聲的念叨，他也能聽見，可惜我不會給他解釋了，免得這小子尿褲子！或者臨陣脫逃，哥們我再給他上一節心理素質課。

所以，我沉默著，搗鼓著那扇大門，真是麻煩的防盜門啊，我是弄不開的，難道我要砸碎玻璃闖進去？那樣動靜是不是太大了？我在認真思考著。

可是趙洪這個時候出馬了，他擠身到前面來，然後掏出了一個形狀很特別的工具，開始在門前搗鼓起來，我看著不由得想著他那特有經驗，讓我們別貓著腰，要淡定的樣子，忍不住脫口而出：「你小子不是特工吧？說，你是哪個盜賊世家的人？」

趙洪再次「幽怨」地看了我一眼，在這裡他可不敢和我拌嘴，但是手上的動作不停，不到半分鐘，一聲「咵嚓」的聲音傳來，門開了！

一見門開了，趙洪趕緊跳到我的身後，慧根兒笑罵了一句：「沒出息。」

趙洪才不介意，在我身後站得那叫一個挺拔，我也懶得計較，心中驚歎了一聲，特工就是特工，以後光憑開鎖的本事兒，就餓不著肚子，然後就大大咧咧地拉開門走了進去！

進去了，只是瞬間，我就聞到了一股子強烈的血腥味兒，然後冷風撲面而來，一種無法用言語說清楚的壓抑氣場，一下子就籠罩了我！

只是這麼一瞬間，我就知道，完了，這屋子就是一個典型的怨氣場，如果運氣不好，就活活地養了兩個怨氣之煞啊！

連來探個屋子都不能輕鬆，真是的！再次感慨了一句，自己就是一個事兒精！

也就在這時，趙洪忽然再次喊道：「那邊有個女人！」

化形厲鬼？意料之中，我都不帶轉頭，對趙洪說道：「你當什麼也沒看見，跟著我就行了。」

在這樣的屋子裡，厲鬼不化形才是怪事兒！

說話間，我已經打開了手電筒，開始對著這屋子四處地照著，唔，很華麗的傢俱，只是落滿了灰塵，估計也不會有人有膽子來這裡打掃，而牆上某些地方，有一些黃褐的痕跡，也不是太多，但是仔細點兒看，就知道那是血跡。

趙洪執意地走在我和慧根兒的中間，對我們說道：「凶殺的現場在二樓的大臥室？是要上去嗎？」

我沒說話，在這時，我彷彿看見那一幕，發瘋的丈夫提著刀，一路看著妻子，而妻子驚叫著從一樓的客廳朝著二樓跑去，然後血跡濺到了牆上……

我沉默著，在那邊，二樓……忽然若有似無地傳來了一個男人瘋狂的笑聲，像是在屋子裡面，又像是在屋子外面，總之不是那麼清楚。

趙洪很想淡定，可是他身體微微顫抖，已經出賣了他！

我還沒來得及說什麼，屋子裡忽然就起了一陣風，接著樓上傳來「砰」的一聲，是門關上的聲音。

趙洪終於忍不住一下蹲了下去，說道：「老子要瘋了！」

而我的臉色也沉了下來，還有這等手段？這厲鬼怕是比當年的李鳳仙或者是那棟大樓裡的嬰靈還凶厲了幾分。

「倒還有幾分本事啊！」我輕聲說道。

第十六章 凶險

這樣想著，我伸手在隨身的背包裡拿出了一卷紅線，然後轉身走到了大門，在這過程中，趙洪和慧根兒都跟著我，趙洪是純粹被嚇到了，而慧根兒則是和我一樣，心知肚明，能帶起如此氣場的厲鬼，絕對是很「凶」的，在某種程度上來說，氣場可以影響物質，畢竟是可以帶動氣流的，剛才那門不就是證明嗎？

不要小看這種影響物質，關鍵時候會要人命的。

這轉身的一路走得並不愉快，背後總是飄蕩著若有似無的笑聲，眼角的餘光也總是看見一個女人，我走在最前面，其實這種程度的「小把戲」確實對我影響不大，對慧根兒也沒什麼影響，就是苦了趙洪。

活生生的鬼屋之旅。

我走到了大門口，趙洪充滿希望地問我：「是要出去了嗎？」

我沒有時間解釋，顯然是我們生人闖入，惹到了屋子裡兩個傢伙，現在還是試探的階段，等一下「凶」起來了，就沒時間做這些了，我和慧根兒倒是無所謂，總是有辦法能脫身的，我還要想辦法從這兩傢伙嘴裡掏點兒話出來，但是趙洪是普通人，雖然我把沉香給他戴在了手上，可他不小心中招了，還是麻煩啊！

這樣想著，我把手放在了門把手上，想要打開大門，可這時，我的手莫名的一陣發冷，低頭一看，一隻血淋淋的手就搭在我的手上，在手電筒的光芒下，我能清楚地看見那隻手被刀砍後，向兩邊翻捲著的肉，是一種殘敗的顏色。

儘管我不怕什麼厲鬼，可是眼前的情形還是讓我的雞皮疙瘩從手臂一直冒到了脊背！

趙洪在我的身後，已經尖叫了起來，至於慧根兒什麼反應我不知道，我只知道我一抬頭，看見一張女人的臉，上面交錯著刀口，根本看不出本來的容顏，由於下刀太狠，她的一隻眼球幾乎脫眶！

這幾乎是我見過最恐怖的厲鬼形象，怪不得趙洪一個大男人也會驚叫出聲。

這女鬼望著我笑了，其實牙齒很白，但是上面的血跡，和已經變形的嘴唇讓人看起來真的不是很愉快，於此同時，一聲飄忽低沉的聲音傳入了我的腦海，我的耳中：「你是要出去嗎？」

一股怒火從我心中不自覺的升騰而起，這算什麼，厲鬼挑釁道士嗎？換普通人，這樣會被嚇死了！它們死得不甘，就想多造殺孽嗎？

幾乎是不加考慮的，一口氣息沉到丹田，我開口喝道：「滾開！」

這種吼功，看似簡單，其實我用出來也是頗為困難的，因為這是在瞬間集中精氣神，然後功力一下子爆發的吼功，也就是說用自身的靈魂力生生的碾壓，喝退厲鬼！

因為調動了靈魂力，平日裡一直沉睡的傻虎也一下子驚醒了，一聲若有似無的虎嘯威風凜凜地在屋子裡咆哮開來。

趙洪已經完全搞不清楚狀況，傻乎乎地問了一句：「還有老虎嗎？」

在這樣雙重的作用下，那個女鬼慘叫了一聲，然後消失不見，此時，一個男人重重的冷哼聲傳遍了全屋。

我還會去理會這種冷哼聲嗎？我想也不想地打開大門，結果門口一片迷霧，剛才的院子已經看不見了，果然是一對厲鬼，我拿起紅繩，拿出一頭，快速地用特殊的辦法在門把手繫著紅繩，一邊綁一邊把趙洪拉到我身邊，然後把那捆紅繩拿給慧根兒，說道：「準備大概三十米，然後給我剪短。」

慧根兒應了一聲，而趙洪整個人完全處於半恍惚的狀態，此時沒有發瘋都算那小子心理素質好了。

很快，在門把手的繩結我綁好了，然後我逮著紅繩朝前走了兩步，大概一米多一些樣子，就從慧根兒手裡接過紅繩的另外一頭，從包裡拿出一個銅錢快速地穿了過去，接著又打了一個繩結……如此，我幾步一停地打著繩結，穿著銅錢，而一路上那兩隻厲鬼也沒來騷擾。

就這樣一路走到樓上，卻發現樓梯什麼的已經看不見了，也不是看不見，確切的說是明明簡單的路，就是一個樓梯直上直下的路變得亂七八糟，回頭竟然是一條兩邊都是門的走廊！不知道的人一腳踏空，那後果不是一般的嚴重！

此時，紅繩已經到了盡頭，和我估算的一樣，我快速把紅繩往趙洪的手腕上綁著，對他簡單解釋道：「這條紅繩就是你的指路繩，這個位置是我判斷的這棟房子裡唯一比較安全的位置，你站在這裡別動，如果等一下我叫你跑，你就抖動這條紅繩，就能清楚地看見路，你逮著這條紅繩朝前走，它還是不敢靠近你，因為紅繩上的銅錢都是特別的銅錢，是萬人錢，陽氣十足！足以撐到你跑出去！」

趙洪畢竟是一個特種兵戰士，他是很害怕，可對環境他竟然有驚人的適應能力，他聲音發顫地問我：「剛才你打開門，為什麼不讓我出去？」

我在背包裡翻找著東西，簡單地說道：「你剛才看見那院子裡的情形了，你一個人出得去嗎？而且，這樣讓你出去，我也不知道你出去以後，會不會安全？萬一其中一個跟上你了呢？只有你在我身邊，才是最安全的，而等一下，我叫你跑，肯定是我和慧根兒拖住了那兩個傢伙！你再跑，跑到院子裡的時候，你看不清楚，就朝著空中灑一點兒這個，你會走出去的。出去以後，在別墅區的大門口等我，要有人氣兒的地方，不要一個人待著，就是這樣。」

說話間，我塞了一個瓶子在趙洪的手裡，我很後悔帶他來，如果不是怕麻煩，不想自己找地方，想他帶路的話，怎麼可能讓他陷入這樣危險的境地中。

趙洪深吸了一口氣，捏緊了瓶子問道：「這裡面是什麼？」

「克制陰氣的東西，主料是公雞冠子血，滿意了嗎？」我快速地說道。

趙洪嗯了一聲，竟然在棟屋子裡站得筆直，彷彿這樣他才不會害怕！

做完這一切，我轉頭對慧根兒說道：「我們去那間凶殺的現場。」慧根兒這傢伙不知道什麼時候已經脫掉了上衣，他好像很熱的樣子，其實在調動某種功力，氣血沸騰之下，一個血紅色的金剛像若隱若現。

我看著覺得奇怪，這種暗紋身如果我猜得不錯，是要用特殊的血還有特殊的方式才能紋出來，我不知道慧大爺這一脈是不是都有一個自己的紋身，但是對比起慧大爺那栩栩如生的惡羅漢紋身，慧根兒這紋身顯得等級更加高等。

沒來得及問慧根兒什麼，身後已經傳來了趙洪那強裝鎮定的聲音：「你們這就走了嗎？」

我無奈地回頭對趙洪說道：「你在這裡，手上還戴著沉香珠子，你又不是我這樣的倒楣體質，你是不會被幻覺影響的，安心地待著吧，這裡最安全。」

看得出來趙洪其實是很不想待在這裡，只不過也是沒有辦法了，只能點點頭。

我在轉身的瞬間，就已經開了天眼，慧根兒也是同樣，由天眼看去，整棟屋子籠罩在一片血光之下，這棟別墅很大，我們同時都看見在走廊盡頭的那間屋子，那血紅色的凶光幾乎已呈實際，一個男人的影子就停留在那扇屋門的前面，只是影影爍爍的看不清楚！

我也沒有那個看清楚的意思，那男人彷彿是感覺到了我和慧根兒的走近，一個閃身，消失在了房間裡。

「慧根兒，你身上的是什麼？」

「金剛紋啊！」

「我是說，是鴿子血弄的？」

「那多容易感染啊，這是我們這一脈的寶貝，是祖上一位高僧留下的鮮血，用特殊方法保存下來，這鮮血和我極為契合，是用那鮮血為主才紋上去的。」

「我×，這不就是血型一樣嗎?你們還真先進，那麼早就想到了這種辦法！」我嘴上調侃著，卻也知道這其實是十分嚴肅的傳承。

兩個人說話間，不知不覺就走到了那扇大門前，那血紅色的凶光幾乎刺得我和慧根兒眼睛發脹！

第十七章　幻境中的電影

屋裡到底會有怎麼樣的凶戾，我和慧根兒並不知道，不過經歷了那麼多，厲鬼這一類的存在不可能對我和慧根兒造成什麼威脅，只不過這屋子裡的怨氣麻煩了一點兒，被纏上我們一不小心都會中招。

我走在慧根兒的前面，毫不猶豫地推開了房門，我以為在那一瞬間，我會看見很恐怖的存在，或者迎面而來兩個血人兒，我都已經做好了心理準備，但事實上沒有，一切很安靜。

整個房間漆黑，原本存在的凶戾之氣都不見了，安靜得就像一間普通的房間，在等待著主人的回來。

我不敢開燈，只能走到窗簾處拉上了厚重的窗簾，揚起的塵埃嗆得我咳嗽了好幾聲，可是這一路安靜得要命，平靜得要命，任何事情也沒發生。

關上窗簾以後，我終於可以放肆地拿著手電筒在這屋子裡照來照去，這間房間或許是請人來打掃過，房間裡的大床罩著雪白的床單，一切的傢俱都蓋著白布，不像客廳的房間，傢俱就那麼裸露著，或許曾經有人來看過房子，想買？

我胡思亂想著，鼻子有一些不舒服，因為這房間總是有太刺鼻的血腥味兒，抱怨著這打掃的人真不負責，那邊慧根兒已經在喊我了。

「哥，你看地上！」慧根兒大驚小怪的聲音。

地上有什麼？我幾步走到了慧根兒面前，然後把手電筒照到了地上，地上赫然還有血跡，已經乾涸了，這不是重點，重點是用白線圈出來的人形，還清晰的在地上，這一幕看著有些滲人！

我看著這些，忽然覺得我好像忽視了什麼，我愣在那裡，拚命地想著我到底忽視了什麼？

在對著那人形的印記半分鐘以後，我一下子想到了我忽視的是什麼，心裡一下子湧起一種危機感，剛想對慧根兒說點兒什麼，卻在這時候，整個房間一下子敞亮了起來！

現在是深夜，房間被我拉了窗簾，而且也沒有光源，為什麼房間會忽然就敞亮了？慧根兒很是驚奇，但遠遠不是害怕！

我因為想通了某種細節，當然洞悉了一切，我對慧根兒說道：「小子，沒發現一個問題嗎？」

慧根兒不解地問道：「什麼問題？」

「我們是開著天眼的，你覺得在天眼的狀態下，我們看見的事物會是這個樣子嗎？天眼狀態下看見的事物是什麼樣子，你是有體會的吧？」我對慧根兒說道。

慧根兒一下子反應了過來，在天眼狀態下，看到的事物都是朦朧的，而且會看見氣場，根本不是現在這種狀況，和正常的雙眼看見事物一樣！

我們都太緊張這間屋子會發生什麼了，所以一開始進來很安靜，讓我們陡然放鬆了，也就沒有注意到這個細節。

「哥，你的意思是……？」慧根兒有些難以置信地說道。

「是的，這兩傢伙有一些本事，我們已經在不知不覺中進入了它們的幻境了。」我對慧根兒說道。

在幻境中，最可怕的是不自知，知道了自然有很多辦法能破除幻境，也就沒有什麼可怕的了，而天眼也不是無往不利的，就比如老虎可以打贏狼，但是小老虎呢？一條狼絕對能殺死牠！這兩個傢伙很凶，我和慧根兒開著天眼，是很隨意的，所以也就在不知不覺中中招了！

「哥，那現在……？」慧根兒可能是想問我，現在要不要破除幻境，可是慧根兒的話還沒有說完，房間門吱呀一聲打開了。

我懶洋洋地站起來，拉著慧根兒，說道：「看戲吧！」

慧根兒不置可否，和我一起站到了一旁！

此時的房間是一個陰沉沉的下午，門開之後，進來了一個女人，看起來三十幾歲的樣子，歲月在她臉上留下的痕跡不多，就算現在看來，也是一個優雅而漂亮的女人。

女人沒有看我和慧根兒一眼，在進入房間以後，把包扔在了床上，脫掉了外套，然後就進入了浴室。

我和慧根兒不說話，我們是來找線索的，這樣的幻境其實對我們是有很大幫助的，所以當浴室響起了嘩嘩的水聲後，我們還是耐心地等待著。

整個房間一片安靜，除了浴室傳來的水聲，什麼也沒有，在三分鐘以後，房間門再次響動了起來，一個男人進入了房間！

這是一個氣場很強大的男人，至少讓人一看就知道他是成功人士，只不過現在的他看起來滿臉的疲憊，而且眼神中有明顯的驚恐。

他一回來以後，就呆坐在房間一角的躺椅上，眼神有些渙散，表情變化得很快，時而平靜，時而驚惶，時而堅韌，卻又時而猙獰。

其實這一幕是很可怕的，一個人躺在那裡，默默地做著各種表情，如果有一個攝像頭能拍下這一切，估計得嚇哭一些女孩子。

但對於我和慧根兒來說，是沒什麼的，我小聲對慧根兒說道：「這個時候的他，怕是已經中招，可惜是幻境，我們不能在此時開天眼去得到一個什麼線索。」

慧根兒點點頭，他其實也好奇這個男人到底怎麼了！

於是，時間彷彿停滯了似的，房間又恢復了平靜，女人在洗澡，而男人還在那裡不停的「變臉」！

過了大概十分鐘以後，女人穿著浴袍，擦著頭髮從浴室裡出來了，看見男人眼中分明有了幾分驚喜，她快活地走過去，圈住了男人的脖子，高興地說道：「老公，怎麼這麼早就回來了？」

男人剛才還在變臉，在女人出來以後，彷彿瞬間恢復了平靜，看得出來他是愛這個女人的，因為眼神是無限溫和的，面對著女人的撒嬌，他很疲憊，但也溫和地說道：「哦，今天有些累啊，所以提前回來了。」

人到中年，能這樣恩愛倒也不容易，那女人聽聞男人有一些累以後，開始溫柔地幫男人揉起額角，男人閉著眼睛享受著，兩人一邊溫馨著，一邊閒話一些家常。

這一切，就像一部電影一般，但我和慧根兒的感覺很奇怪，就如同走進了一部電影。

原本一切是很正常的，當然那個男人的臉如果不每隔幾分鐘就抽搐一次的話，那就更正常了。

但接下來會發生什麼呢？

這時，這個女人忽然對男人說道：「老公啊，這段時間公司的事兒那麼累，你又何必苦了自己，一定要和××公司較勁兒，不如妥協了吧？」

男人睜開了眼睛，眼神忽然閃過一絲暴戾，但他又平靜了下來，說道：「妳要我妥協了？然後呢？公司會被別人占走的，我不是到頭來，就失去了公司嗎？」

「其實我們什麼都有了，公司有那麼重要嗎？如果你要閒下來，我們正好可以生個孩子啊？」女人溫柔地說道。

一聽這個，那個男人忽然全身顫抖了幾下，一下子拿開了女人的手，顯得很是煩躁。

那女人有些吃驚，但也沒有深想，估計是因為她覺得讓男人放棄公司，那男人有些生氣吧，她轉身走向床邊，一邊走一邊說：「我的表妹都生了，孩子好可愛啊，聽說多看孩子的照片，以後對我們生孩子也有幫助的啊，特別是可愛的孩子，多看看，以後生的孩子也會可愛，我都把照片拿回來了……」

那女人一邊說，一邊去拿床上的包，她根本沒有注意到在她身後，那個男人已經站了起來，開始全身發抖，臉上露出了猙獰而又痛苦的表情。

好像又因為堅持不住，一下子坐到了躺椅上，抱著腦袋……

那女人在包裡拿了照片，轉過頭來，正看見那男人雙手抱著腦袋，幾步走過來，問道：「老公，你怎麼了？」

而照片就隨手放在了男人的身側……

看到這裡，我和慧根兒心裡已經有了五、六分的把握。

第十八章　重現

雖說只是一場幻境，在這個時候我和慧根兒的心裡也莫名的有了幾分緊張和不忍。

面對女人關心的詢問，那男人只是一疊聲地喊著滾開，不要靠近我，但時而又目露凶光地盯著女人，也許是夫妻感情太好，那女人並沒有因此離去，而是把那男人的頭抱進懷裡，快哭出來地柔聲安慰著：「老公，不要這樣子，你冷靜一點兒。」

或許是女人的愛撫慰了這個男人，他好像平靜了下來，但也就在這時，他的目光落在了那張女人隨手放在旁邊的嬰兒照片，他手顫抖著拿起了那張照片，死死地盯著，臉再度開始抽搐起來！

女人抱著男人，並沒有注意到這個細節，這時已經是非常危險了。

可惜只是一個幻境，我和慧根兒都無力阻止什麼，同時我們也不明白，這種充滿了怨氣的厲鬼，為什麼會讓我們看見這樣一幕幻境?!

「這小孩兒生活得不錯啊。」男人貌似平靜的聲音在屋子裡迴盪。

女人不清楚是怎麼回事兒，坐到了男人身邊，說道：「是啊，家裡人可寶貝他了，招人疼呢。」

男人的目光此時已經非常的不對勁，因為女人是坐在側面，並沒有注意到這個細節，而男人繼續問道：「他可愛嗎？」

「老公，你不覺得這個寶寶可愛嗎？」女人有些驚奇地反問道。

「他可愛嗎？」男人忽然轉頭，大聲地狂吼道，表情因為扭曲而變得有些猙獰。

「老公……？」女人顯然很不適應那男人忽然轉變態度。

「我問妳，他是可愛嗎？哪一點可愛？憑什麼家裡人要對他那麼好？」那男人瘋狂地嘶喊道。

女人驚恐地望著男人不說話，或許她不能接受自己的男人變成這個樣子。

或許是女人的不回答激怒了這個男人，他忽然站起來，一把推倒女人，然後衝過去，死死的掐住女人的脖子，狂吼道：「他怎麼可愛了？他哪裡可愛了？他憑什麼？憑什麼？」

女人先是完全的沒有反應過來，接下來開始奮力掙扎，或許因為是在生死關頭，女人爆發出了驚人的力量，竟然擺脫了男人的鉗制，她哭泣著跑向臥室的大門，但眼神是那麼的難以置信。

但此時男人已經完全的瘋狂了，他追了過去！

女人開門，奪門而出，而男人也在那個時候追了過去，我和慧根兒對望了一眼，沒有動，因為這是幻境，不代表在屋子裡的厲鬼真的出去了，所以也就不用擔心在門外的趙洪。

果然，彷彿只是一秒鐘的時間，女人就衝了回來，此時的她哪裡還有一開始回來的優雅，她放聲哭泣著，身上衣衫不整，可怕的是她後背有一道長長的血跡，她應該是被砍了，慘案就是從這個時候開始了。

女人關上了房門，滿臉的淒涼與悲哀，她的腳步有些蹣跚，看表情背上那條傷口也讓她非常的痛苦，她慌亂地跑到床前，拿過自己的手提包，開始翻找電話……

而在這個時候，門外響起了劇烈的「砰砰砰」的聲音，還有男人野獸般的嘶吼聲，他在瘋狂地破壞門。

女人很是慌亂，找出了電話，因為太過緊張，電話竟然掉到了地上，又被她快速地撿了起來，她手顫抖地開始撥電話號碼，可是剛撥好號碼，拿到耳邊，一聲無比劇烈的聲響在屋內響起，竟然是那男人劈壞了鎖，一腳踹門，衝了進來！

「妳是要報警抓我嗎？妳這個賤人，哈哈哈……」男人帶著不正常的神經質的笑容，大聲的嘶吼著，然後衝過來一把搶過了電話。

女人哀叫了一聲：「老公……」直到這個時候她還是難以置信，自己的丈夫會變成這個樣子，可是她的那一聲老公怎麼可能喚醒男人？何況我和慧根兒在旁邊看著，都已經知道，她面對的根本不是她的老公。

沒有一點兒猶豫的，那男人舉起手中拿著的菜刀，朝著女人砍去……女人驚叫著再次想要逃跑，可是一個女人的體力怎麼可能和男人相比？況且被砍的劇痛也拖累了她，她沒有跑掉……

看一個凶殺現場絕對不是一件愉悅的經歷，如果要我形容，那絕對是十分可怕的經歷，比任何厲鬼之類的都要可怕！

一刀，兩刀，三刀……那男人在此刻化身為了一個屠夫，一刀刀地砍在那個女人身上，邊砍邊發出神經質地大笑，他下刀並不重，只是一刀一刀的特別殘忍，很快，那女人就不能動了，只是時不時地抽搐，顯示她還活著……

鮮血開始四處蔓延，濺到牆上的，地上流淌的……

那男人在狂笑過後，又彷彿是在哭泣，他的表情顯得很痛苦，他的樣子很是猙獰，可是他卻沒有辦法停止這樣的行為，女人死了，不再動了，可是他還是一刀一刀地砍著……

我很想閉上眼睛，可是這是直接影響大腦的幻境，閉上了眼睛，也會出現在夢中，除非破掉它！

但是這個幻境我暫時不能去破滅，或許最關鍵的線索就在其中，成年人或者能承受這血腥一幕的刺激，但是我擔心慧根兒，忍不住對慧根兒說了一句：「靜心。」

慧根兒低聲對我說道：「我不會看外表的血腥，在我看來只是被控制的本質。」

還好，這小子沒有受什麼影響，他的心境比我圓滿，只是也難免眼眶紅紅，這小子到底是善良而心軟的，他是在同情那個女人，儘管他清楚，此刻這個女人其實應該隱藏在這個房間內，根本就是一隻厲鬼！

而我在心中也難免淒涼，但更多是憤怒！

「哐噹」一聲，男人終於扔下了手中的刀子，而那女人已經死得不能再死了，我甚至都不忍心看那女人的屍體一眼，已經破碎到不成樣子了……

男人抱著腦袋開始哭泣，一會兒又抱起女人的屍體開始哭泣，很悲哀很悲哀的放聲大哭，可只是一會兒，他的表情又再次開始變化，變得有些癡癡呆呆，但是兇狠異常。

我不忍心去描述一個人自我摧殘的那一幕，絕對比女人的身死更加慘烈，更加的殘忍！

摳掉自己的眼珠，咬斷自己的一段舌頭……一刀一刀毫不留情地砍向自己，這個世界上最疼痛的事情，這個男人竟然都活生生地承受了，並且一直到把自己弄死為止！

按理說，這根本就是不可能的事情，人體有自我保護的機能，會因為劇烈疼痛而昏死過去，可這男人竟然清醒著去做每一件事情，可怕的是他把這個當成了一個「遊戲」一般。

我親眼看見，他摳出了眼珠以後，還拿在手上，看了幾眼，那樣子覺得頗為好玩，或者是我看錯了！

但無論怎樣，我知道，在男人看見女人身死，崩潰的那一剎那，他已經是完全的，百分之百地被控制了，已經完全的沒有自我了……

最終，男人在自己頸動脈上來了那麼一刀，然後終於倒在地上，在那一瞬間，或許他終於清醒了，我看見他那隻已經被鮮血完全染紅的手，掙扎著過去，握住了女人被砍得不成人形的手。

什麼是地獄？或許此刻這間屋子就是地獄！也是最悲慘的慘劇，一對恩愛的夫妻，竟然被害成這樣，我的心中充滿了憤怒，第一次對一件事物充滿了毀滅感！

果然，師傅曾經說過的話是對的，對於小鬼，你絕對不可以同情，除非是你完全已經能夠制服它，否則，請用盡一切辦法毀滅它。

第十九章　極度恐懼

房間重新安靜了下來，我和慧根兒竟然同時長吁了一口氣，我們儘管有一些和普通人不一樣的本事，但從根本上來說，我們也是人，也有平凡之極的一面，面對這麼一幕慘劇，難道心底就會平靜嗎？

其實不知不覺中我的後背已經濕了，是被汗水打濕的！這就是心理上帶來的壓力。

接下來，還會有什麼？面對這個地獄一般的屋子，我心中緊張起來，如果說這場幻境是有目的的，那麼接下來應該就是最關鍵的！

我和慧根兒沉默著，死死地盯著這個凶殺現場，在下一刻，原本是下午，儘管陰沉沉還是明亮的房間，竟然開始出現一種不真實的顫抖感。

這分明就是兩個厲鬼都支撐不住幻境的表現，它們畢竟不是老村長，因為紫色的植物，變得強大，厲害無比。

也可能這一段記憶是禁忌的，就算在幻境中重現，也有一種承受不住的感覺。

就在整個幻境顫抖得厲害，我和慧根兒都感覺在跟著顫抖受不了的時候，終於，一個紅彤彤的孩子從那個男人的身體裡走了出來！

是的，就是那麼突兀地走了出來！

說它是紅彤彤的，其實並不盡然，是因為它的身上總透著一層模糊不清的血光，讓人看著覺得紅彤彤的，其實它本身的皮膚是慘白色的。

這個孩子大概就二歲左右的樣子，有一頭黑髮，它走出來之後，繞著屍體走了兩步，彷彿是在研究什麼好玩兒的事物，它始終背對著我們，但是手上，腳上都戴著明晃晃的金色圈子。

當然它是靈體，只是本能的保持了一些身體情況的形貌，在那個時候，我的心就快要跳出胸膛，這是小鬼，這絕對是小鬼！培養小鬼是禁忌之術，幾乎是人人得而誅之，因為小鬼太過怨氣沖天，卻沒想到今天真的被我活生生地見到了。

慧根兒估計心情也同樣極其不平靜，連呼吸聲都變得粗重了很多。

華夏絕對不允許存在這樣的術法，只有南洋那一帶，還保留了一些培養小鬼的方法，而這其中有一個關鍵的步驟，非得大能之士不能做到！

如果說真的是小鬼，那麼就絕對不是我和慧根兒兩個人的事情了，這絕對是整個華夏修者圈子都要出手的事情，小鬼太過逆天，絕對不能允許存在。

幻境顫動得更加厲害，一個小孩兒清脆的笑聲在屋內迴盪著，彷彿是在它眼裡這兩個人死得很好玩，值得開心一般，這就是「純真的殘忍」，也許這個詞語說出來很難理解，但事實上放在小鬼身上就是。

簡單的說，就是在一張白紙上刻意畫滿了殘忍，也沒有任何束縛和道德觀，就是這個意思，把殘忍，冷血，嗜殺變為本性！

僅僅只是幻境啊，我和慧根兒的心都顫抖得厲害，是的，我也會承認，我怕了小鬼，特別是親眼所見之後。

也許有比小鬼更厲害的存在，就如老村長，就如惡魔蟲，但是它們絕對不能給我帶來這種害怕的感覺，就如一個正常人會怕瘋子。

小鬼始終沒有回頭，而是在屋內蹦蹦跳跳，哼唱著一首我根本聽不清楚的童謠，它雪白的腳踩在血泊中，竟然還能帶起一個個的小腳印，怨氣化霧，已經是極度了不起的事情，化成這樣的實質？

可畢竟這不是實質，只是怨氣的影響，我和慧根兒就這樣看著那小鬼的腳印，詭異地出現，又詭異地消失！

傳說陰間有能之鬼，能留下腳印，所以民間有頭七在房間裡灑生石灰，觀看腳印的一種辦法，這小鬼就達到了這樣的程度，如果這房間裡有生石灰，來辦案的員警或許會臉色難看的看見，這房間裡有詭異的小孩子足跡。

在顫抖的不真實的幻境中，詭異的童謠，這一切沒有那種歐美恐怖片兒似的視覺震撼，卻是一種十足的心理折磨，我和慧根兒都有一種說不出的崩潰感，這是被那種恐怖的怨氣氣場影響，僅僅在幻境中只有形，而沒有實的怨氣氣場都能把我和慧根兒影響成這樣，可見是多麼的可怕。

可也就在這時，幻境彷彿支撐不住，快要崩潰了，我有一種解脫的感覺，可我還沒來得及輕鬆，那個小鬼忽然回頭了，朝著我和慧根兒這邊看了一眼，彷彿是知道我們在那裡一樣！

不，我不想要看，那一瞬間，我就恐懼了，那是一種我無法形容的眼神，玩味兒，殘忍，沒有絲毫人類的感情，連動物眼中有的神采都沒有！

更恐怖的是，那是典型的小鬼眼，是純粹的黑色，看不見一絲眼白，那黑色可不是眼珠子，那是怨氣，深得可怕的怨氣！

另外，就是一張其實可愛，但你根本看不出哪點兒可愛的稚童的臉，因為那表情太過殘忍，還有一種異樣的浮腫！

「吼」，慧根兒的身後陡然出現了一個金剛的法相，而身上鮮紅的金剛紋一下子變得清晰無比，慧根兒身子都在顫抖，顯然那金剛法相並不是慧根兒控制著出現的，而是自動浮現了出來。

要知道佛門怒目金剛可是嫉惡如仇的，小鬼這麼邪性兒的東西，終於是刺激了它。

而慧根兒本人幾乎是無意識地對我說道：「哥，它是看見我們了嗎？」

彷彿是一個水泡的破裂，在那小鬼這樣看了我們一眼之後，這幻境竟然消失了，我們的眼前恢復成了一片的黑暗，只有手電筒的光在顫抖著，它是因為我的手在顫抖。

「不，不不，我們絕對對付不了它。」我幾乎是無力地說道，甚至連寬慰慧根兒說這是幻境，那小鬼根本看不見我們這種話都說不出來。

難道一定是看不見嗎？我想到了一個可怕的可能，這個可能讓我知道了，這個屋子裡或許沒有厲鬼要對付，或許有瘋狂的厲鬼要對付，我不能多想，我只是知道這黑暗是讓我如此的不安，連我也感覺到恐懼！

「慧根兒，我破幻境了！」我喊了一聲，然後從身後的黃布包裡拿出了八張符紙，按照一定的方位，貼在了房間的八個位置！

幻境看似破碎，其實我心裡很清楚，我和慧根兒當然還是在幻境裡，不然看見的應該是天眼狀態，不管以後是要遇見什麼，當務之急是破除幻境，在幻境中，厲鬼比我們厲害，面對厲鬼，最怕的就是被控制。

貼上去的符，只是最簡單的對付鬼物的符，說白了，就是符上充滿了陽氣，正能量！鬼物陰氣，怨氣影響人的大腦才能形成幻境，用陽氣和正能量克制它們，幻境自然就破了。

八張符按照位置貼好，又是一個簡單的聚陽陣，在這樣的符的作用下，幻境不攻自破，整個房間那種安靜消失了。

血光剎那沖天，可八張符紙的位置還透著幾絲清明。

它們在哪裡？我和慧根兒在天眼的狀態下掃視著整個屋子，在角落裡果然發現了站在那裡的一雙身影，是如此的模糊不清！

「救我，救我……」是一個女人的聲音。

「你們看見了一切，救我們……」另外摻雜著一個男人的聲音。

它們的聲音是如此的虛弱，彷佛如同大病了一場！

我對這種情況並不驚奇，不是說變為了鬼物就不會虛弱，當它們消耗了自己的靈魂力，自然就會形成這樣的現象。

救它們？不知道為什麼，我的心裡有一種本能的不安，可是我還是不由自主地朝著它們走去，或許我會看見很可怕的畫面，但是我必須要去驗證一件事情。

慧根兒跟在我的身後！

第二十章　鬼頭

呼吸在此刻都猶如靜止了一般，我站在了那個角落。

面對我的是兩個顫抖的背影，血色未消，彷彿才剛剛死去，讓人不忍直視。

最特別是在它們的肩膀上，各有兩個鬼頭咬著它們的肩膀，閉著眼睛，尖牙利嘴的樣子，讓人一看就特別不安。

我知道那鬼頭是什麼東西，那是生生的煞氣所化，用來鎮壓這兩隻厲鬼，從好的方面來說，這樣鎮壓可以讓這兩隻厲鬼不能「興風作浪」，從壞的方面來說，這兩隻厲鬼會永世被困在這個房間，不要說投胎轉世，就連魂飛魄散的資格都沒有。

而且，萬事萬物沒有莫名其妙能存在的道理，就算是幾團煞氣，它們也需要能量的供給，顯然這兩隻厲鬼的靈魂力就是它們的能量。

這中間的道理是什麼我不清楚，可是從一本古籍中，我倒是知道，小鬼厲害的地方不僅是怨氣重，而且它們帶著無往不利的煞氣，要知道煞氣可以破一切的氣場，煞氣用來鎮壓東西，也是很厲害的。

顯然，這兩隻厲鬼是被那小鬼隨手給鎮壓了，果然是殘忍到極致的傢伙。

此時，那四隻鬼頭的眼睛是閉著的，可就算這樣我的不安還是那麼明顯。

「我們是清醒的，不要對付我們，我們唯一的本事就是弄些動靜出來嚇人了，不要對付我們……」是那個女人懇求的聲音。

「那個小師傅，把你背後的東西收了吧，求求你了。」這時，又是那個男人在說話。

煞氣破萬物，鎮壓了怨氣，厲鬼也是清醒的，或者它們本身不是凶厲的，只是在這怨氣中泡著，難免就會成為凶鬼，但這不代表它們沒有清醒的時候，就比如現在。

敢情，剛才進屋弄得恐怖的一幕，就是它們的全部本事？

其實，我沒見過被小鬼控制的鬼魂，因為本身我就沒有接觸過小鬼，對它的概念也只是停留在書本的描述裡，所以我有一肚子的疑問想問。

而那邊慧根兒或許是因為同情這一對夫妻，很快就收了金剛法相，這法相剛一收，這對夫妻明顯地不再顫抖。

「轉過來說話吧，我有很多問題想問。」我低聲說道，畢竟對付小鬼我沒有把握，對付這樣的鬼物對於我來說，還是輕鬆的。

因為不瞭解，所以有很多問題，這也是人之常情。

從小受到的教育就是說話的時候，要正對著別人，才是尊重，已經成為了一個習慣，我就是這麼習慣性地說了這句話，結果剛說出口我就後悔了。

我不好意思讓別人再轉身，而這個時候也來不及了，它們就這樣轉身對著我了。

我不由自主地倒退了兩步，這形象保持在臨死的那一刻，還這麼活生生地看著你，換誰受得了？那女人的形象，我剛才算是看過，還好，那男人缺眼睛爛臉的形象，更加震撼。

「不好意思。」我把目光放在它們胸口以下說話，這樣的臉確實不適合觀看。

「你們就不能把自己弄得好看點兒嗎？」慧根兒側著頭說道。

此時，那對夫妻再次轉過身去，那男人說道：「我們只能保持這個樣子，我們連做鬼都不自由。救救我們吧，哪怕是魂飛魄散，我們都甘願，請你救救我們吧。」

男人說話的時刻，那邊的女人傳來了嚶嚶的哭泣聲，可惜鬼物是沒有眼淚的，這是一種悲傷情緒的表達。

「你們不是厲鬼嗎？這麼清醒？」我沒急著回答它們，而是問出了我最想問的問題。

厲鬼是被怨氣控制的，就如李鳳仙，她也許本性善良，可是在怨氣的控制下，她只能跟隨著怨氣做事兒，所以才會在那一年，在村裡大肆殺人。

這對夫妻死得如此淒慘，在之後又沒專人來處理，做一場法事化解，說它們不是厲鬼，我都不會相信，除非它們的內心強大到可以超越恨，超越不甘，超越怨……

如果是那樣心境的人，就算小鬼想要控制，也不是那麼容易的。

「我們現在是清醒的，因為這可怕的東西鎮住了我們的怨氣，這是唯一的好處。我們沒有被怨氣指使著害過人，求求你們，讓我們解脫吧。你們是有本事的人，我們知道的，從你們進入這個房子開始，我們就開始各種試探，我們不是故意的，我們只是想試探一下，救救我們吧。」那男人急急地哀求著。

「是的，大師，你救救我們吧，讓我們解脫吧，你們一定有這個本事的。時間不多了，它們醒來了，我們就不清醒了，它是能通過它們感覺到的。」那女人也說道，聲音也是急切之極。

它能通過它們感覺到的？它們醒來？我稍許愣了一下，只是那麼一下，心裡一下子就緊張了起來，這意思我明白了，小鬼是可以通過這些鬼頭來感覺這裡的一切的，只要鬼頭睜開了眼睛，立刻就能知道這裡的一切，那麼接下來……

一滴冷汗從我的額頭滴落下來，接下來很有可能正主，那個小鬼就會到來！

它來了，我和慧根兒能不能逃掉，都是兩說，畢竟我們只是來探場子，根本沒做什麼充分的準備，連法器都沒有帶齊整，原本就對付不了小鬼，在這種情況下，逃都逃不掉！

可是，要怎麼救它們？這樣的情況，我也是第一次遇見，根本沒有處理的辦法，難道是滅了那幾團煞氣？然後鎮壓，收了它們？畢竟它們沒有造過殺孽，要渡化還是可以的。

我心亂如麻地在思考，可是偏偏是越怕什麼，越來什麼？慧根兒驚呼了一句：「那東西眼睛睜開了。」

我和慧根兒沒有交流過想法，可是慧根兒這小子的見識也不差，從兩隻厲鬼說的資訊裡，他也得出了同樣的答案，才會驚呼出聲。

聽聞慧根兒的話，我幾乎是心顫地抬頭一看，就看見四個鬼頭，八隻冰冷的眼睛同時盯著我，那眼睛彷彿就是幻境中小鬼的眼睛，純黑色，並沒有眼白！

它們為什麼會那麼快睜開眼睛，難道和那幻境有關？如果是這樣，通過幻境就能感覺到我和慧根兒的存在，那小鬼確實也太過厲害！

但也想得通，畢竟幻境是這兩隻厲鬼弄出來的，而這四隻傢伙就咬在這兩隻厲鬼的肩膀上，可能從那時開始就有感應了吧！

如今之計，只能速戰速決，到底是心軟，不想對這兩個夫妻見死不救，否則逃跑的話，應該是輕鬆許多吧。

「慧根兒，先滅了它們。」我大喊道，是的，要先滅了這四隻鬼頭。

而那邊，四隻鬼頭彷彿知道我們的打算，眼中竟然閃過了一絲人性化的戲謔神色！其實，它們從某種程度上來說，就是小鬼的意志和思維！

我的心顫抖了一下，它們這眼神是我看錯了嗎？可無論怎樣，這下子危險了。

可是屋漏偏逢連夜雨，鬼頭忽然變得狠厲起來，一下子鬆口，放開了那兩隻厲鬼，那一男一女忽然發出了一聲震耳欲聾的慘嚎！糟糕，厲鬼發作了，此刻它們危險了，因為正式化身為怨鬼，再也沒有清醒的意思！

「呵呵呵……」那男人轉身過來，原本就恐怖的臉帶著扭曲的笑容，說不出的可怕。

慧根兒在那邊已經重新召喚出法相金剛，一串念珠執於手上。

他大喊道：「哥，我對付鬼頭，你對付那兩個傢伙，不要殺了它們，給它們一個機會吧。」

這個還用說？不能輕視任何一個敵人，哪怕是厲鬼，在那邊我開始掐動手訣，我以為它們雙雙會朝著我進攻，但事實上，那個女鬼飛一般就跑了出去！

而趙洪還在外面！

第二十一章　是誰？

「趙洪，跑！」我大喊了一聲，其實我不是很擔心趙洪，畢竟我已經給他留好了退路，一開始我擔心的情況就是趙洪被偷襲，那才是最可怕的事情，至少現在就不用擔心了。

畢竟是在一個房間內，我的喊聲趙洪當然聽見了，因為在同時，我也聽見了趙洪類似於慘嚎的驚呼聲，然後就是跑動的聲音……

我鬆了一口氣，畢竟在我事先準備好的指陽繩的幫助下，他應該沒有什麼大問題，萬人錢的陽氣至少可以讓厲鬼在短時間裡不能靠近他，而且始終會給他一條清晰的路，讓他不會被幻覺影響。

而在那邊，慧根兒的金剛法相在慧根兒的驅動下，竟然是法相動手，一拳砸向了煞氣，這讓我心裡驚呼了一聲，是很了不起的進步！

要知道在以前，慧根兒的法相只能跟隨在他身後，為他提供助力，甚至連法相的凝聚都模糊不清，根本不可能發揮出什麼威能，現在卻不想竟然能做到這一步，的確值得我在心裡驚呼一聲，是了不起的進步。

煞氣的鬼頭或許很厲害，畢竟煞氣本身是無物不破的屬性，但是在絕對強勢的氣場面前，煞氣一樣會被鎮壓，或許慧根兒的法相面對小鬼本身的煞氣時，會有不敵，但是幾個鬼頭，還不是慧根兒的對手。

至於在我這邊，我並不是太擔心，厲鬼最厲害的手段無非也就是影響人的神志，或者是上身，我的靈魂與虎魂共生，它要上我身是不可能的，而讓我產生幻覺除非是在我沒防備的情況下，如果是特意有防備的情況下，我是不會中招的。

估計這男人所化的厲鬼也是知道幻境對我沒有影響，一來就是狠狠朝我撲來，直接想採取最極端的上身的方式，無奈被傻虎的氣場排斥在外，根本不能靠近我。

我對這兩夫妻原本就是充滿了同情的，所以我掐動的手訣並不是很極端的，不給他人留後路，只是用押煞指，這個是以控制和鎮壓為主，而不是傷害。

在經歷了那麼多的磨練以後，厲鬼在我眼裡真的不是很難對付，押煞指一出，自然那男人所化之厲鬼就被控制住了，我不緊不慢的從包裡掏出了一件陰器，畢竟在畫符的本事上我是趕不上師傅的，我沒有準備可以鎮壓、收納厲鬼的符籙，所以只能用陰器來代替。

那男人所化的厲鬼被我用押煞指驅趕進了陰器，我拿出一張鎮壓的符貼在了陰器之上，而在那邊，慧根兒已經對付完鬼頭，我們沒有多餘的話，而是同時衝了出去，畢竟外面還有一隻要對付。

而趙洪已經沒有了動靜，我估計是已經跑出去了。

打著手電筒，我和慧根兒衝到了門口，我在前，慧根兒在後，可是我的腳剛踏在門口，忽然就一個人朝我撲來，我還沒有反應過來，就藉著手電筒的光，陡然看見一把刀狠狠朝我劈來，而持刀的雙手背後，是趙洪那惡狠狠扭曲的臉。

實在是太快了，而趙洪本身就是特工出身，動作敏捷之極，在這種忽然的情況下，我有些反應不過來，只能本能地退了一步！

在我後邊的慧根兒大喊了一聲，也只是來得及拉了我一把……

那是一把菜刀，終究是砍在了我的肩膀上，深深地嵌入，再狠狠地一劃拉，頓時血流如注！我很清楚這種砍法是下了狠手的，畢竟那麼一劃拉，傷口頓時會被扯到很大！

在那一瞬間，我竟然沒有疼痛的感覺，只是覺得有什麼東西流出來了，然後帶著熱的溫度，下一刻，血就快速滲透了我的短袖，那個時候，我才感覺到肩膀上一片火辣辣的。

但沒有太多的時間讓我去感覺這個，只是一兩秒的時間，趙洪又提著菜刀向我砍來，避是避讓不開了，我乾脆迎了上去，狠狠撞開了趙洪，對慧根兒喊道：「我拖住他，你快把他弄清醒，他被上身了。」

是的，藉著掉在地上的手電筒光芒，看趙洪的眼睛，就知道他是被上身了，所以我也怪不了他。

不幸的是我在沒有防備的情況下，被砍了一刀，幸運的是，趙洪被上身，不是他本人在指揮自己的身體，除了動作快些，力量大些，並沒有什麼技巧！

在很久的曾經，師傅曾經教過我一套鎖人的功夫，就是利用自己的身體，鎖住別人的關節，讓別人在短時間內動彈不得，身體不能發力。

我很佩服師傅有這種先見之明，知道什麼是最實用的，在這個時刻，對付力大如牛的趙洪，這套鎖人的技巧發揮了作用！

很吃力地鎖住了趙洪，畢竟他原本力量就很大，上身之後，厲鬼是不會顧及什麼身體傷害，是會狠狠壓榨潛能的，這也是被上身之人，為什麼力量那麼大的原因！

我說趙洪力大如牛，的確不是誇張，吃力鎖住他後，我幾乎是咬牙切齒才對慧根兒蹦出幾個字：「慧根兒，快啊……」

我已經無力去思考趙洪為什麼會被上身，因為用力，肩膀上那條深深的傷口被拉扯著，鮮血橫流，我只想快點兒解決這件事兒。

慧根兒掐著手訣，也不知道是在念什麼經文，在這時已經念動完畢，掐動著手訣，類似於是鎮住趙洪本身靈魂的手訣，然後揮舞著念珠狠狠地朝著趙洪身上抽去！

趙洪發出了一聲怪異的喊叫，仔細一聽，就是一個女人的叫喊聲，然後忽然開始發瘋般的掙扎！那是慧根兒的念珠傷及到了這個厲鬼！

我不太瞭解佛門的手段，但我知道佛門的手段並不比道家的手段差，也並不是說都充滿了仁慈，就如慧根兒現在用特殊的辦法，念珠直接抽打的是厲鬼的本身，也就是一種抽打靈魂的手段，靈魂上的疼痛是非常痛苦的。

也許厲鬼可以忽略這種疼痛，堅決不出來，可是隨著抽打，它也會受傷，繼而衰弱，自然也就不能再控制趙洪。

此時的慧根兒就是一個怒目金剛，一下接著一下地抽打著趙洪，而我是使出了吃奶的勁兒在鎖住趙洪，只是希望那個女鬼別玩兒了，快點出來吧，老子要堅持不住了！

彷彿是過了很久，其實慧根兒也只是抽打了趙洪五、六下而已，終於一聲驚恐的吼叫從趙洪喉嚨裡蹦了出來，接著他身子一軟，一下子不再掙扎了。

而下一刻，那個女鬼的身影出現在了房間中，趙洪此刻已經清醒，看見這一幕，只是發瘋般地罵了一句：「我X！」就再也不能言語。

我能感覺他手腳發軟，不能行動，恐懼源於未知，就算你是一個有蓋世武功的大俠，哪怕第一次見到厲鬼，也是沒了脾氣，會害怕的。

我懶得理會趙洪，我覺得貌似流血過多，讓我有些虛弱的感覺，我扶著欄杆站起來，在那邊慧根兒已經發動法相鎮住了那隻厲鬼，這是手下留情，否則用手段滅了它，也是分秒之間的事情。

我們知道它是被怨氣所控制，也不會真的去計較我被砍傷這一刀。

「哥，收了它吧。」慧根兒對我說道。

我拿出一件兒陰器，如法炮製地收了這隻女鬼，然後自嘲的一笑，原來來對付兩隻厲鬼也會這樣受傷，更何況我們三人進入這別墅，已經沾染了很大的怨氣，如果回去不及時處理，運勢會低到極點，就算出了什麼天災人禍也是正常的事兒，這樣想著，還真是有些狼狽！

「不要小看任何邪物。」師傅曾經說過的話，我是那麼不以為然，現在知道確實是有他的道理。

我靠在欄杆喘息，慧根兒也抹了一把汗，在大夏天的這麼折騰一場，是挺熱的。

這個屋子內還是充滿了怨氣，當然時間也會讓它散去，不過我在想，還是通知人來處理一下吧，如果普通人一不小心在夜晚或者比較陰的時辰闖入這裡，那是會出人命的。

這時，趙洪有些傻呆呆地坐起來，或許今晚的一切就如給他上了一節生動而形象的課程，讓他意識到這個世界多麼神奇，而他要面對的任務是多麼艱難，他需要時間接受。

可是，趙洪卻這麼說了一句話：「繩子是斷的。」

我一驚，回頭問道：「你說什麼？」

趙洪還沒來得及說什麼，在這黑暗的房間裡響起了空洞的腳步聲，接著是幾聲掌聲，是誰？

我一下子有一種慌亂的感覺！

第二十二章　一句警告

這種慌亂的感覺並不是害怕，更多的像是一種憤怒，憤怒有一個人在窺視你，而你卻不知道，這會讓人極度沒有安全感，這種安全感的缺失帶來的自然是憤怒。

那幾聲掌聲在我聽來嘲諷的意味更多，我站起來，用手電筒照了過去，在手電筒的光芒下，一個顯得異常瘦小的身影就站在大廳當中。

這是一個男人，只是又矮又瘦，乍一看跟一個青澀少年似的，可能是娃娃臉的原因，他並不顯老，而清秀的五官讓人乍一看也覺得很年輕，如果不是我看見了他少許的皺紋，我會以為這真的是一個少年。

他彷彿很是喜歡黑色，在如此炎熱的夏季，竟然也是穿著黑色襯衣和黑色的長褲，站在那裡，就彷如一片陰影。

可是這些都不重要，重要的是他是誰？我根本就不認識他。

我和慧根兒看著這個人沉默著，如果猜測不錯，那繩結斷掉，應該是他搞的鬼，畢竟已經不再年少，我不至於衝動到對一個默默窺探自己，然後自己對他一無所知的陌生人責問，總是覺得多說多錯。

而慧根兒一般都是跟隨我保持一致。

至於趙洪根本沒有從那一場他人生中的第一次驚嚇中回過神來，他有些搞不清楚狀況。

「陳承一，你多狼狽，兩隻厲鬼，一點兒怨氣就讓你這個樣子，嘖嘖……真是的，我不過稍許加深了一點兒遊戲的難度。」那個黑衣人開口了，聲音沒有成熟男人的味道，反而是少年般的清脆，只不過這話的內容，讓人仔細一琢磨，就有一種不寒而慄的感覺。

弄斷我事先準備好的指陽繩，這是關係到人命的事兒，可他竟然說是遊戲。

我皺起了眉頭，或許我這個鮮血淋漓的樣子是很狼狽，我問道：「你是誰？目的是什麼？何必和我囉嗦呢？」

「我是誰？」那男人深吸了一口氣，彷彿這滿屋子的怨氣讓他沉醉一般，他抬起頭，望著我笑了，說道：「你該謝謝我的，如果來的是我師弟，以他對你的怨氣，你們會被弄死的，呵呵呵……我很仁慈，給了你們掙扎的機會。」

我沒說話，可是慧根兒這小子卻忍不住「呸」了一聲，喝罵道：「你個瓜P，你真以為你自己殘活得很（厲害得很）咧，躲在後面鬼鬼祟祟的陰人，算個槌子咧？和額真正打一場啊，你敢嗎？」

我有些好笑地看著慧根兒，一般出家人不造口業，也就是不會罵人，這慧根兒和慧大爺一個德性，那嘴是十分毒辣的，更不忌諱罵人不罵人，隨著心意大罵一通又何妨？

就是苦了那個男人，慧根兒一通陝西罵人的方言，把他聽得一愣一愣的，半晌都沒反應過來，但意思總還是懂的，或許是慧根兒激怒了他，他哼哼地冷笑了兩聲，下一刻一揚手，拿出一件兒陰器，就開始行咒……

慧根兒哪裡會示弱，下一刻，就要催動法相……

我肩膀上的傷口此時已經是火辣辣地疼，我喝道：「住手，你來這裡是為了和我們鬥法嗎？如果不是，你還是直接說吧，你師弟是誰，目的又是什麼？」

我叫道住手，慧根兒自然沒有再衝動，那男人竟然也能忍住怒氣，收了手，他淡淡地說道：「我師弟是馮衛，你現在應該明白我的身分了嗎？」

馮衛？劉師傅一度提醒我要小心的人，為什麼他師兄會找到我？他為什麼不親自來？而且我能感覺他雖然給我使絆子，但是也是不敢太狠的樣子，相反還相對克制？或者馮衛憎恨誰，與他無關，他真的如他所說，對我們仁慈？

一時間我的想法很多，沉吟著沒有開口，趙洪畢竟是特工出身，不管這一次的事件給了他多大的心靈震撼，可他終究還是在此刻恢復了。

在我沉默之際，趙洪站到了我的身邊，他開口對我說道：「陳承一，被鬼上身之後的感覺就是身體會很冷，真是奇妙的體驗。陳承一，我其實是想說，下次我不會再那麼沒用。」

其實趙洪倒是條真漢子，也挺坦誠，我淡淡一笑，開口說道：「你表現得已經不錯了，至少沒有尿褲子。」

趙洪沒有生氣，倒是有些不好意思地笑了一下，然後轉身對樓下大廳那個男子說道：「這是××部門在辦事兒，請你做事之前考慮清楚。而且你剛才的行為，已經觸碰到某種底線了。」

這倒是典型的官派說辭，部門裡的人說話多少帶著這種色彩，很官方，不過看似平和的語言下，威脅的意思倒是挺濃厚的，那意思就是「衙門辦事兒，你掂量一下能不能得罪吧」。

這趙洪倒也不是一個傻大個兒，而且他說不怕了，面對這麼詭異存在的一個人，他還真的能冷靜淡定地說出這番話。

我其實懷疑馮衛這一脈人的目的，也懷疑他們到底是個什麼身分，於是沉默不語，倒想看看這個自稱為馮衛師兄的人會怎麼說。

果然，在趙洪話說完以後，那人冷笑了一聲說道：「××部門？呵，我還真沒放在眼裡，你們是一群什麼樣的廢物？我們圈子裡的人說話，你最好不要插嘴，那樣就不好玩了。」

趙洪被這樣「堵」了一下，臉色一下子就沉了下去，可他看我沒有說話，終究還是忍了。

那人似乎不耐煩了，對我說道：「陳承一，就如你所說，我是懶得和你囉嗦了，的確是有特殊的原因，我們不能讓你死了，師弟也被警告克制，但並不阻礙我們可以玩殘你。不過呢，剛才就是小遊戲了一下，我現在沒這心情，我還要告訴你一句話，這件事兒，你最好別蹚渾水，至於××部門愛來多少人送死，就來吧。」

這倒是挺囂張啊，要知道××部門從一定程度上代表了國家的意志，難道說把總部弄到國外，就可以如此嗎？到底是什麼原因，讓他們不能殺我？這倒是一件挺值得深思的事兒啊。

我覺得我再次陷入了一個謎一樣的局裡，有些看不見前方到底是怎樣的路。

現在這個人就站在我面前，我覺得我有必要套一下他的話，我故意問道：「你說別蹚什麼渾水？我不理解你的意思。是有什麼東西，是我惹不起的嗎？給我一個理由。」

可是那人的心性彷彿就真如一個少年一般不定，剛才說不耐煩了，此時竟然轉身就走，他說道：「陳承一，你怕是心裡清楚得很，我說的是什麼！你想要套我話嗎？你來了這間屋子，難道還沒有答案嗎？哈哈哈……陳承一，不過如此，狼狽得差點被殺死，我那傻B師弟到底是怎麼輸給你的啊，哈哈哈……」

那人一邊走一邊笑，彷彿是在訴說一件多麼愉快的事兒，他腳步很快，漸漸的聲音就已經漸行漸遠，再也聽不見了。

我心裡太多的疑惑，最明面上的，就是他怎麼可能無聲無息的監視我們？還是早就等在這裡？嚴重一點兒想，難道這次的行動，一開始就在被監視嗎？

可是，從受傷到現在，用力過度，又狠狠撕扯到了傷口，在我不知不覺的情況下，身上那一件短袖的格子襯衣已經被鮮血浸潤了小半。

慧根兒在旁邊喊了一聲：「哥……」他還沒來得及說完，我就感覺自己一陣虛弱，一下子靠在了欄杆上！

忍不住爆了一句粗口，我×，這是失血過多嗎？

第二十三章　江一，迷霧

傷口很深，血的確流得很多，這副嚇人而狼狽的樣子，自然會讓很多人心生疑惑。趙洪的身分為一切帶來了便利，當我在醫院包紮完畢以後，趙洪給我遞過了一件新的襯衣。我覺得有些好笑，一邊穿一邊問道：「這大夜裡的哪裡去弄的？」

「就硬是敲開了一家賣衣服的店子的門，剛好老闆在，就弄了一件給你。我是想說，陳承一啊，對……」趙洪的臉色不是太好看，我知道他在想什麼，是在自責給了我這麼一刀。

「呵，小子還挺有眼光的，怎麼知道我喜歡格子襯衫。」我不想聽到趙洪道歉，其實被上身的事兒也不能怪他，乾脆找一個理由打斷了他的話。

「哦，我看見你收拾的行李中，很多格子的東西。」趙洪抓著腦袋說道。

這和我的判斷差不多，這小子不是什麼傻大個，相反心細得很，這樣的細節都被他觀察到了。

「嗯，不錯，我這個人偏愛格子。」我強打精神的說道，其實流了那麼多血，我有點兒疲憊，另外因為刀口太深，縫針也不見得是一件愉快的事兒，我覺得我的精氣神都少了一大半。

「哥，去吃點兒東西吧，吃補血的。」慧根兒在旁邊很是在意的說道，這小子……我習慣性地把手搭在了他的光頭上，我和慧根兒的感情其實不用太多的表達。

說話間，我們朝醫院外面走去，趙洪忽然在後面大聲說道：「陳承一，我說過，以後老子絕對不是一個包袱。真的……！」

我沒有回頭，擺擺手，對他說道：「跟上吧，我是真的想吃點兒東西了。」

我以為我不是一個脆弱的人，事實上，從小跟著師傅強身健體，諸多的食補、香湯讓我的身體比一般人都要健壯一些，可是終歸還是人的範疇，一次刀口就讓我三天沒有精神，大部分時間都是睡過去的。

這一天的精神稍微好了一些，我在分析過整件事情以後，終於和部門的人聯繫上了。

我說出了我的看法，並明確告訴他們，這件事情絕對不可能是我和趙洪兩人擔著，因為小鬼不是我們兩人能對付得了的，就算叫上我朋友幫忙，也是同一個結果！

部門那邊給我答覆是，可以聯繫我師傅以前的部門，找一些人來幫我，但也只是有限的幾人，在我最終找到正主之前，不可能有大規模的行動。

這樣的答案顯然刺激了我，我罵道：「給我介紹賺錢的方法，到底是有他媽多了不起？我不幹了行嗎？你們是覺得我臉上，左邊刻著英，右邊刻著雄，活該我去送死嗎？得了，這事兒到此為止，我會馬上回去，大爺我不伺候了。」

說完這番話，我是準備掛了電話的，或者是我的脾氣也影響到了趙洪和慧根兒，慧根兒是馬上就要去收拾行李，趙洪和我經歷過所謂的「別墅冒險」以後，關係顯然緩和了很多，見我這麼說，一副欲言又止的樣子。

那邊沉默了一會兒，就在我要掛電話的時候，那邊忽然說道：「陳承一，等一下會有人給你打電話，我想那些話對於你來說是重要的，很重要的，希望你能接那個電話。」

我餘怒未消，說道：「是有多重要？我說過我不伺候，我……」事實上，我是真的很憤怒，如果有小鬼存在，在整個圈子裡都是大事兒，更何況我也跟上面說過了，這件事兒可能還牽涉到圈子裡的一些勢力，我是被威脅了，為什麼我要把所有的事情都大包大攬！

我是人，不是聖人！我的覺悟很低，我的煉心也很局限，我現在只能做到我不負人，然後在意我所在意的人，僅此而已！

可是我的話還沒有說完，那邊忽然冒出了四個字：「昆侖之後！」

這一句話就像一句咒語一樣，讓我消停了下來，我的聲音一下子就提高了，幾乎是控制不住情緒地問道：「你說什麼？」

「沒說什麼，你等電話吧，最好找一個有傳真機的地方，給你看一些東西。」那邊的聲音沉穩了下來。

我忽然有一種無力的感覺，捏著額頭問道：「為什麼一定要是我？要是我背負上這件事兒？」

那邊猶豫了一下，接著才說道：「就如你所彙報的一件事實，你就算蹚入這趟渾水，也沒有人敢殺你，就是如此，這個答案你滿意嗎？」

「我不滿意，為什麼要瞞著我很多事情？」我當然是不甘心的，我以為的，我是昆侖之後，這件事情是一個祕密，為什麼連國家的部門都知道了。

「對不起，很多事情無法奉告，是祕密。」說完那邊就掛斷了電話，我氣得把手機扔在床上，是不是我就是要那麼的身不由己？還是說，我曾經在師傅的庇佑下，過得太過幸福而不自知？

趙洪識趣的走開了，慧根兒和我相對無言，過了好一會兒，我跟慧根兒提起了電話的內容，說到了昆侖之後，這小子罕有的，異常早熟地摸著自己的光頭，很是無力地對我說了一句：「哥，額想師傅。」

我不知道該怎麼安慰，只能拍拍這小子的肩膀，對他說道：「我們，我們一定會找到他們的。」

那邊部門告訴我，過一會兒我會接到一個電話，但事實上我等了一個小時，手機才響起，上面的號碼是亂碼。

我接起了電話，早在二十分鐘以後，我就等在了一家有傳真機的店子。

電話那頭的聲音有一種滄桑的意味，可是聽起來卻不是老人的聲音，相對倒像是一個中年男人的聲音，我的感覺說不上來，電話接通以後，我都說不上是為什麼，幾乎是下意識地問道：「你是誰？」

「你可以叫我江一。」那麼簡單地回答道。

可是我的呼吸一下子就急促了起來，江一？這絕對不是一個真名，只是一個類似於代號一樣的東西，可是這個代號有多麼出名，只要是圈子裡的人就沒有辦法忽視！

他是誰？我可以這樣說，他的地位甚至遠遠地超出了我的師傅，他是華夏最神祕的部門，也就是我師傅所在的部門的絕對老大！你說，這是什麼樣的地位！

在圈子裡甚至有傳說，這個江一已經脫離了人類的範疇，他已經是地仙了。

我沒想到還能有這樣的人和我通話，整隻手幾乎都在顫抖，或許那是一種本能，因為一個人在你所追求的領域，達到了某種你需要仰望的高度，你會不由自主地去仰視他，去激動。

那邊的江一彷彿能隔著電話就感覺到我的情緒，他很平靜地說道：「不用在意我這個俗事纏身的人，我給你安排一個名單，明天他們就會來接應你，元懿、孫強……」

江一給我念了五個人的名字，其中有三個人是我的熟人，要說本事兒，他們確實不算太本事，這樣的安排是什麼意思？在最初的心理適應以後，我說道：「你給我安排的全是熟人，你覺得對整件事情的幫助有多大？」

「不愧是老李的徒孫，面對我也可以這麼不客氣。是的，其中三個人是你熟人，還有兩個也只是有些偏才，對證件事情有些幫助而已。你可以理解為我在給你心理上的安慰。」江一聲音平靜地說道。

「什麼意思？」我不解地問道。

「給你安排朋友，只是需要你心裡舒服一點兒的去完成這件事情，因為事情只有你能去完成，我們華夏不會允許小鬼存在！不要問我為什麼，我不會回答你的。」那邊有些強勢。

「如果我說不呢？你是要用昆侖之後的身分來威脅我嗎？」我的怒火幾乎是壓抑不住。

「這不是威脅，事實上，我們在保護你，我們也在意你師傅這一次的行動，你收傳真，收到以後，我五分鐘以後給你打過來。」那邊說道。

我更加地莫名其妙，更加地滿腔怒火，更加地覺得自己任人擺佈，可是還是無力地告訴了江一傳真的號碼，我承認他所說的，全部都是我很想知道的，很在乎的。

因為他說，他也很在意我師傅的行動？

那邊知道傳真號碼以後，很快就掛了電話，只是兩分鐘，傳真到了。

我拿著傳真機列印出來的第一幅圖片，手就開始劇烈的顫抖，因為我看見了，看見了——師傅！

第二十四章　記錄

是的，那幅傳真圖片是一張照片的放大版，整張照片有些模糊不清，看起來是顫抖得厲害才照出來的，而且角度詭異，像是從天空中斜著俯視下來的樣子。

總的來說，這是一張照得很糟糕的照片，但我怎麼可能忘記那一個熟悉的身影？那是我師傅啊！

我的手顫抖得厲害，在照片中的背景儘管模糊我還是能認得出來是一片茫茫的大海，而我師傅很是激動的樣子，整個身體朝前撲，而他的臉正在回頭看，表情是一種炙熱與哀傷綜合起來的感覺，因為照片太過模糊，我看不清楚細節。

他好像是在喊著什麼，除此之外，照片上有一隻手正拉著我師傅的手臂，那隻手我也太熟悉了，是慧大爺的手。

我敢保證這是我師傅離去以後的照片，因為樣子比他才離開我的時候蒼老，不，是滄桑一些，頭髮蓬亂，鬍子也長得亂七八糟，事實上我從來沒有見過師傅長著這麼長的鬍子……

在這一張模糊的照片上，我得到了很多的資訊，師傅他們很辛苦，他至少還和慧大爺在一起，也就意味著他們那群人沒有分開，師傅他們去過大海，而且這次行動有窺探者，不然怎麼會有照片……？

我形容不出來自己此時的心情，我只覺得彷彿肩膀上的傷口又在發作，整個人火辣辣地疼痛……抬頭望了一眼天上的太陽，整個人一陣恍惚，好像又回到了那一年，那個熟悉的身影朝著遠離我的方向越跑越遠，回頭，眼裡似乎是淚光一片……

「小哥，你沒事兒吧？」在一片恍惚中，我手裡拿著那一張傳真，忍不住朝後退了一大步，扶著老闆的傳真機才能站住，那老闆見我肩膀上還綁著繃帶，忍不住問了一句。

估計我在他店裡出點兒什麼事兒，他覺得就麻煩了。

但到底那老闆詢問的聲音還是把我從一片恍惚中喚醒了，我這才清醒過來，拿著那張傳真，勉強擠出一點兒笑容對那個老闆說道：「沒事兒，天氣太熱了，才受了傷，有些撐不住。」

那老闆見我沒事兒，放心地哦了一聲，我卻再沒有什麼心情留在這裡，轉身大步地朝著我住的賓館方向走去，而那張傳真被我小心翼翼地放在了兜裡。

賓館離傳真店並不遠，原本就是找附近的傳真店，當我進入賓館大堂以後，江一的電話果然很準時地打來了。

他的聲音很平靜，說道：「都看見了嗎？」

我一肚子的話想說，但這裡人來人往並不是說話的地方，我說道：「我現在不方便，你等二分鐘打過來，我在房間裡和你說。」

江一似乎對我沒什麼身分的架子，反而有無限的耐心一般，他沉穩地「嗯」了一聲，然後掛斷了電話。

我不知道為什麼，始終有些精神恍惚，當我回到賓館的時候，才一關門，整個人就忍不住倚在門上喘息，慧根兒和趙洪同時擔心地看著我，慧根兒忍不住問道：「哥，你咋臉色這麼白啊？」

我臉色很蒼白嗎？我來不及給慧根兒解釋什麼，而是對趙洪說道：「洪子，有很重要的電話，你出去溜十分鐘吧？」

趙洪很直接地就答應了，或許在他看來圈子裡的人都太過於神祕，有許多祕密可能真的不能被普通人知道，他倒是挺知道輕重的。

我手裡緊緊捏著電話，慧根兒擔心地望著我，想問，可是看著我的神情又不敢問。

我默默地從衣兜裡掏出了那張疊好的傳真遞給慧根兒，慧根兒疑惑地接過，打開了之後，只是盯著看了一秒鐘，整個人就已經完全陷入一種呆滯的狀態，接著是眼淚大顆大顆地掉，他自己竟然像不知道似的。

就這樣沉默了十來秒，慧根兒忽然抬起頭，拿著傳真指著那張紙對我說：「哥，額師傅……額師傅的……」

接著，他就說不下去了，我點點頭，有些無力的對慧根兒笑了一下，我其實想寬慰一下這小子，卻發現自己不僅說不出什麼話，連笑都很勉強。

多少年，以為已經可以平靜，再一次看見的時候，才知道思念這種東西原來是可以爆炸的！

也就這時，江一的電話打來了，我幾乎是迫不及待地接起電話，對他說道：「我要知道怎麼回事兒？我問題太多，可是你一定知道我想問什麼，告訴我怎麼回事兒？」

我不知道我會不會因為激動而導致面容有些扭曲，但我自己都聽見我幾乎是在房間中咆哮，而那邊江一彷彿感覺不到我的情緒似的，他依舊是那麼沉穩平靜地說道：「我可以大概告訴，這是我們掌握到的你師傅最後的行蹤！昆侖，國家也是很重視的，我們這邊拼湊起來的線索更多，所以……」

說到這裡，江一停了下來。

而我此刻也稍許平靜一些了，只是他說是我師傅最後的行蹤，讓我的心一下子又提到了嗓子眼兒，可是我是覺得剛才太失態了，想要得到更多的消息，也只能冷靜，我說道：「所以，這一次我師傅失蹤的背後也有部門在支持的原因嗎？或者你說是一次行動？莫非我師傅去找昆侖，也是一次部門的行動？」

其實我最想問的是，如果是這樣，那為什麼是我師傅最後一次的行蹤？可我忍著沒問。

那邊的江一沉默了，過了好半天，我才聽見他的語氣稍微帶了一些情緒，彷彿是落寞的情緒，他對我說道：「陳承一，你覺得人的恐懼是什麼？除了生死以外？」

我不明白他為什麼會忽然問我這個，我一下子有些愣神，慧根兒聽我講電話，也知道了，這個電話是關係到他看見的那個傳真，所以見我忽然沉默了，也還是很乖地在房間裡沉默不語，看著傳真默默掉眼淚。

我有些感慨，也不知道慧大爺如果能看見這一幕，會不會難過？

收回心思，我在思考，自從人類有了歷史以來，最恐懼的事情一直是死亡，為了逃避這個固定的結局，人類想了很多麻煩來麻痺自己，如燈紅酒綠的墮落，如吃喝玩樂的享受……那如果拋開生死之後，還有什麼是人類最恐懼的事情？

如果說有，那就只有一樣吧，我對著電話說道：「對未知的東西會感覺到恐懼吧。」

「是的，你說得很對！昆侖到底是一個什麼樣的存在，去昆侖要付出什麼樣的代價，那都是我的未知，所以我賭不起，選擇的是循規蹈矩……我很遺憾，我沒能同你師傅一起行動，而我也並不是自由的，且不說我的意志，上面還有上面的意思，所以我想告訴你的是，你師傅的行動其實華夏並沒有任何部門參與，唯一敢賭博的只是諸如你師傅之類有幾乎不可摧毀的執念之人。他的行動，我私人為他提供了一些幫助，但是……」江一似乎是喝了一口茶，說著就停頓了一下。

而我幾乎是迫不及待地問道：「但是什麼？」

「但是我也有要求，如果說有人把線索或構想變成實在的行動，我在給你師傅提供幫助的同時，我是希望你師傅讓我們可以更接近一些，就是得到更多的實質性的東西。」江一如是對我說道。

「理想是什麼？實質性的東西又是什麼？」我問道。

「你難道以為昆侖不是每一個人的理由嗎？每一個人也就構成了大家，構成了社會，構成了我們的國家！這是更高的不可觸及的理想，昆侖的背後那個意義是仙境！是道家的根……至於實質性的東西，那就是可行性。所以，你師傅的每一步行動，我都希望有所記錄，這是我對你師傅提出的要求。」江一緩緩地說道。

記錄？我的心在這一刻跳得分外的快，師傅，是留下了記錄？

第二十五章　條件

氣氛在這一刻彷彿是凝固了，我的耳畔只剩下我的心跳聲，「咚，咚，咚」地響徹在腦海，我喉頭發乾，我很想對江一說：「把記錄都給我，任何代價。」

可是在骨子裡我已經厭倦了被別人牽著鼻子走，即使他拋出的這個誘餌，會讓我心甘情願的被牽著走，但是主動「送上門去」，會讓被牽著鼻子走都變成一種更被動的事兒。

那麼驚心動魄的話題，到此刻，竟然成為了一種詭異的沉默，最終是江一先開口了，他帶著一點兒戲謔的笑音說道：「唔，當初那個衝動的小傢伙，在師傅走後，果然是成熟了很多啊，誘餌已經丟出來，竟然不咬鉤。」

這倒是我第二次聽到江一說話帶著情緒，我乾笑了兩聲，天知道，他只要再沉默一會兒我就會吼出那句話了：「記錄給我，我給任何代價了。」

「你認識我嗎？」從他的語氣中，總感覺他對我挺熟悉的，到現在，我倒是樂得轉換話題，讓自己發熱的大腦暫時冷靜一些。

「你師傅常常在我面前提起你，你小時候調皮搗蛋，少年時叛逆衝動，二十幾歲時太過情緒化的事兒，我都知道。嗯……」江一頓了一下，繼續說道：「你師傅呢，是很愛你的，他和我說話的話題常常就是你。可以說，你是被他當成兒子來養的，承一，別有怨氣，別怪他。」

我沉默了，竹林小築，北京大院兒，荒村，苗寨，古墓……一幕幕的場景在我腦海中，每一幕場景都是師傅的身影，我對師傅不能不愛，可是也不會因為江一這樣的話，就會不怨！

不怨他不辭而別。

那一瞬間，我有想哭的衝動，如果是在幾年前，也許眼淚就會掉了下來，但此時我揉了揉發酸的鼻子，終究是沒有哭出來，而是深吸了一口氣說道：「你剛才在電話裡有說，你是在保護我，就是因為你和我師傅的交情嗎？」

「我和你師傅的交情是其中一個原因，他走之前曾經囑咐我照顧你，還有就是昆侖之後的身分不能暴露，那涉及到一些勢力的博奕，總之你記得，你其實是在部門保護之下的人。」江一淡淡地說道。

「那麼，給我發傳真是什麼意思？是為了告訴我有一份記錄嗎？」其實我才不關心什麼勢力的博奕，扯了那麼多廢話，我還是掛心著記錄。

其實，那一句走之前讓江一照顧我，還是讓我胸口很是溫暖，師傅到底不是什麼都沒交代的就走了，可能我真的是他在紅塵中唯一的記掛了。

而天知道這種胸口溢滿溫暖的感覺，是在師傅走後多少年，都已經沒有在我生命中出現的感覺了。

這種溫暖，就如在很多年前的時光，師傅牽著我的手，一步一步的走回竹林小築的曾經……

「記錄，其實你看見的是最後一張，之後，就沒有辦法再記錄了。只有一個要求，搞定小鬼的事情，你會得到記錄，如何？接著，再送一個大禮，我會告訴你，你師傅為什麼那麼執著的原因，可以？」江一的語氣一如既往的平靜，可是我彷彿感覺到電話那頭分明是一隻老狐狸已經在得意的微笑了。

但沒辦法，他給我提出的條件，就如給饑餓的人看見了滿漢全席似的，我根本沒有招架之力，只能無奈地說道：「小鬼，你覺得我能對付？你太看得起我了吧？為什麼一定是我？」

「誰要你對付小鬼了？其實，你是覺得整件事情裡，我們是一開始就知道有小鬼的嗎？很遺憾的告訴你，是在調查以後，我們才知道小鬼的存在的。你覺得是什麼原因？是因為換誰去查這件事情都有束縛，而你沒有，所以你輕易地查到了其中是有小鬼！你不會有生命危險的，很多人不敢讓你死的，知道嗎？你自己小心點兒就沒有問題的，而且你只需要找出關鍵的所在，拿到證據，小鬼自然就會有我們去對付。」江一說了很長的一段話。

可是我卻聽得雲裡霧裡，其實這是他第二次說非得是我了，只不過這一次更明顯，為什麼我就沒有束縛？為什麼我自己小心點兒，在面對調查小鬼那麼危險的事情就沒有生命危險？

但以江一的地位，他絕對不會忽悠我，我想起那天晚上出現的那個馮衛的師兄，他也曾經說過類似的話，不敢讓我死，但是可以玩死我。

難道我還有自己都不瞭解自己的事情？

可是沒人告訴我，我抓破頭也想不通是為什麼，於是我對江一說道：「告訴我一個原因！」

江一當然知道我指的原因是什麼，他說到了一句話：「別小看你們老李一脈，瘦死的駱駝還比馬大，你師傅那一輩不是成長起來了嗎？你們也會的！有個大姐頭，叫珍妮。」

什麼有個大姐頭，叫珍妮？她是黑社會的嗎？什麼跟什麼啊？我估計江一是不想告訴我什麼，才和我扯淡吧。

不過那句瘦死的駱駝比馬大，倒是讓我有了諸多聯想，我對師祖的事情瞭解得很少，但我知道，其實師祖也離開得很早，而且我的師祖，從我對他的一些瞭解中就知道，他才是一個做事隨心，放縱不羈的人，估計一生行走這世間，仇家也不少，可真的，我師傅他們不是也成長起來了嗎？

我沒有再多想，江一的出現，是讓我感覺我自己最接近師傅的一次，我咬了咬牙，點頭說道：「那好，成交！關鍵的東西，是小鬼身體所在吧，我會去調查清楚的。」

「你明白就好，雖然，我覺得你是在插手這件事情中，最不會有生命危險的一個人，但是我還是要告訴你，小心點兒，畢竟萬事沒有保證，只是不會有糾纏的勢力的人去殺掉你，可是有些東西可是沒有顧忌的。」江一沉穩地對我說道。

我呵呵一樂，說道：「你難道不會保護我？」

那邊沉默了一會兒，忽然冒了一句：「臭小子！」然後就掛斷了電話。

放下電話，我有一種身心都疲憊的感覺，因為心情的起伏太大，乾脆趴在了床上，努力平復了一下自己的心情，然後對慧根兒招手，讓他過來。

慧根兒這小子淚痕未乾地坐在了床邊的地上，我習慣性地把手搭在了他的光頭上，問道：「難過了嗎？」

「嗯。」這小子點點頭。

道。

「我也很難過啊，可是我們還有希望啊，不是嗎？這希望還越來越大呢。」我對慧根兒說

慧根兒特別無辜地用衣袖抹了抹鼻子，然後說道：「額相信哥。」

「以後呢，我們就要面對很危險的事兒了，就是這次消滅小鬼最關鍵的一個步驟，需要我們去完成。你害怕嗎？」

「額不害怕，額就是心裡難過，比哥難過。」慧根兒說著，撇了撇嘴，看樣子又是委屈了。

這倒讓我有些奇怪，從床上坐了起來，問這小子：「為什麼你就覺得你會比我難過啊？」

慧根兒拿起那張傳真，很認真地對我說道：「哥，姜爺都還有臉和身子在照片上，為啥額師傅就一隻胳膊啊？」

「這……」我一下子待在了當場。

慧根兒就跟一小孩子似的，忽然再次放聲大哭了出來，傻小子，我在心裡默默地說了一句，然後坐在慧根兒身旁，拍著他的光頭，眼眶也莫名地再次紅了，而目光則是落在了那張傳真上師傅的臉上。

我，也很想你啊，師傅！

第二十六章　神祕人

趙洪對於接下來的事情感覺到很吃驚，因為在我和江一通過電話以後，他才回到房間，就接到了電話，我們要緊急地離開這裡，到另外一個城市。

其實這樣的安排是對的，畢竟在這個城市只是其中一件凶殺案的現場，能得到的線索也是有限，只是因為案件特殊，才來調查了一次，在別墅我是確定了最重要的線索，其實在這裡待下去已經沒有意義，所以應該說上面的安排是對的。

趙洪之所以吃驚，是因為原本在他看來，我還在為這個案子參不參與和上面糾纏著，可是不過十分鐘以後，我們就被派往了另外一個城市，而我竟然開始愉快地收拾行李，他的確很吃驚。

在趕往飛機場的路上，趙洪對我說了幾句話：「陳承一，其實我一開始是很看不起你的，覺得你是一個自私而冷漠的人，可恨老天偏偏讓你這樣的人有本事。後來，我發現其實你不是，或許一開始你的拒絕是一種從內心負責任的表現吧，至少你覺得做不到，你就不會去做無用功，反而誤事兒，對嗎？」

我坐在趙洪的身邊，呵呵一笑，順便往嘴裡扔了一塊兒口香糖，邊嚼邊說：「誰說的？我就是自私冷漠的人，別因為砍了我一刀，就把我理想化了。」

說完我就閉上了眼睛，在車上休息起來。

而我能感覺趙洪盯著我看了半天，然後忽然就恨恨地說了一句：「你不要用什麼我看不懂的技巧，敢不敢就和我跟男人一樣單挑一次，我咋就那麼想抽你呢？」

我笑了，然後說了一句：「你傻了吧？」

然後和他同時笑了起來，我對趙洪這人還是欣賞的，雖然他在第一次經歷的時候，就跟一個軟蛋似的，但事實上，他還真的算一條漢子。

再一次享受到了頭等艙的待遇，這讓我很爽，只不過連日的奔波，心力交瘁外加受傷的原因，讓我一坐上飛機，就疲憊得睡著了。

好像是睡了很久，又好像是沒睡多久，我忽然聽到一個聲音在我的耳邊響起：「陳承一，我們談談吧。」

我一下子就清醒了過來，後背本能地就冒出了一串雞皮疙瘩，是誰？誰還會在飛機上要和我談話？

因為我們是臨時買票的，所以座位是不可能買在一起的，慧根兒和趙洪與我分開坐，除了他們還有誰會叫我的大名，然後說是要在飛機上和我談談？

我感歎我清醒得太快，有點不想轉過頭去，我不知道為什麼我有一種本能的畏懼，告訴我不要去面對那個人。

在那一瞬間，我腦子拚命地去回憶在我的座位旁邊坐的是什麼人，可是我怎麼也想不起來。

幾乎是賭氣一般的，我轉過了頭，看見在我旁邊坐著的是一個男人，我很難在他臉上看出他的年紀，感覺應該是一個老人，可是有沒有老人那種蒼老的皮膚，只有一雙滄桑的眼眸。

他的樣子很普通，衣著也很普通，只是整個人有一種讓人說不出的氣質、高貴、優雅，親切……可以說，讓人一見就心生好感，而且平和的表面下有一種說不出的強大氣場。

如果說我師傅是修到了返璞歸真的境界，那麼這個人的境界比我師傅更高，因為返璞歸真好比只是把一塊原石提煉得乾淨了，回歸了原石本來的狀態，就如鐵，那就是鐵，再沒有雜質。

而他的氣場已經經過了打磨，就如一塊純淨的鐵，被打磨成了一件兒東西，不管是什麼，它開始有了自己的特性和光芒……

我不知道我這種形容到底有沒有說清楚我心底的那種感覺，但是這些都不重要了，重要的是為什麼這樣一個讓人好感頓生的人，會讓我感覺到如此危險，危險到了比我面對老村長還可怕，更糟糕的是，我還要面對他！

「你好。」他微微一笑開口了。

「你……你也好。」我發現我根本不能不答他的話，可是什麼叫你也好？就三個字我還結巴，顯得我是多麼緊張嗎？

或者，我才看見了一次趙洪在我面前當了一次菜鳥，我就要步入這個後塵？

可是，他彷彿是很真誠地並不在意我的緊張，那眼眸流露出來的情緒好像是在對我說，小傢伙，別緊張，其實曾經我也是那麼狼狽過這樣的理解。

這讓我的喉嚨有些乾澀，人最可怕的是什麼？是隨意調動任何情緒都能讓你感覺到真誠，但人哪有這樣赤裸裸真誠的存在？那是違背人類群居而又獨立的本性的，那是違背靈魂自我保護的本能的。

師傅告訴我，永遠不要去接近太過完美的人，因為完美的表皮子底下往往是一顆石頭心。

或者說，那個人在心境上的成果是把極端小路走到了盡頭，也是一種道的表現，那樣的人很危險，因為他本身的能力也可能很逆天了。

所以，這樣的真誠就像是調動了我全身的危險細胞，而我卻還不能抗拒這個人帶來的那種讓人覺得好感的氣場。

如果可以選擇，我一秒鐘都不想和他接近。

他笑了，一個面容普通的人能笑到很好看，那一定就是氣質出眾，他優雅地撚了撚衣袖，對我很是關切地說了一句：「不想看到你有危險，下飛機，然後就回去，如何？」

「什麼意思？」我因為緊張連聲音都是顫抖的，這句什麼意思其實不是我不懂他話裡的意思，而是我不敢去相信他會是一個阻止我的人，這樣是很可怕的。

「哎，沒別的意思，為了你的安全，不是嗎？」他轉過頭，很是和藹地說道：「這日子總是美好的，你看那陽光一出來啊，懶洋洋地沏一壺茶，看看花兒，聽聽鳥兒叫，何嘗又不是一種人生？何必要去為了心中的執念，放棄美好的生活，這是不智呐，你說呢？」

我不知道說什麼，我總是覺得他說得很對。

他忽然再次轉過頭來望著我，再一次是那種真誠的表情，對我說道：「這世間的因果，還不明白嗎？插手也是枉然，就如這世界上每天都有人死去，有罪惡發生，這也是一種天道，有黑既有白，蹚渾水，不如坐看花開花落，雲捲雲舒，不是嗎？答應我，小傢伙，下飛機後乖乖回家吧，如何？」

我發誓我幾乎就是要答應了，可是在這時候，我感覺到我的靈魂深處，傻虎在蠢蠢欲動，充滿了敵意，在那一瞬間，我想起了師傅說過的一句話，修者，總是要有一些大義做為底線的。

想起了請師祖上身時，他手執拂塵，抽向吳立宇時，那一句句教訓吳立宇的話。

或者，我是為了記錄，但又或者，我能做到的，就算不為了記錄，我也會去做吧。

那一瞬間的清醒，讓我第一次正面地望著他，說出了一個堅定的字：「不。」

在那一刻，我忽然發現這個人原本那種春風般的氣場不見了，取而代之的是一種讓人心悸的凶狠，真的只是一小會兒，很短很短，接著他做出了慣有的，真誠地為我可惜的表情，對我說了一句：「那真遺憾。」

在那一刻，我的意識有一些模糊，當我再想要清醒些時，我驚恐的發現，我的眼睛分明就是才睜開。

難道我根本沒有碰見誰，我是在睡覺？這樣的發現更是讓我驚慌，當我轉頭時，身旁的座位哪裡有人，但這絕對是不符合邏輯的，我抬頭四處張望著，卻看見慧根兒朝我這邊跑來，嚷著哥，額還以為你走前面了，原來縮在這裡睡覺！

我沒有理會慧根兒，我望向下機的人群，發現一個人回頭，對我微微笑了一下，是他！

第二十七章　中招

可是只是那麼驚鴻一瞥，那個人一個轉身就已經消失在了通道的盡頭，應該是要下飛機了。我來不及和慧根兒解釋什麼，連忙站了起來，極不禮貌地不停擠開別人，朝前追去……

可是結果和我預料的並不一樣，按說同一班飛機下機的，是很容易再看見，但直到我走出機場，我都沒有再看見那個人，彷彿在飛機上我醒來之後見他對我微笑的一幕，也是我的夢一般。

我站在機場，此時已是夜色濃重，我卻有一種迷茫之極的感覺，這種感覺夾雜著一絲說不清楚道不明的危險感，讓我覺得在黑暗中盡是窺探的眼睛，為什麼我們的行程會全程被人監控？是誰透露了我們的行程？

到底我是捲入了怎樣的一個漩渦？

就如江一所說，還真的沒有人把我怎麼樣，威脅我的生命，可是一次次的警告和威脅真的是讓人夠憋屈的。

這時，慧根兒和趙洪已經追了上來，慧根兒還沒開口，倒是趙洪先問道：「承一，你是發現什麼了嗎？」

他倒是具有那種特工的敏感，知道我這樣反常絕對是有什麼事情發生了，至於慧根兒，也同樣是關切地望著我，我很難給他們解釋發生了什麼事情，難道告訴他們，我其實是做了一個夢，然後夢裡見到一個人，告訴我不要摻和進這件事兒？

所以，我沉默了，臉色難看地說道：「算了，到地方再說吧。」

趙洪和慧根兒沒有多問了，但只是沉默片刻，同樣他們也迷茫了起來，繼而是趙洪清醒了過來，說道：「承一，不是說有人來接我們嗎？飛機沒有晚點，怎麼我們已經走出機場，在這裡站了那麼一會兒，也沒見任何人來接我們啊。」

我此時已經完全不知道說什麼了，一種無力的憤怒溢滿在我心間，我拿出電話，撥通了一個號碼，那是部門的高層，我一直都是在和他聯繫。

也不知道為什麼，我的情緒極其不穩定，我甚至感覺如果此時電話不能接通的話，我會砸了這個電話。

幸運的是，在這快接近深夜的時分，那邊電話還是接通了，可是我發現我的怒火還是沒有平息，我幾乎是爆出口的大吼道：「你他媽不是說有人來接嗎？人呢？人在哪裡？你們不管危險，拿出誘惑牽著我的鼻子走就算了，為什麼是這樣？做事都他媽考慮不周全嗎？什麼意思？」

我在這裡不顧形象地大吼大叫幾乎是讓慧根兒和趙洪目瞪口呆，連我自己也有一絲迷茫，我為什麼忽然之間脾氣會如此暴虐？難道是中間出了什麼問題？

可是我只是一想，又煩躁得不去想了，我根本靜不下心來想東西，我覺得我靈魂裡有虎魂在，根本不可能出現什麼問題。

電話那邊的人似乎被我的大吼大叫弄懵了，過了好一會兒才說道：「陳承一，你是遇見什麼事情了嗎？為什麼情緒如此的激動？」

「我他媽遇見的事兒就多了，你是指哪一件？總之最近的一件就是我在機場沒有看見接我的人，沒有！」我其實很想冷靜的，可我就是越來越煩躁。

「知道我為什麼那麼晚還在辦公室嗎？我們在召開緊急的會議，要排查部門裡是否有問題。原本派去和你接頭的人，莫名其妙的在今天晚上，就是你上飛機不久後，死在了家中。我在會議中，準備十分鐘以後給你打去的，想要告訴你，安排和你一起在這個城市相聚的人，就是這次一起參加行動的那些人，被我祕密的緊急轉移了地點，地點是××，你打車先去，到了之後我們再聯繫。」說完，那邊掛斷了電話，或許也因為我那暴躁的態度有一些不滿吧。

我握著電話，心底發涼，腦子裡只有一個想法，這……這就死人了嗎？我抬頭，心底的煩躁還是一陣接著一陣，在黑暗的夜空中，我彷彿看見一張無形的大網，在朝我網來，而我掙脫不開……

這樣的情緒，讓我愈加地煩躁，慧根兒有些小心翼翼地走過來，問我道：「哥，咋回事兒咧？」

彷彿只是看見慧根兒這小子清澈的眼眸，我的心才能平靜一些，我是沒有辦法對慧根兒發什麼脾氣，心中那種不耐煩情緒也稍微壓制了一些，我對慧根兒說道：「走吧，我們去攔計程車，出了點兒問題，我們得自己去。」

這一次行動那麼危險，步步危機，我不想讓慧根兒這小子知道太多，沒必要給他太大壓力。

我們攔了一輛計程車，可是這個司機貌似是拉長途的，不願意拉我們這種要去的地方不是太遠的人，所以找個藉口就要拒絕我們，在那一刻，我覺得我心裡就像有什麼東西要被引爆了一樣……

我扔下了行李袋，一把脫掉了套在背心外面的格子襯衫，然後默默地走到了那個司機面前，幾乎是二話不說地一把就把那個司機扯了出來！

那個司機有些迷茫，還有些驚恐，可此刻我根本就像沒有感覺似的，「咚」地一聲把他摁倒了車子的前蓋上，我低聲的，幾乎是咬牙切齒地說道：「你再給我說一次，就說一次，你不去？」

那司機想掙扎，無奈我用的力量太大，他掙扎不動，他一腳踢向我，可是我笑了一下，忽然就狠狠地舉起拳頭，朝著司機的腦袋砸去，這一下要是砸實了，那司機估計會暈過去一會兒。

但在這時，一雙手拉住了我，是趙洪，他一下子把我拖開，對我大喊道：「陳承一，你是不是瘋了？」

而慧根兒站在旁邊，靜默了一會兒，忽然跑過來說道：「趙大叔，拉住我哥，我哥中招了。或者，你現在把他打昏都可以……」

趙洪莫名其妙地看著慧根兒，搞不清楚我怎麼就中招了，而我對慧根兒也暴怒了起來，吼道：「你瞎說什麼？我怎麼中招了？你小子討打嗎？」

趙洪無奈，舉起手就要對我下手，我像一頭被激怒的公獅，眼睛通紅地看著趙洪，忽然有一種要和趙洪拚命的衝動！

「嘖，嘖，嘖……陳承一，你可真狼狽。」一個聲音忽然插了進來，然後就看見一個人走過來，二話不說地就遞給慧根兒一件兒東西，然後對慧根兒說道：「其實把他手上的沉香燒一顆，他也能清醒過來，就是太浪費，把這張符給他戴上吧。」

是肖承乾，他怎麼會出現在這裡？我心中有疑問，但還是煩躁到不能思考！

慧根兒這一次沒有抗拒地走過來，把那個包在紅布裡，三角形的符給我掛在了脖子上，就在符掛上去的瞬間，我彷佛心裡清涼了一下，不再那麼煩躁了，但還是有抗拒不了的焦躁。

這時，一個人提著一壺東西走到了肖承乾的面前，肖承乾接了過來，走到我面前，對我笑了一下，然後忽然就打開壺子的蓋子，不管不顧地就對著我腦袋淋了下來，我原本是想暴怒的，可是那水裡有一種特殊的味道，讓人清醒，也或者是那水太涼，讓我瞬間就冷靜了下來。

肖承乾在我耳邊對我說道：「陳承一，這可是便宜你了，那麼珍貴的靜心符，還有那麼珍貴的藥材，按照熬製香湯的辦法熬出來的去穢水，都便宜你了。」

此時，我已經完全清醒，知道我是中招了，撿起我剛才扔地上的襯衫，胡亂地擦了一把身上的水，才說道：「肖承乾，你咋會來這裡？」

肖承乾懶洋洋地倚在一輛車面前，對我說道：「怎麼說，我們也是一脈，這些年交情也算不錯，我可是把你看成我這邊的人，來解救你一次為難，是有什麼了不起？」

夏日的燥熱讓我也分不清楚我身上濕淋淋的到底是水還是汗，我說道：「我可從沒有自己當成你那邊的人，也不參與你們那個神經病組織的任何事情。」

「得了，就當我麻煩你那麼多次，還你人情吧。上車，你這次可是惹到了一個了不起的老怪物啊，幸好我有消息，也因為一些事情在這裡，對了，忘記提醒你了，這只是暫時壓制那個鬼頭，可沒有讓你徹底擺脫它啊。」肖承乾淡淡地說了一句。

什麼？我一下子愣住了。

第二十八章 依本心，求安心

「哥，是真的，現在那傢伙還在你肩膀上趴著。」慧根兒走過來，很是嚴肅地對我說道。

我有些無語，而肖承乾已經坐上了駕駛座，戲謔地望著我，說道：「你不是從小就天才出眾，會開天眼嗎？開個天眼看看啊，它會給你『嗨』打聲招呼。」

我有些無語加疲憊地坐在了肖承乾旁邊，趙洪和慧根兒也上了車，肖承乾啟動了車子，車子在這夜色中平穩地朝前駛去。

「你怎麼會有事兒在這個城市的？」我覺得人生是很奇妙的東西，我和肖承乾在某種意義上應該是對立的，他們那個組織不擇手段的方式絕對不是我所欣賞的，可能也會和我在今後的人生上因為某件事情的交錯而徹底為敵。

可此時，他來幫我，我很放鬆的跟他交談，這也是一種奇妙的交錯。就如，我師傅臨走時，連我也隱瞞，可偏偏帶上了肖承乾上面那一脈的老傢伙，這也是種奇妙的交情嗎？想不明白。

肖承乾開著車，沒有直接回答我的問題，他說道：「你知道嗎？我外祖父走的時候，也為我安排了一些人照顧我，畢竟我們這一脈呢，也是有一些隱藏的人脈力量。這其中剛好有一個『大爺』，很大的大爺，哈哈……」

很大的大爺？那也是老怪般的存在？我在想，擱以前一個都不出現，放現在那是排隊出現在我的生命裡，這還真是……不過很大的大爺，這形容倒真的特別好笑，我也跟著一起笑了。

「對，就是那很大的大爺，知道另外一個更大更大的大爺要對付你，於是就無意中跟我說了。我問他，要對付到什麼程度啊？他說，死不了，脫層皮唄。按照那個人的手段，一般就是不知不覺地在你身上放鬼頭，其實這鬼頭也是咱們華夏人的智慧吧，放南洋，那就是降頭術裡最厲害的東西。」肖承乾扯得很遠，嘴角帶著笑容，挺自豪似的。

我跟著笑，手無意地在肩膀上拍拍，說了句：「趴好點兒，多待會兒，等下我就請你下去了。」

「什麼我啊，要說小爺，那些是很大的大爺，難道我們就不能當個小爺？」肖承乾一邊開車一邊扯淡。

慧根兒在車後座說道：「額覺得小爺這個稱呼好帥咧，好吧，以後請叫我慧小爺。」而趙洪則是聽我和肖承乾的談話到目瞪口呆的程度，什麼我肩膀上有東西，什麼很大的大爺，什麼降頭術，我估計這小子又朝著抓狂的道路上狂奔而去不回頭了。

我笑著拿出了一枝菸，搖下了車窗。

「別，開著空調呢。」肖承乾大叫道。

「第一，不愛聞空調味兒。第二，小……小爺，對吧？小爺我要抽菸，天皇老子來了，我也不會給面子。」說話間，我點上了一枝菸。

「看你那樣兒，皺巴巴，濕淋淋的菸，你點得燃嗎？」肖承乾有些鄙視。

「得了，我知道你高貴如王子，抽大炮的。」我用打火機點了幾次，果然這一桶所謂的去穢水把菸打濕得太徹底，點不燃。

「大炮？你們這一脈果然粗俗，那是雪茄！」說話間，肖承乾扔了一盒中華給我。

我高興地拿出一枝，點上了，說道：「不愛中華這味兒，香精味兒重！你們這一脈果然粗俗，連香菸都不懂欣賞，哈哈……」

肖承乾跟著笑，說道：「雪茄呢，就是我去裝優雅，裝上流時用的，香菸呢，是你不懂欣賞，中華是貴族，你還是去抽用口水舔舔，就裹好的一枝葉子菸吧，哈哈……」

這些廢話其實挺扯淡的，卻無意中拉近了我和肖承乾的關係，夜風吹拂在我臉上，我微微瞇起了雙眼，對肖承乾說道：「小鬼不好玩兒，你再沒原則，也知道那是天怒人怨的東西。不要和我敵對。」

肖承乾沒有說話，他貌似也有一些煩躁地點燃了一枝香菸，然後說道：「這不是我和你的事兒，這是勢力與勢力的對決，我們組織牽扯得不是太深，或者說你師傅帶走了一撥兒人，我們已經沒有資格牽扯太深了。我可以和你這樣談話，可是卻不能告訴你多餘的事兒，可是，你記得，還輪不到我們兩個來對決。」

我笑著說了一句：「你打不贏我的。」然後就沒說話，只是狠狠地吸了一口香菸，淡藍色的煙霧在夜色中飄散，彷彿是有許多憂愁在跟著飄散，在很小的時候，我以為可以和師傅無憂無慮地過一輩子，修道，練功，日升日落，簡單生活。

到了大的時候，也想過仗劍江湖，快意恩仇，想要在江湖中沒有我的身影，卻有我的傳說，夢想當一個英雄。

直到現在，我才知道應了師傅的一句話，人生是人與人不停的交錯，在交錯中是一根叫緣分的線牽扯著，然後你們在交錯的瞬間，可能又為彼此綁上了新的線，也就是種下了新的因果。

說這個的時候，師傅罵了一句：「我呸，這不就是皮影子戲嗎？但不妨礙我演得精采，賣力過好自己的人生，然後安心。」

是的，不要責怪命運註定，讓我們就像提線木偶，木偶也可以在命運中把自己的每一步走得精采和安心，就如此刻，我想把肖承乾當成朋友，那就一定是狠狠地當成朋友，就算在那之後，命運的安排是我們可能會互為敵人。

這樣想著，我忽然望著肖承乾說道：「今晚就別走了吧。」

「我×，你看上了我了嗎？」肖承乾難得也有這麼粗俗的一面，這讓我感慨，畢竟說起來，是一個傳承的人，裝得再像王子，實際上還是和我一樣，骨子裡光棍！

「喝一晚上酒而已，別暗示啥，你再暗示我也不會看上你。」我掐滅了菸蒂，淡淡地說道。

過了幾乎是有一分鐘，肖承乾才說了一句話；「好，但願你小子不是想把我灌醉了，套話。」

到了目的地，是租用的一個民房，我進屋之後，首先看見的就是元懿大哥，沒有什麼多餘的話，我走過去，狠狠地擁抱了一下元懿大哥。

元懿大哥貌似有一些恍惚，對我說道：「荒村一戰，已經是過去了多久？沒想到，此生還有能和你並肩作戰的機會。」

「英雄是不會倒下的，看我匹馬單刀，再殺他一個七進七出！元哥，我注視著你的身影啊，崇拜呢。」我半是認真半是玩笑地對元懿大哥說道。

「臭小子。」元懿大哥哈哈大笑，或者英雄才是他要交給爺爺的最好答卷，我始終還沒有對他說起過鬼市的事情，因為一時之間也不知道怎麼說。

可是在這時，元懿大哥看見了肖承乾，忽然問道：「你是誰？」

「把楊晟帶走時，我也在荒村參與了整件事，那時，我和陳承一打了一場。」肖承乾很簡單地說道。

元懿大哥愣了，而我說道：「人生是一個奇妙的東西，其實我們真的不用搞得太明白。依本心，求安心，這樣活著就已經足夠了。」

「是啊，這樣是真的足夠了。」元懿大哥喃喃地說道。

「其他人還沒到嗎？」我問道。

「快到了，我是第一個到的。」元懿大哥回答道。

這是一場奇妙的聚會，彷彿是很多年以後，我們在做一件重複的事情。

江一給我安排的人，是元懿，孫強，還有一位熟人是高寧，是另外一個道士高寧，而不是在苗寨的高寧。

所以我說這是一個奇妙的聚會，彷彿我們還在當年，那迷霧瀰漫的荒村中，那破舊的房子裡，等待著和老村長的決戰，未知的命運……

只是老一輩的，都不見了。

我們在普通的燒烤攤子上，和普通人一樣，讓老闆在旁邊放上了一些啤酒，然後每個人一杯乾了。

說不上來是什麼心情，好像有一種滄海桑田的感覺，忽然我喊了一句：「來，我們為老村長乾杯！」

第二十九章　前奏

到最後我已經記不得我們喝了多少酒，第二天，當燦爛的陽光照進房間，我才知道宿醉的滋味真是非常的難受。

我有些暈乎乎地爬起來，想要找一杯水喝，卻不想強子已經在客廳，桌上放著一大壺看起來就很冰涼的蜂蜜水，我二話不說，倒下去就灌了一大杯，然後抓著腦袋說道：「小子，看不出來你挺賢慧的啊。」

「我學習巫術，對喝酒是有嚴格限制的，所以昨天我沒喝多少，慧根兒這小子昨天被你踢了幾腳，睡之前還委屈著呢。」強子倒是對昨天晚上發生的事兒記得挺清楚，不像我，一喝多了，連記憶都是模糊的。

我捏了捏額角，一杯子蜂蜜水灌下去已經好多了，我實在記不起我什麼時候踢了慧根兒幾腳了。

「哥，昨天慧根兒偷喝了一杯酒，然後你就踢他了。肖承乾喝得大醉，一定要自己開車，也被你抽了一拳……唔，是有人接他走的。還有，就是昨天晚上我把你肩膀上那個鬼頭給拔除了，你總不能帶著它到今天吧。」孫強這小子淡定卻帶著些靦腆地對我說道。

我有些恍惚地看著這小子，很難以相信，當年那個連普通話都說不好的小子，如今已經變得那麼有氣魄了，而且看起來真的學到了很多東西，連鬼頭這種難纏的東西，都可以給我無聲無息地拔除。

說起來，南洋一帶的術法多是傳自巫術中傳承於華夏古老的巫術，巫術對付這些東西，或者比道術更加得心應手吧。

拍拍強子的肩膀，我說道：「小子，你真的長大了，我還說照顧你呢，結果是你來照顧我。」

「哥，你別這樣說，真的，那會兒我就崇拜你，和姜爺在漫天的雷雨中引下一道道天雷，我就在想，為什麼你可以這樣厲害啊，你比我大不了幾歲。那個時候，我爺爺去世了，我很難過，你說，從此以後，你就是我弟弟……哥，真的，之所以叫哥，就覺得你的背影是我應該一輩子也追不上的那種吧，所以不說年齡的事情，也只能你是哥啊。」強子很認真地跟我說道。

「臭小子，你覺得我有個正形嗎？還崇拜呢！其實……其實我是真的不能軟弱吧？」說起這個，我忍不住在客廳的茶几上，摸出了一枝菸點上了，師傅，責任，人生……呵，真他媽的操蛋！

上午十點鐘，所有人都醒來了，除了慧根兒和孫強，誰都是一副頭疼欲裂的樣子，感謝強子那充滿「威力」的蜂蜜冰水，讓大家也很快就清醒了過來。

俗話說，酒是拉近男人距離最好的東西，其實我們這一次的行動還有兩個陌生人，但昨天跟著一起去喝酒，很快就不分彼此了。

我們在荒村的經歷讓他們覺得驚險刺激，他們在這個部門，又豈會是沒經歷的人，在酒精的作用下，挑了幾件兒來說，倒也惹得我們驚呼不已。

到今天坐在一起，就跟哥們似的隨意了。

這兩個人，年紀大一些那個被稱為是老回，開口說話挺有分量的，學識豐富，但免不了私底下就是一頹廢大叔的形象，鬍子拉碴，估計對現在的小女孩兒還是挺有殺傷力。

另外一個年輕一些的，就稱呼為小北，估計和老回是老搭檔，兩人一唱一和倒也有趣，小北是一個異常愛裝嫩的小子，其實怎麼樣也掩蓋不了這小子偶爾深刻的腹黑，以及是一個粗魯漢子的本質。

這一屋子人，除了慧根兒都是大菸鬼，一個個在大上午就紛紛吞雲吐霧，連強子也是其中一員，我記得元懿大哥是不抽菸的，可也不知什麼時候加入了菸鬼大軍。

慧根兒這小子被嗆得連連咳嗽，也不忘了給我甩臉子，估計昨天是被踢疼了，我才懶得管他，一把把他拉到我身邊坐下，把手放在他的光頭上，對他說道：「以後再敢喝酒，還踢！我不想慧大爺走了之後，你這徒弟無法無天的，知道嗎？」

或許是我嚴肅的神色把這小子震住了，他趕緊點頭，過一會兒又摸著自己的光頭，傻乎乎地笑了。

我看得又好氣又好笑，給這小子倒了一杯蜂蜜水，塞進了他的手裡。

「來談談這一次的行動吧。」首先開口的是老回，他這一次來，是帶著上面的一些指示和資料來的，原本昨天就該說的，無奈被拉去喝酒了，也就耽誤了。

但是情況很嚴重的是，我們其實是被盯上的，肖承乾在這裡已經能說明一切了，我們不可能無限期地耽誤下去，自然在今天儘管酒後不舒服，也要定下行動的方案。

「上面是什麼意思？讓我聚在這個城市。」其實我對來這個城市的安排可以說是一無所知，所以會有此一問。

「先看資料吧，我們這一次行動的主要目的是它。」說著老回扔出了一份資料，我拿過了資料，然後翻看了起來，因為資料很簡短，只是過了幾分鐘，我就看完了，然後把資料給了下一個人。

大概二十分鐘以後，大家都看完了這一本資料。

說實話，資料的內容並沒有什麼太多的東西，主要講的就是在當地一家公司的資料，這家公司要和我們調查的那家關係是不同的公司，資料上只是詳細地講出了這個公司的位置，人員數，負責人以及倉庫的位置，讓人有些摸不清頭腦。

在我們都看完資料以後，老回才隨意地抓了抓頭髮說道：「這家公司呢，就簡稱A公司吧，表面上是一家獨立註冊公司，做的生意也很正常，是進出口貿易什麼的。但事實上，它就是我們要調查的×公司的一家像子公司的存在。所謂進出口貿易是為了掩飾一些東西。最近他們活動非常頻繁，當然他們的一些活動不是我們這次行動的主要目的，因為他們做的事兒牽扯到勢力之間的博弈，上面只是懷疑，小鬼或者已經被祕密地弄到了這個城市，這個A公司。」

老回說完伸了個懶腰，很是輕描淡寫的樣子，其實這內容倒是夠「驚悚」的，我皺著眉頭問道：「上面何以見得，他們會把小鬼弄到這裡。」

「上面是這樣分析的，因為這個公司最近活動頻繁，是在做一件很重要的事兒，至於是什麼事兒呢？上面沒說，畢竟牽扯太多，但是這件事情是重要到讓各方勢力都盯著的，派小鬼來震場子也是正常的。其實，上面只是分析，分析也不一定是正確，可是他們分析了，我們就要做事兒，不是嗎？」老回無奈地說道。

也就是說，最主要的調查工作還是我們來展開。

有些無奈地拿過資料，我皺著眉頭看著，其實這次行動也真夠扯淡，還沒開始呢，我就被接二連三的警告威脅，看起來是調查一個公司那麼簡單的事兒，事實上誰知道有什麼危險？所以我必須得步步小心。

仔細地再翻看了一遍資料，我大家說道：「其實調查人，才是最不好做的一步，我看了幾個負責人的簡介，把他們放在最後調查吧。而公司本部應該不會弄太逆天的小鬼在那裡，畢竟那玩意兒不好控制，我們先調查的——是這裡。」

我的手指著資料上的一幅圖片，那裡正是倉庫的所在！

沒有人有意見，那個倉庫就在這個城市的郊外，其實從那裡開始調查，倒是最方便的。

老回很乾脆地問我：「什麼時候行動啊？」

「大白天的就算了，太招人眼了，今天晚上吧，不過行動計畫得具體地定一下。」我簡單地回答道。

第三十章　演技派

我這輩子都沒想有想到我還有需要帶槍行動的一天，我不是都習慣背個黃布包嗎？所以帶著有些說不上來的心情，把槍支揣進事先已經扣好的槍袋中，我對著鏡子咧嘴笑了：「嗨，〇〇七，你好。」

強子在我身後笑得有些憨厚，趙洪則面部表情有些抽搐地說了一句：「陳承一，你原來也有傻B的時候啊。」

「哦，真遺憾，你這才看出來啊。我一直很傻B。」在夏天穿一件外套不是什麼愉快的事兒，但沒辦法，一群帶槍的漢子總不能明晃晃的走在大街上吧？一件外套就是掩飾。

因為武器帶給男人的安全感，我覺得我走得異常昂首挺胸，順便笑話趙洪的「後知後覺」。

趙洪被我弄得無語，就如他今天下午教我們用槍一樣無語，估計一特工教一群道士用槍，是千古奇葩的事情，就如一道士教一群特工存思，怎麼想怎麼詭異，嗯，奇葩。

老回開著下午臨時去弄的一輛金杯麵包，就如開著一輛法拉利一般的牛B，因為已經是深夜十二點多一些了，老回一邊抱怨經費太少，只能弄輛金杯，一邊在郊區路況不怎麼好的路上玩「漂移」。

「如果我不是一個道士，不是為了傳承，我應該是賽車手吧。」老回說話的時候，很是隨意地抓了抓褲襠，說了這是頹廢大叔的本質。

當然，沒有人為他的賽車手夢想而鼓掌，因為全部都被他「漂移」得暈乎了，但世事無絕對，老回的話還是有一些回應的，就比如慧根兒這小子暈車後的嘔吐聲，始終伴隨著老回的話。

倉庫是在城郊的城郊，這樣的形容有一些詭異，可是也能說明多麼偏遠。

小北用他自以為很「男孩」的姿勢下車，靦腆中帶著迷茫，可嘴上說的話則是：「租這麼偏遠的倉庫，可見這家公司的勾當見不得人，其實這應該是屬於這家公司內心陰暗吧？」

元懿大哥倒是認真，在車裡接了一句：「根據資料，在這裡租倉庫的公司有十幾家。」

「嗯，說明內心陰暗的公司不少。」小北「羞澀」地笑著，把十幾家公司都扣上了內心陰暗的標籤。

強子有些迷茫地看了看天空，說了句：「公司具體是什麼樣的所在？動物還是人？公司怎麼可以內心陰暗？」

在那邊，慧根兒蹲在田邊，吐得「哇哇」的，一邊吐一邊說：「回大叔，求你……嘔……求你下次別開車了。」

而趙洪的身影時隱時現，估計是去偵察地形去了。

我和高寧最安靜，只是高寧悄悄的，充滿懷疑地跟我說了一句：「我說承一啊，你覺得這群人……不，是我們靠譜嗎？」

我抓了抓頭髮，表示其實我很沒有信心。

正是夏季，青紗帳層層疊疊，倒是為我們做了不少的掩飾，趙洪回來後，給我們說了倉庫的大概地形，以及他分析的要從哪條路線走，然後從那個地方翻牆進去的方案……

這就是特工的專業素養嗎？去偵察了二十分鐘以後，就能得出那麼詳細的方案，我表示很佩服趙洪。

可是老回站起來伸了一個懶腰，然後轉身就走，那穿在腳上的夾腳拖鞋，在這路上發出特有的「啪嗒」「啪嗒」的聲音，這一舉動弄得我們莫名其妙。

小北讓用人受不了的純真害羞表情說道：「回哥的意思呢？是他早有方案，這樣進去麻煩了一點兒。」

趙洪被質疑，忍不住額頭上青筋直跳，那邊老回已經靠在車邊說道：「一看就是沒參加過幾次任務的愣頭青，能躺著就不要坐著，能坐著就不要站著……有那力氣大費周章的進去，不如把力氣留著來保命。知不知道制度總是有漏洞，人性總是有殘缺，見縫插針可是一種智慧。」

趙洪不服氣，站起來說道：「你說得那麼高深，可是我這人不愛聽扯淡的，直接說你有什麼辦法吧？」

老回咧嘴一笑，從上衣兜裡掏出一包東西，藉著路燈我們一看，很普通的一包紅塔山，然後對我們說道：「辦法就是它。」

元懿大哥點點頭，說道：「辦法的確就是它，上車吧。」

在這裡，我其實就沒為國家出過幾次任務，高寧也是同樣，荒村一役之後，他說過他遊歷潛修，也只出過寥寥幾次任務，至於趙洪、慧根兒、強子應該是徹底的菜鳥。

相對來說，老回和小北才是那種真正的老油條，元懿大哥在受傷之前，倒是常常出任務，他說是辦法，自然我跟著他的腳步上了車。

事實證明，一包紅塔山，比趙洪給我們設計的「辛苦穿越青紗帳——爬牆——做賊版遊走倉庫——最後達到目的地」的方式有效且省力多了。

當老回帶著一分不耐煩，三分你懂的，六分我很熟的表情給看門大爺扔過一包菸時，看門大爺很爽快的放我們進去了，當然有一個條件，不能開車進去。

畢竟沒有了車子這個搬運工具，人從倉庫裡帶走什麼，是多麼明顯的事兒啊，再說扣輛車在這裡，也不怕你們偷了東西，然後翻牆出去，看門老大爺還是有智慧的。

老回熟稔地摸出一枝菸點上了，然後把車鑰匙扔給看門老大爺，說道：「也成，幫我們看好車，不是倉庫點數和公司統計對不上，我們也犯不著半夜來倉庫查探，這公司，幾個小錢，這樣驅使人，老子火大就不幹了。」

看門大爺嘿嘿地乾笑著，很放心地手一揮，讓我們進去了，我們一個個都露出了附和老回的表情，很是不忿公司驅使我們的樣子。

誰說男人沒有表演天分的？就衝這表現，我覺得奧斯卡小金人其實也不是我需要仰望的東西。

只是我們進入倉庫沒幾步，那老大爺又叫住了我們：「喂喂喂，你們等一下啊。」

我後背一緊，莫非被發現了什麼？到底我還是個青澀演技派，被叫住的瞬間，就忍不住在褲兜裡悄悄捏緊了拳頭，有一種先對不住看門老大爺，把他打昏，我們先行動的衝動。

趙洪比我還不如，已經朝前跨了一步。

也就在這時，老回懶洋洋地伸了個懶腰，小北則是靦腆地站在前方擋住了我們，老回慵懶的聲音傳來：「大爺，還有啥事兒啊？我們還想快點點完數睡覺啊，來回跑著不容易啊，這要去拿通行證一來一回，我們今天晚上別想睡了。」

這讓我佩服之極，暗想這才是真正的演技派啊！

那老大爺一笑，說道：「也沒啥事兒，黑漆漆的，給你們拿個手電筒，畢竟倉庫多，又都長一樣，怕你們迷路了。」

「謝謝啊，大爺。」老回接過電筒，其實我們有電筒，只是拒絕別人也是不好。

「你們去哪家公司的倉庫啊？」老大爺隨便問了一句，估計是想知道哪家公司那麼苛刻，半夜讓員工來點數，不過這種事兒在倉庫也不是很奇怪。

也可能到時真的有事兒，他也好有個說辭吧。

「A公司啊。」老回隨意地回了一句。

「啥？你們……你們膽兒真大。」大爺倒退了一步，臉色驚恐幾乎是下意識地說道，那樣子可絕對不是在演戲。

否則，老回也該拜倒當場了。

但是大爺的樣子到底讓我們都同時感覺到了一絲不對勁兒，自然就聯想到了我們正要調查的事兒，我幾乎是按捺不住地走過去問道：「大爺，我平時都是在辦公室待著，就沒咋來過倉庫，你可別嚇我啊？你說這話什麼意思啊？」

那大爺臉色變化不停，我眼角餘光瞟見，老回悄悄對我伸了伸大拇指，意思是讚美哥兒我也是演技派了，可我卻顧不上得意，緊緊地看著那看門老大爺。

那老大爺猶豫了半天，終於才說了一句：「我也說不好，總之那個地方不是太清淨，晚上那些保安也不敢往那一片兒巡邏，但這種事兒都是捕風捉影，以訛傳訛，也說不好。」

說完，老大爺就回門衛室了，我們卻同時呆了一下，誰還不知道，這老大爺可能沒說實話。

第三十一章　暗棋

其實那老大爺沒說實話，我們也能理解，畢竟那麼老還出來看門，那是一定很看重這飯碗的，而這飯碗在一定程度上是和他老闆有關係的。

他要直說這裡鬧鬼，砸老闆的飯碗，也是砸自己的飯碗。

所以，我們心裡清楚，問題是一定有的，只是這老大爺說得挺委婉的。

一行人沒有多說什麼，默默的朝著A公司的倉庫走去，按照資料上的說法，A公司在這片倉庫區裡占據了四個倉庫，不算太大的主顧，也不算小主顧，總之是不顯眼。

這樣，他們把倉庫租在最僻靜的角落也就顯得不是那麼奇怪的事兒，估計有得錢賺，誰還會在意你租在什麼角落？

在行走的過程中，一隊保安和我們擦肩而過，沒有過多的詢問我們什麼。

雖說是深夜，這倉庫區也不見得安靜，因為時不時的還有來來往往的汽車，上貨或者卸貨，我們這一群人倒也不算顯眼。

「今天晚上鬧騰嗎？」在我們擦肩而過的時候，我聽見一個保安如是說道。

另外一個保安回道：「你是新來的，就別問那麼多了，這裡安全還是不成問題的，我們也就走走過場，別闖到那裡去倒楣啊，你知道老張嗎？直接在那片兒心肌梗塞發作啊，說是病，誰知道看見什麼了？」

「那那個地方……」

我敏感地注意到了他們的對話，但是也不能去詢問什麼，隨著這幾個保安漸行漸遠，我也聽不見什麼了。

「是有問題的。」元懿大哥顯然也聽見了這段對話。

「沒問題就意味著我們白跑一次，有問題又得危險。這人生還真是有些糾結！」老回抱怨了一句，但是腳步並沒有停下，還是堅定地朝著A公司倉庫的方向走去。

這邊是西邊，走到這裡，我們就感覺到了，這裡幾乎是這一片倉庫區最安靜，最黑暗的地方，在這裡很明顯地看出很多倉庫沒有租借出去，基本上就是A公司的四棟倉庫孤零零地立在這裡。

我直覺這裡的氣場是很嚴重的不對勁兒，習慣性地就想要開天眼，可是老回拉住了我，他對我說道：「承一，別忙著開天眼，那無疑是打草驚蛇，告訴別人我們來了的信號。你也知道鬼物這東西，敏感之極，你在看見它的同時，它也就看見了你。」

這應該就是經驗吧？果然每一步的行動，看似隨意，實際上很有兩把刷子，上面也不是完全沒照顧過，至少老回這根老油條對我的幫助是很大的。

說話間，小北已經在行動了，他動作敏捷地跑到一個倉庫，然後輕輕一躍，就抓住了倉庫建築旁邊的樓梯，然後「蹭蹭蹭」地向上爬去。

老回倚在牆上，對我們說道：「讓小北去看看是怎麼回事兒吧，這小子是個道士，但是是道士裡的偵查兵，對各種陣法極為熟悉，而且有一個很特殊的鼻子。」

「怎麼特殊了？」強子比較好奇。

「哦，他能嗅到鬼味兒，你說特殊嗎？」老回簡短地說了一句，也沒再解釋。

可是鬼有味兒嗎？顯然我是想像不到的，每個人都有自己的祕密，老回不願意多說，我們也就閉嘴沒有多問。

老回在這裡帶著我們按兵不動，我們也就安靜地等著小北，我估計著老回是個軍師一般的人物，無疑，他已經用行動證明了，他的安排總是沒錯的。

炎炎夏夜，是很燥熱的，站在這片倉庫區的陰影裡，卻莫名的覺得有些涼，除了趙洪有一些不適應，低聲罵了一句：「這地方邪性！」我們沒有一個人開口，因為我們都心知肚明，表現出這樣的氣場，甚至可以戰勝夏日的炎熱，這個地方可不止是有問題，是問題大了！

難道小鬼真的就在這裡？我暗歎我的運氣不是那麼「好」吧？

時間一分一秒的流逝，彷彿這裡的空氣有一種特殊的功能，能隨著時間的流逝，而變得越來越冷似的，慧根兒這小子有些煩躁地來回走了幾步，說道：「這裡太髒。」

畢竟慧根兒是非常純淨的一個孩子，比我們敏感太多，說這裡太髒肯定不會存在危言聳聽的問題。

我們聽了，這只是沉默，趙洪是不由自主地打了一個寒顫，可接著目光又堅定起來，這小子也不知道怎麼想的，忽然就蹭到了我身旁，小聲地對我說道：「承一，啥時候也教我學學道唄？」

我……

就在我無語的時候，小北有些顫抖的聲音從上空傳來：「老回，我腿軟，叫個人來接我。」

難道小北有恐高症？從他剛才靈活的身手來看不像啊，可一向淡定的老回這次不淡定了，原本他是懶洋洋的叼著一根菸的，聽小北這麼一叫，直接就扔了菸，低低的罵了一句：「我×，這次怕是有些麻煩。」

老回在煩惱的時候，趙洪二話不說就走了過去，爬上了那梯子，然後幾乎是在梯子上，半把小北抱下來的，他是特工，這種技術性的體力活兒還是他出馬最好。

按說，小北在房頂上叫的聲音已經夠大聲了，可愣是沒有一個人過來看看動靜，直接就無視了這裡的一切，可見這兒對於這裡的人們來說是多麼可怕。

小北下來之後，腳步有一些不穩，臉色有一些蒼白，好像是耗費了很大的心力，承受了很大的恐懼一般。

老回和小北畢竟是老搭檔，感情頗深，他一把扶住了小北，然後讓他坐下，元懿大哥細心的遞過了一瓶水，小北接過就「咕咚咕咚」喝了一大半下去，才深深地歎息了一聲，顯得好了一點兒。

這時，我才注意到小北手上拿著一個看著很是複雜的陣盤，這和看風水的羅盤完全是兩個概念的東西，我猜測著小北的傳承應該是「陣」，嚴格說起來也是屬於山字脈五術。

「拿出陣盤了，情況很嚴重嗎？」老回歎息了一聲。

伴隨著老回的歎息聲，好像在我們背後的那棟倉庫後面，響起了一步一步的腳步聲，沒有人害怕，包括趙洪在內。

其實這是預料中的情況，如果一直那麼安靜，不發作點兒什麼，才是不正常的情況吧。

小北沒有說話，而是從懷裡掏出一枝粉筆，藉著手電筒的光亮，開始在地上畫了起來，隨著他下筆越來越快，我很快就看出來了，他畫的是這一片兒地方的倉庫地形圖。

畫好地形圖以後，小北在好幾個地方打了幾個叉，然後說道：「這幾個地方，有很厲害的傢伙蟄伏著，你們看位置是比較隱祕的，一般人也走不到那裡去，可是不小心走到那裡去了……」

「心肌梗塞，是嗎？」我淡淡地說了一句，顯然我是想起那幾個保安的對話了。

「心肌梗塞有沒有，我不知道，但是我知道是真的身上味兒沖天的傢伙，我們幾個一起對付怕也要費一番手腳，到時候……」小北說到這裡，停了一下，然後咬牙切齒地說道：「佩服A公司的那些混蛋，竟然那麼大膽，把這些傢伙藏在這裡面，也不怕哪天血流成河了。」

「只要避開這些地方就沒問題嗎？」趙洪現在就像一個好學生，不恥下問。

「肯定不行，這裡有高人布了陣法。」小北很是嚴肅地對我們說道。

「布了陣法？」高寧有些好奇地問道，畢竟他也是道士，沒道理一點兒都沒感覺這裡布了陣法啊。

「是啊，如果不按照固定的路線接近倉庫，那是會出問題的。」小北是這樣對我們說的。

第三十二章　步步

「固定的路線？你有結論嗎？」老回緊皺著眉頭問道，其實我們幾個倒也不是怕了這個陣法，七個臭皮匠就算抵不過一個很大的大爺，難道還抵不過他布下的一個陣法嗎？

只是如果這樣的話，就避免不了大張旗鼓的戰鬥了，一開始調查就鬧得這樣雞飛狗跳的那不是我們願意的。

所以，老回問小北的問題很關鍵，小北的臉色還是有些蒼白，躊躇了很久，小北才說道：「路線我有大概的把握，但是是不是百分之百，其中會出現什麼情況我不敢保證。」

說話時，小北站了起來，用腳擦去了地上的圖，然後說道：「跟我走吧，我來帶路，否則出岔子了。不過現在是深夜，是一些邪物比較活躍的時候，中途發生什麼情況，我希望大家都是跟我走，別在意。」

是啊，我們也只能選擇深夜行動，在白天要是遇見個A公司的人，那就不是好玩的情況了，我們現在還沒有打算要正面交鋒。

說完，小北長吁了一口氣，平日裡愛裝小男孩兒的他倒是第一次認真了起來，老回也站起來拍拍衣服說道：「倉庫裡有祕密，否則他們不會用那麼大的代價來布置這個倉庫，專人布陣就不說了，還付出那麼大的代價掩藏了幾個厲害的傢伙。我的意思是……」

「意思是我們的目的只在於小鬼的行蹤，其餘的我們就交給上面處理了吧。」我懶洋洋地說道。

傻子都應該知道這個倉庫是有祕密了，但是我不想惹麻煩，這不是冷漠，而是這應該是我能力範圍外的事兒了，做能力範圍以外的事兒，比你不去做這件事情，糟糕得多。

小北走在前面，我們靜靜地跟著，我一路上在和小北對話：「這個陣法白天應該是不發動的吧？」

「嗯，按我推斷的，應該是在晚上八點到早晨六點之間，陣法裡的傢伙就開始活躍，白天只能說是有影響，但是絕對影響不算大，頂多就是讓走錯路線的人，心理上能感覺到不對勁兒，有壓力，然後退回去。當然，要是走到那幾個角落，我就不敢保證會出什麼事兒了。」小北如此回答我。

「嗯。」我沉默著不說話了，心裡想的是，那個所謂心肌梗塞死掉的保安，很有可能就是走到了禁忌的地方。

這時，趙洪拉住了我的衣角，對我說道：「承一，我不知道是不是我的錯覺啊，我總覺得咱們背後有什麼東西跟著。有腳步聲兒。」

其實這個問題大家都是心知肚明的，誰也不是聾子，況且鬼物什麼的是直接影響人的大腦，想不聽見都不行。

我微微皺了皺眉頭，對趙洪說道：「別回頭，直接往前走，也別多問。」

趙洪點點頭，只不過是緊跟在我身後往前走，我望了一眼小北，小北理解地說道：「現在的路線應該是沒問題，至少沒有被攻擊！畢竟你看這正確的路線是挺平常的一條路，普通人去那幾個倉庫，大多會選擇走這條路線的，也就是說，這樣的情況出現，只是讓無意中走了正確道路的人退回去。」

我點頭說道：「是啊，知道的人就不會害怕，因為知道只是嚇人，而不會攻擊。」

「就是這意思。」小北沉穩地說道。

那四個倉庫並不遠，就算彎彎繞繞地走過去也不過五百米左右，何況這條路線也不過兩百米左右，我們很快就走了五十多米，除了身後的腳步聲，沒有出任何問題。

只是五十米好像是一條分界線似的，從五十米以後，我們身後不僅有了腳步聲，還有了隱約的笑聲和哭泣聲，那聲音就跟拍鬼片似的效果，飄渺又悠遠，彷彿聽不真切，卻又真的能聽見。

換普通人在這裡，恐怕是早就想掉頭跑了，而我們卻只能前進，不能回頭！

一百米，開始有嘈雜的人聲出現，像是在議論著什麼，又像是在空曠的籃球場，那種聲音迴蕩，鞋子踩著地皮的摩擦聲，那是一個路口，彷彿只要我們轉過那個路口，就會看見一大群人似的。

這樣的氣氛，連我看著那路口也有一絲緊張，人恐懼於未知，這是本能，或許一個鬼物實實在在的出現在我面前，我根本不會當做一回事兒，老搞這些虛幻的，讓人有些沉不住氣，心裡有一點兒煩躁。

我還沒說話呢，那邊高寧就皺著眉頭罵了一句：「我×，到底是要搞什麼？玩鬼屋嗎？」

元懿大哥的臉上也出現不滿的神情，老回焦躁地點了一枝菸，卻發現菸拿反了，脾氣好的強子呼吸也變得粗重，倒是慧根兒這小子大大咧咧的沒受什麼影響，這小子的心性倒是比我們都強。

我察覺到了不對勁兒，還沒來得及說什麼，小北已經開口說話了：「這裡的氣場對人是有影響的，大家別著了道了，知道的人就不會受影響，這個道理還不懂嗎？」

小北的話如同一陣晴天霹靂，一下子點醒了大家，估計A公司的人來辦事兒，就知道這裡對人的心情有影響，知道了，就如同築起了一道心牆，反而不受其亂。

古人說過一句話，見怪不怪，其怪必敗，其實就是這個道理。

就算是一個普通人，如果始終能保持平和的心態，一樣可以不受負面氣場的影響，所以心性是很重要的，但這個也需要磨練。

小北在招呼過我們以後，大家的心情就變得平靜淡定了起來，而轉眼，那個路口也近在眼前，可是依然是黑洞洞的路口，沒有想像的一群人出現在這裡，只是仔細看，這裡有一層薄薄的霧靄，我們都心知肚明是怎麼回事兒，怕是這個布陣的高人也不是什麼正道人士，因為這樣的陣法聚集陰氣，時間久了，陰氣會化形的，那時候對人的影響就大了。

我可以預見，在十年後，如果這個陣法依然運轉正常，而且一直保持如此的話，這片倉庫會因為鬧鬼的傳聞而徹底廢了，再估計的悲哀點兒，在這過程中可能會死上幾個人，誰知道呢？

這薄薄的霧靄就是最好的證明，我在心內歎息一聲，如果有必要怕是要毀掉這個陣法。

大家各懷心事的繼續前行，那倉庫就離我們不到五十米了，可也就在這時，在前方忽然出現了一個身影，黑糊糊的一片，看得不太清醒，只知道那是背對著我們。

「小北，有問題嗎？」老回有些擔心地問道，他是一個愛省力氣的人，不希望我們進入倉庫之前，就發生點兒什麼，讓計畫全盤失敗。

「我不知道有沒有問題，因為最後一段路到底還有沒有別的玄機，我不知道。但是，當做沒看見吧，就算擦身而過，也當做沒看見！」小北如是的回答道。

大家都不說話，趙洪略微有些發抖，我看見他握緊了拳頭，強自鎮定，真是苦了這小子，第一次出任務就那麼慘！

仔細想想，和我沾上邊的人兒，能有好事兒嗎？

一步，一步，我們接近著那個身影，我不知道在別的人眼中看著這個身影是什麼樣子，但我越是接近這個身影，越是看著覺得眼熟，可是我是怎麼也想不起來！

二十米，十米，五米，一米……很快，我們就走到了那身影的旁邊，那背對著我們的身影慢慢的轉過了身，小北是第一個和它擦肩而過的人！

「什麼？」小北驚呼了一聲，倒退了一步！

第三十三章　傷

吼完這句以後，小北就陷入了一種呆滯的狀態，一下子我的腦子裡念頭千迴百轉，難道小北的預想出錯了，連他也中招了，這就是我的第一個想法！接下來，腦子就有些亂……

當務之急是先救小北，其他的不容人多想，可是我還沒來得及查探小北出了什麼問題，趙洪又大吼了一聲，朝前衝了一步，竟然和空氣搏鬥了起來，而且情緒激動的掏出了搶……

老回和元懿大哥連忙去阻止他，沒來得及理會那個身影的事兒，而我和高寧則是去查探小北的情況，只有慧根兒喊了一聲：「怎麼回事兒？我看著是一片空白啊！」

慧根兒這句話，讓我不禁轉頭望了一眼那個身影，只是看了一眼，我就驚呆了，怎……怎麼會？會是她？

青黑色的長袍，披散的長髮，美麗蒼白卻充滿了一種哀怨，而顯得異常扭曲的臉——李鳳仙！

她，她不是魂飛魄散了嗎？李鳳仙怎麼會出現在這裡？一時間，我的腦子有些亂，只是片刻，我忽然發現我已經不在倉庫門外了，而是身在了一個熟悉的房間……

這個房間我曾經魂牽夢繞，不正是我小時候住的房子嗎？如果我記得沒錯，這裡是大姐和二姐一起住的房間，那邊的白牆上的白漆脫落了，那個床腳，有我畫的一個戴著紅軍帽子的小人兒……一切的一切，都是那麼熟悉，我忽然就有恍惚了。

「三娃兒，你站在那裡愣著幹啥？把這個端出去，二妹情況不好，你要懂事點兒，別讓爸媽操心啊？」一個熟悉的聲音傳入我的耳朵，我抬頭一看，不是我大姐又是誰？

只不過在現實中，我大姐已經人到中年，面容上已經有了細細的不明顯的紋路，更添了幾分成熟的韻味兒，而此時的她卻是那麼的年輕，稚嫩，一根黑油油的大辮子，樸實的衣服，為二姐而焦慮的面容，一切都和我記憶中的大姐重疊了起來！

不，就是大姐啊，那段我們一家人雖然清貧卻相濡以沫的日子，一下子浮現在了我的腦海，我以為我這輩子都回不去了，卻不想，我卻身處在這裡，瞬間，我恍惚得更厲害……

「還愣著幹啥呢？」大姐走過來，把碗塞進了我的手裡，然後轉身用一張濕毛巾給二姐擦臉。

我……我總是覺得有什麼不對勁兒，可下一刻我就恍惚了，我該做什麼啊？不是到廚房裡去擱碗嗎？我真不懂事兒啊，一家人都為了二姐在焦慮，我卻在這裡恍恍惚惚的。

想著，我轉身去廚房放碗，卻看見爸爸和媽媽焦慮地走了進來，我一下子鼻子一酸，一個念頭壓抑不住地浮現在腦海，爸媽這個時候還好年輕！

我不知道我為什麼會這麼想，一下子放下碗，撲進了媽媽的懷裡，嚎啕大哭起來，一疊聲的喊著：「媽，媽……」

我媽先是莫名其妙地看著我，後來還是不自覺地抱住了我的腦袋，有些酸酸地說道：「這娃兒是咋子了哦？」

我也不明白我是怎麼了？爸媽本就應該是這麼年輕的啊？我哭什麼？

這時，我爸爸忽然拍拍我的腦袋說道：「是為你二姐難過了吧？好了，姜師傅就要來了，別這樣了，等下你媽更難受，不要忘記了，老漢咋跟你說的？你也是家裡的男人啊？」

我抽噎著，擦乾了眼淚，其實我自己心裡有一種揮之不去的莫名其妙的感覺，可是我想不起來那是什麼！

屋簷下，我和爸爸蹲在這裡，盯著大門，心中都有一種絕望的感覺，二姐的情況已經越來越嚴重，連流食吃起來都很困難了，而且清醒的時間也越來越少，可是爸爸口中那個姜師傅怎麼還不來呢？

其實，我不知道我在想什麼，總覺得我對這個即將到來的人在心底有一種熟悉的感覺，更是盼望他的到來，難道我認識他嗎？

我抱著腦袋也想不明白，根本也就想起不起腦子裡有個什麼樣的形象存在，讓我覺得我會對即將到來的人有一種熟悉的感覺！

也就在這時，敲門聲響起，爸爸大喜過望地跑去開門，我忽然有種膽怯的感覺，膽怯什麼？是怕見到什麼嗎？但即便如此，我還是亦步亦趨地跟在了爸爸的後面。

開門的時間彷彿像一萬年那麼長，那一聲熟悉的「吱呀」開門聲，帶著悠長的尾音傳入了我的腦海，我抬頭一看，一個五官其實很威嚴，長得很有稜角，但亂七八糟的頭髮和鬍子讓他顯得猥褻的老頭兒，或許看不出年齡，又像是個中年人的男人站在了門外。

他身上的衣服穿得胡亂，甚至有些小髒，樣子也是吊兒郎當，讓人怎麼也產生不了信任的感覺。

可是，我忽然就大顆大顆的掉眼淚，忽然我的喉頭就緊得一句話都說不出來，他在我的記憶中太深刻，只是那麼一眼，我忽然就像穿梭了時空，我知道接下來他會打我的屁股，我知道過幾天，我就會拜入師門，我知道在不久，我就會倒楣地開始做飯洗衣……

但是，我和他在一起的歲月，讓我知道就算接下來我會多麼的「多災多難」，我還是願意再去經歷一次！

「師……」我哭著一步步地走向了他，而他詫異地看著我！

他的出現，讓我知道我已經身在了幻境，因為我說過，他在我的生命中幾乎已經成為了執念，只是一眼，我就可以想起全部的回憶，難道還不清楚自己在幻境中嗎？

可是我不願意醒來，我就這麼一步步走向他，哽咽的聲音終於完完整整地叫出了一句：「師……師傅……！」

然後我衝了過去，我想拉住他，我想說你在幾十年以後，不要走，好不好？

可是在這時，我眼前的一幕幕全部破碎，然後我一恍神，一下子回到了那個黑暗的倉庫門外，哪裡有什麼姐姐？哪裡有什麼父母？哪裡又有什麼師傅？

我一摸臉上，幾乎是淚流滿面，看著周圍大家已經圍繞了過來！

老回有些後怕地對我說道：「是一隻魅靈，很厲害的魅靈，可以勾起人們最恐怖的記憶和最溫暖的記憶，如果不是慧根兒始終保持清醒，我們怕是全部都要著道兒。」

魅靈？這是一種非常擅長於魅惑人心，讓人陷入幻境的鬼物，如果說把它刻意的培養，它的威力甚至大於一隻殺傷力很驚人的殭屍！

而且，是多久遠的事兒，我曾經在餓鬼墓裡知道存在過一隻魅靈，可惜沒有親身去體會過，親眼去看見過，沒想到那麼多年以後的今天，我竟然在這裡，再次遇見了一隻魅靈！

這世間的事兒，真的是說不清楚，就如我多年前沒有和它狹路相逢，如今卻還是要遇見過它一次，就如緣分，也許今日我和你錯過，來日，誰又知道我們會不會有過一個擦肩而過，再彼此微笑，然後分開呢？

慧根兒這小子很了不起，不愧是慧大爺找尋多年的弟子，他和我一樣有心傷，可是他無恐懼，占了無畏，也是心境的部分圓滿，自然魅靈就不會對他起多大的作用。

我不行，我太多畏懼，原來當年二姐快死掉那種感覺，是我心裡最畏懼的事兒啊！因為，那是第一次，我惶恐我要失去一個重要的人！

「承一啊，我分明看見你眼中的瞬間清醒，可是好像是你自己不願醒來，站在那裡哭得厲害？」發問的是元懿大哥。

可是，我不知道怎麼回答，或許你們的恐懼，恰恰是我的心靈的安慰，我甚至就像陷入回憶中不願醒來，這到底是多深的執念，我不想再去細想。

莫名的，起風了，我迎著風，點上了一枝菸，沉默不語……

第三十四章　黑沉

魅靈就是這個陣法最後的殺招，它的存在恰恰好，讓人陷入幻覺，一時間也不會鬧出人命，最多讓人們發現這裡有一個癡癡傻傻的人罷了。

而這種事情也最難解釋，人們也難以去追根究柢……最重要的是，也成功的為A公司拖住了「心有不軌」的人，果然是步步算計。

至於A公司的人，應該是核心成員才有自由進入倉庫的資格吧，他們自然有克制魅靈的辦法，因為魅靈這種東西只要破除了它的幻境，幾乎就是一個「任人宰割」的傢伙，稍微重一些的陽氣衝撞於它，也會讓它陷入「萬劫不復」的狀態。

但在這之前，重要的是心志的清醒，這就是克制魅靈的東西，就比如我手腕上的沉香手串，平日裡戴上手上的時候它的作用並不明顯，只是有一定的辟邪去穢的作用，那一次在別墅裡遇見厲鬼，甚至趙洪還被上了身……不知道的人都會以為沉香手串沒什麼用，事實上只是我一直捨不得發揮它的作用。

因為沉香手串對於普通人來說也許是裝飾品或收藏品，但對於道家人來說，其實是消耗品，它的氣味是醒神，寧心，破除幻境的最強「武器」，越是珍貴的沉香，越是能發揮這樣的作用，不說在遇見心魔，幻境的時候，就算是平日裡的修行，能點燃一點兒沉香，也是非常好的。

很奢侈不是嗎？如果在知道是魅靈的情況下，我點燃一點兒我手中的沉香，沒有一個人會中招，包括趙洪，要知道我這串沉香珍貴倒也罷了，更重要的是它是我的祖師爺——老李溫養了多年的沉香，其效果是異常強悍的，強悍到連吳立宇這樣的高手毀我心神，它也可以抵擋。

只是，我捨不得，它在我心中的意義不只是一串兒沉香、珍貴的法器，它，它只是我師傅送給我的十歲生日禮物罷了。

各種的想法讓我出了一會兒神，手中的菸不知不覺就燃燒了一半，大家沒有急著前行，是因為剛剛遭遇魅靈，還需要一個心情上的調整，然後再去面對那距離已經不遠，或許更危險的倉庫。

「魅靈解決了嗎？」這時，老回不知什麼時候，站到了我的身邊，我沒有話說，就扯了一個話題。

「解決了，你知道，那種東西只要不受它魅惑，是非常好解決的，和解決普通的靈體沒什麼兩樣！一個菜鳥都可以解決，慧根兒弄的，沒有下殺手，這一隻魅靈怕是培養已久，對部門也是有價值的。」老回在我身邊淡淡地說道。

對部門有價值？所以留下一隻魅靈那麼危險的傢伙？不過，我也不在意，甚至能理解，武器本身沒有錯，只是看它在誰的手裡，魅靈因為被扭曲的培養過，已經失去了輪迴的機會，這是一種普遍的認知，但如果能在正確的人手裡，說不得還能累積一些功德，對它自身也是有好處的，畢竟不能輪迴也不是失去了全部的機會。

這個世界上，還有一種存在叫鬼修，不是嗎？

我沒有回話，只是理解地衝老回淡淡一笑，可是老回卻分外嚴肅的看著我，這讓我有些詫異，要知道老回是一個隨時看起來都吊兒郎當的人，忽然這麼嚴肅，到底是有什麼事兒？

看著老回這樣的表情，我還沒來得及說話，老回已經開口了：「陳承一。」他直呼我的大名，讓我又愣了一下。

可我沒有說話，我知道老回一定是有話要和我說了，所以我靜靜聽著。

可這時，小北過來對老回說道：「回哥，已經凌晨一點多了，時間怕是耽誤不起了。」

老回點點頭，然後說道：「我和承一說幾句話就出發吧。」

小北聞言，默默走開了幾步，老回轉過頭來看著我，忽然就說道：「承一，剛才你明明就清醒了瞬間，卻又沉淪了下去，我是看在眼裡的。我只希望你記住，不管你有多少原因，陷入了多麼值得讓人同情的回憶裡，你都背負著這次行動的責任，甚至是我們這一隊人的性命！要是今天沒有慧根兒，而你自己卻又不願意醒來，你想想吧……」

老回沒有再多說，轉身離開了，而我留在那裡，一下子冷汗就布滿了額頭！

執念，執念真的是很危險的東西，它正面可能會成為你的動力，反面也許就會讓你萬劫不復，在執念上求得一個心靜，就如同是在刀尖上跳舞一般。

師傅，也有執念，可是……是的，我比起師傅來說，真的差遠了，在心性上，不能比。

「老回，下一次，我不會了。」我忽然大聲對老回喊道。

老回揚揚手，並沒有回答我的話，我想這不是一句話能證明的，可我此刻已經在提醒自己，我還有責任。

經過了魅靈的迷惑，隊伍的氣氛已經變得有些沉默，可能每一個人都或多或少的意識到了，這一次的行動有多麼危險，這種性命的威脅壓在每一個人的心頭，連慧根兒也變得安靜了起來。

我默默地拉過慧根兒在我身邊，就如在很久以前，我拉著他一路去黑岩苗寨，那種帶著濃烈個人意識的心情又浮現在心頭，無論怎麼樣，我重要的人在我身邊，我才能安心。

至少，我可以用生命去保護他們。

所幸，魅靈真的是這個陣法最後的一個殺招，剩下的幾十米路，我們一路行來，再也沒有遇見什麼特別的情況，一路上很安靜。

倉庫的門前，趙洪在忙碌著，A公司的倉庫大門和這裡別的倉庫不同，就是那種一般的捲簾門，一般的門鎖，按照趙洪的說法，是什麼電子鎖，需要破解。

我們不懂這個，只是靜靜地等待著趙洪破解，術業有專攻，這的確不是我們能發揮的時候，而趙洪隨身帶的東西我也一件兒都看不懂，就如他現在正在破解所謂電子鎖的工具。

不過，他不是也不能看懂我們的法器到底是個什麼玩意兒嗎？其實，真的並沒有誰比較高貴厲害一些吧，在不同的事情面前，高貴厲害的人就有所不同，這句話想著倒是很有意思。

夜，很寧靜，除了趙洪破解那電子鎖偶爾弄出的聲音，就只剩下了我們的呼吸聲，這樣的環境或許會讓人放鬆警惕，也或許會讓人更加緊繃。

我們是後者！

大概二十分鐘以後，隨著「啡嗒」一聲脆響，趙洪站起來帶著微笑說道：「搞定，只要拉開捲簾門，我們就可以進去了。」

此時的趙洪眼神中多了幾分自信，一路行來，他都是在看我們表演，這一次終於輪到了他去成功的為小隊解決一件事情，這樣的成功，是對自信最好的建立。

「了不起！」我拍了拍趙洪的肩膀，然後第一個走上前去，輕輕地拉開了捲簾門，我有一種不安的感覺，總覺得這門後有驚天的祕密，或者，這倉庫裡不是我們想像中的那麼安靜，它裡面有人在呢？

就如老回所說，我是這次行動的負責人，我理所當然地該站在前面，因為我的背後，是別人的生命！

「嘩啦」，我的動作很輕，但捲簾門的聲響依舊不小，我的心彷彿是被那聲響控制了似的，隨著聲響的發出，跳動得厲害，在那一刻就像是要跳出喉嚨一般。

我不明白我為何會這樣的緊張，緊張到後背都在冒汗，難道在今夜會有我生命中什麼重要的事情嗎？

想法很多，可是我表面上並沒有表露出來，依然是一臉平靜的，第一個跨入了倉庫。

倉庫裡，可是什麼也沒有發生，這裡面就是一片黑沉沉的空間，黑沉到藉著外面微弱的光亮，我也看不清楚裡面有些什麼！

站在這樣的黑沉裡，我深呼吸了一下，事情應該不是那麼簡單吧？我的手心在冒汗，就如前方的黑暗中，就有一個魔鬼在帶著冷笑窺視著，等待著我一般，讓我心生怯意，卻不得後退。

在這時，大家都紛紛進來了，也不知道是誰走在最後，「嘩啦」一聲，又拉下了捲簾門。

我們八個人陷入了完全的黑暗，周圍安靜得只剩下我們的呼吸聲！

第三十五章　遭遇

「是誰關的門？」在黑暗中，我忽然這麼問了一句，我也不知道我為什麼會這麼問，因為在門關上的瞬間，我的後背就起了一串兒雞皮疙瘩，那是一種極度危險的直覺。

沒人回答我，我的身後安靜得可怕，我猛地打亮了手電筒，然後一下子轉身，我看見大家有些搞不清楚狀況的看著我，高寧小聲地說道：「承一，我沒關……」

高寧的意思是想表明，關門的不是他，也就是說他清楚他是最後一個進來的，可是此時高寧的話還沒有說完，我的瞳孔就猛地一縮，幾乎是不加思考地朝著高寧衝去！

因為在高寧的身後，竟然站著一個黑影！我一開始回頭的時候，並沒有看清楚，可是剛才在手電筒光的照射下，我一下子就看清楚了那個黑影！

他？它？身分是那麼的不明確！

我只是想到了一段很恐怖的記憶，一種我師傅也不願意面對的傢伙——殭屍！

那絕對不是人類的臉龐，可是五官分明，所以一開始我分不清它的身分，是很瘦的人還是什麼，可是再一眼，我就看見了它臉上那乾癟的，已經再無彈性的肉貼在臉上，呈一種不正常的死灰色，恐怖的是它的眼眸，幾乎大半個眼仁都翻了上去，是一種冷酷無情的眼白。

它已經完全的殭屍化，已經那標誌性的殭屍牙和鋒利的手爪不是假的，可又不盡然，它沒有真正殭屍標誌性的「毛」！科學分析那是一種細菌的操控，才會生出各色的毛，類似於「黴變」？這個科學還不能解釋，只能用動物中被寄生，行為被操控的行為來類比，而實際上，到底是一種什麼原因，根本還得不到驗證。

沒有殭屍「毛」，算什麼殭屍？倒更像國外所說的喪屍！但是不同，喪屍是一種蠢笨的存在，根本不可能像眼前這隻，充滿了人性化的動作，甚至還有那冰冷怨毒的表情。

想法在一瞬間就很多，但僅僅也只是瞬間的事情，下一刻，我就已經朝著高寧衝了過去，高寧根本就不知道他此刻身後站著一個可怕的身影，已經伸出了爪子朝他抓去，而且還張開了嘴，那突出的犬牙是那麼的恐怖！

高寧在這一瞬間，還在對我解釋！看著我猛衝過去，甚至還有些發愣，搞不清楚狀況……

我和高寧隔著的不過是兩米的距離，中間卻隔著三個人，在他旁邊不遠處的是趙洪和小北，我的反常讓所有人都發愣，只有趙洪第一個反應過來，他一把拉開了還搞不清楚狀況的高寧，下一刻就掏出了手槍……

我×，這就是專業人士○○七嗎？我腦子裡在那個時候，就只有這麼一個想法，可是下一刻，當大家都反應過來這可怕的存在時，我已經因為慣性衝到那個傢伙面前。

童子命，倒楣起來的時候是不需要解釋的，我這種撞槍口的典型啊！

那怪物殭屍似乎對我很感興趣，面對它眼前的獵物忽然被拉走，竟然沒有一絲「留戀」的意思，反倒是那爪子狠狠地朝我抓來。

可是它再厲害，能厲害過老村長嗎？面對過老村長，老子還能怕你？在這一瞬間，我的光棍氣質就冒上來了，面對它的爪子不閃不避，實際上，刻意要去避也避不開，我很直接的朝著它撞了過去，接著衝撞的力量，竟然把它撞開了一段距離，藉著這股力量，它的爪子偏移了一點兒，只是抓破了我的衣服。

真的是險之又險，我沒記錯的話，我是一個道士啊！在不久以後就會風靡華夏的一款遊戲傳奇裡，我記得道士都是躲在後面扔符的角色吧？為什麼我那麼倒楣？在那些年裡，還要當個肉搏型的道士？

那個怪物殭屍可沒有那麼多的想法，一擊不成，一個閃身就再次向我撲來。

這時，趙洪開槍了，「砰砰」的幾聲槍響，子彈沒有意外地都打在了那個怪物殭屍的身上，這才是特種兵的素質，在如此慌亂，只能藉著手電光的環境下，還能如此準確的命中目標，在場的所有人裡，恐怕只有趙洪才能做到。

可是，接下來，讓趙洪恐懼的事情發生了，目標中槍之後，行動完全不受影響，而他的子彈卻成功吸引了目標的注意力，那怪物殭屍竟然朝著趙洪撲去。

「承一，啥東西？」趙洪朝我吼著，聲音一下子變得尖細，顯然是因為恐懼。

我在心中無語了一下，我說這小子咋能淡定地開槍，原來他根本沒有搞清楚是一個什麼玩意兒啊？

「拖住它，應該是一隻殭屍，記得不要被它抓到，不要被它咬到。」說話間，我開始在黃布包裡掏東西，然後對趙洪大喊道。

「我×，殭屍……」趙洪罵了一句，純粹是為自己壯膽，我估計他也是無語了，在想著怎麼第一次出任務，又是鬼又是殭屍的。

好在殭屍是有形體，趙洪不是那麼恐懼，對於他來說，或者是摸不著看不見的鬼物才最可怕！

可是在場的所有人聽著我喊出這個存在是殭屍時，無一不是震驚，嚴肅無比！

倉庫裡有殭屍，這是多麼扯淡的事兒？A公司怎麼膽子大到了如此程度？竟然敢在這種地方明目張膽地放出一隻殭屍，如果一不小心，殭屍竄了出去，那這裡豈止是血流成河能夠形容？

趙洪是特工出身，伸手敏捷，他的攻擊對殭屍沒有用，但殭屍一時半會兒不至於攻擊到他，每個人聽聞是殭屍都開始行動，但是我喊道：「慧根兒，去和趙洪一起拖住殭屍，其他人別亂，高寧去找到倉庫的電源，其餘人負責警戒，如果這裡不是一隻殭屍，而是……」

接下來的話，我沒說出口，但大家應該都懂，那個情況將會多麼的嚴峻。

在說話的同時，我的手上已經多了一張黃色的符紙，和一把有些黏膩的東西，黃布包裡東西很雜，但這把黏膩的東西幾乎就是必備品，它是什麼？其實就是搗爛的糯米，中間當然特別的處理過了一下，比起平常的糯米多了三分功效。

糯米是一種很神奇的東西，可以辟邪，確切的說它有一點兒隔絕氣場和氣息的作用，也有一點兒吸收氣場和氣息的作用，就如糯米拔屍毒，其實是它堵在一定的範圍內，就是隔絕了屍毒，屍毒湧到糯米那裡，被糯米吸收了，也就起到了隔絕的作用，所以拔毒過後的糯米會變成完全的黑色。

平日裡，屋子裡有什麼地方不對勁兒，在陰暗角落裡灑上糯米，也就是吸收不良的氣場，隔絕不良氣場對人的影響，而道家的一些符用糯米帖上，也有一點兒借用糯米隔絕氣場，聚集符之氣場的作用。

當然，更大的原因是因為糯米是黏性的，可以當膠水用！

在拿出這些東西以後，我對慧根兒喊道：「小子，想辦法固定它，幾秒鐘就夠！」說話間，我已經衝了過去……

慧根兒一聽，一張臉完全變成了苦瓜臉，這小子的功夫底子好，身體倒也靈活，雖說我給他布置的這個任務很「沉重」，他還是照做了。

一個轉身和那怪物殭屍呈背靠背的姿勢，然後用自己的雙臂反挽住殭屍的雙臂，死死的扣住，然後脹紅了臉吼道：「趙大叔，抱腳！好硬啊，力氣好大啊，快點，額撐不住咧。」

慧根兒一吼完，原本沒什麼，只有老回面色古怪地說了一句：「好硬？力氣大？撐不住？慧根兒小子，你是在說啥？」

他的話剛一落音，所有人的面色都變得古怪了起來，大家都是成年男人都懂的！

趙洪此時已經抱住了怪物的雙腳，因為老回的一句話，差點被沒撐住，忍不住罵了一句：「老回，我×，在拚命的時候，你扯什麼淡？」

這時，整個倉庫響起了「嘭」「嘭」「嘭」的幾聲悶響，燈光照亮了整個倉庫！

我來不及去觀察什麼，而是衝到了那個怪物殭屍的面前，用全力捏住了它的下巴，一揚手，一把糯米糊封住了這個怪物殭屍的口鼻……

第三十六章　環環相扣

封殭屍，永遠是那個辦法，封住口鼻，糯米為底，上面貼符，封住殭屍支撐自己活動的一口陽氣。

這怪異的殭屍，不似傳統意義上的殭屍，更不是國外所謂的喪屍，它只會讓我想起一個存在——老村長，很多相似的地方啊，我說不上來，自己就是有這種怪異的感覺。

老村長是變異的殭屍，但它始終逃不出殭屍這種範疇，當年孫魁爺爺能用趕屍的辦法驅趕它就是證明。

面對我用糯米封住它的口鼻，那怪異的殭屍表現出了一種異樣的暴怒，掙扎得尤其厲害，趙洪和慧根兒這兩個那麼生猛的肌肉男，都被它掙扎得很痛苦，差點就要撐不住。

更讓人覺得恐怖的是，明明是用糯米封住了它的口鼻，它竟然開始含含糊糊地吼叫，就像人在說話，我努力地不想去多想，可是分明聽見它模糊吼叫的是幾個字——陌生人，殺！

可是我懶得去想那麼多，一張黃色的符紙貼在了這隻殭屍的口鼻處，這殭屍稍微掙扎了幾下，就一動不動了，這一招辦法雖然古老，但還是極其有用的！

不過，這殭屍也夠厲害，就算封住口鼻，它還能掙扎幾下。

慧根兒和趙洪筋疲力盡地站起來，長吁了一口氣，他們總算不用當苦力了。

而我則對其他人說道：「除了放火，還有很多弄死殭屍的辦法，封口鼻的辦法不見得能支撐多久，你們盡情發揮吧，怎麼弄死都行，殭屍這種東西有多大的害處，你們都知道，下手不用留情。」

我說這話的時候，神情語氣都是平靜的，沒有在眾人面前表露出一點兒沉重的意思，可天知道我的內心有多那麼沉重！這隻殭屍竟然還能說話，也就是說它是有自主思維的，有多少我不知道，但這絕對不是一個好兆頭。

無論怎麼樣，都只能讓我想起老村長那逆天般的存在，竟然是要耗費老一輩那麼大的心力才能制服，可就算這樣，最後我還中了招，如果不是我無意中解開了他心中的死結，天知道，荒村幾十年後又會變成什麼樣子，老村長會不會再恢復！

動作靈活，自主思維，這裡的殭屍莫非和老村長有聯繫？我心裡陰沉，面上卻神色不變，在那邊動手的是強子，他對殭屍有一種刻骨銘心的恨，剛才如果不是我喝止，恐怕他會發瘋。

和道家人不同，強子拿出的東西是七根桃木釘，他的手有些顫抖，他忽然就轉頭對我說道：「哥，趕屍不是沒有用的東西，我殺這隻殭屍就是巫術結合了趕屍的辦法，哥，你看著。」

我點點頭，知道其實趕屍人的沒落是孫魁爺爺一輩子的心結，這自然是影響到了孫強，他此刻沒有辦法再對孫魁爺爺訴說什麼，對我忽然那麼激動地訴說，也是一種心情上的發洩吧。

所有人都看著孫強，而孫強拿出第一根桃木釘，先在殭屍的手心畫了一個怪異的符號，然後光用自己的力量就把桃木釘釘入了殭屍的手心……接下來，第二根，第三根……

按說，殭屍是一種全身僵硬的傢伙，這是人們的普通認知，但人們的認知有一個誤區，那就是殭屍只有在起屍之後，全身才會變得硬，沒起屍或者被制住之後，全身只是僵。

這和力量的支撐有關係，就如一個人在用力的時候，肌肉會緊繃，然後硬度就會變高，在卸去力量以後，肌肉一樣會變得柔軟。

說起來，殭屍在沒有起屍的時候，它的肌肉承受能力甚至不如普通人，誰都知道，柔軟而有韌性的，能卸去一部分力量，那僵的，只能是脆的。

何況，這殭屍不是傳統意義上的殭屍，它沒有那層保護層——毛！

毛？咳，有些搞笑了！

孫強把七顆桃木釘一一釘入了殭屍的七個位置，每一個位置，他都畫上了怪異的符號，其實道家也有用桃木來制殭屍的辦法，只不過那只是暫時控制殭屍，並不是殺死殭屍。

可是當孫強把最後一根桃木釘釘入殭屍身體的時候，那殭屍非常明顯失去了生機，這是一種說不清，道不明的感覺，接著，它就往後一倒，僵硬地仰面倒在了地上！

「爺爺……」孫強低低呼喊了一聲，臉上的表情變得堅韌，他抽出了第一根桃木釘，開始仔細擦拭，彷彿只有這樣專注於一件事兒，才能平息內心的傷痛。

我走過去，拍了拍孫強的肩膀，一切都盡在不言中，我沒有時間去傷感什麼，去想起那悲壯的一幕，因為這個倉庫處處透著詭異，殭屍又怎麼會突然出現，關上大門，出現在我們背後？這倉庫裡還有什麼？一切的一切，都讓我不敢放鬆警惕，老回的話在我耳邊，我身後是一隊人的性命啊！

此時，倉庫的燈已經全開，大概的樣子已經暴露在了我們的眼裡，很普通的樣子，就跟一般的倉庫沒有什麼區別，一樣是堆滿了物品。

在這裡是堆滿了一個一個麻袋，整體看起來很普通的樣子，趙洪過去，老實不客氣的用匕首劃破了一個麻袋，在裡面露出來的竟然只是棉花！

這倒是……難道因為棉花輕，好搬運嗎？我是揣測不了A公司的想法，也懶得去揣測，只是一步步的朝前走去，每走一步，我卻有壓抑不了心跳加快的感覺。

到現在我已經很相信我的靈覺，雖然它只是一種感覺，甚至就算預感到了也不能改變什麼，但事實上，除非是我狀態極差的時候，其餘時間它根本沒有失效過。

這樣憑著感覺，我竟然一個人獨自走了十幾步，和大家拉開了一定的距離，就在這時，忽然在我身後響起了一個聲音：「承一，你過來一下。」

這個聲音陡然響起，讓我全身忍不住地顫抖了一下，回頭，又有一種輕鬆的感覺，是元懿大哥在叫我，我一看，其餘的人都圍了過去，包括剛才還在專心擦拭桃木釘的強子，只有我一個人不知不覺走了那麼遠。

我趕緊走了過去，搞不清楚自己到底是為什麼，就在我回頭走了兩步以後，我的身後竟然若有似無地響起了一聲幽幽的歎息聲，我一下子覺得非常憤怒，回頭吼道：「是誰？」

可是根本沒有人回答我，在明晃晃的燈光下，一切都是那麼平靜，難道是我聽錯了？我有一種想開天眼的衝動，但骨子裡又覺得沒有開天眼的必要，因為做了那麼多年道士，就算不開天眼，也有基本的感覺氣場的本事，這裡的氣場沒有讓我覺得很陰沉，根本不可能存在鬼物。

它……只是讓我感覺到有一種沉重而危險的感覺罷了。

「承一，怎麼了？」對我喊話的是高寧。

「沒事兒，這裡倉庫跟室內籃球場似的，聽著回聲兒挺大的樣子不習慣。」我淡淡的說道，並不是我要隱瞞，而是我是隊伍的帶領者，僅憑自己不肯定的猜測來指揮隊伍，顯然不是什麼明智的舉動。

幾大步走回了他們聚集的地方，我一看那大門，立刻就明白元懿大哥叫我的意思了！因為門上吊著一隻死去的猴子，在它的脖頸上插著一根細細的竹管，從竹管裡正一滴一滴地往外滴著鮮血。

趙洪用拇指沾了一點兒鮮血，然後在拇指上抹開，嗅了一下，然後對我說道：「承一啊，這猴子的血味兒不對，是中毒死的。」

我點點頭，說道：「我以為只有小北的鼻子很神奇，沒想到你的鼻子也很神奇啊。」

趙洪不好意思地抓頭笑了笑，到此時他可能已經適應了一些這樣的任務了，而老回在旁邊懶洋洋地說道：「能猜得出來，這種毒素應該防止凝血的功能，所以這猴子死掉了，血液卻不會凝固，會一直這樣滴下去。」

是的，只有一直滴下去，這個陷阱才會成立，原因就是大門角落，屬於是視覺死角的那個開著的鐵櫃子！

我們拉動大門，猴子屍體是用一種巧妙的方法綁在大門上，我們拉升大門，猴子的屍體就下降，因為巧妙的角度，鮮血滴在了殭屍身上……接著，就會起屍！

是的，殭屍起屍的原因多樣，各種特殊的殭屍讓人摸不著頭緒，但無論怎麼樣，見血起屍那是絕對的一條！

這就是我們背後為什麼會有殭屍的原因！A公司的算計真是一步接著一步！

我們都有一種毛骨悚然的感覺，有些沉默，而這時，在倉庫中響起了「哐噹」的一聲！

第三十七章　衝吧

這一聲聲音在閉塞的倉庫迴盪，是那麼的刺耳，我們幾人就像是被嚇到炸毛的貓一般，幾乎是同時轉頭，齊齊地大吼了一聲：「是誰？」

是誰，誰……這樣的聲音迴盪在倉庫，獨獨卻沒有回應的聲音，讓人驚疑不定。

我深吸了一口氣，說道：「我建議我們從現在開始不要分開行動，一個都不能落單，我感覺很危險。怕是不小心，今天晚上我們這個倉庫都出不去。」

眾人默然，一直蹲在地上探查著那個殭屍的趙洪站了起來，臉色難看地對我說道：「承一，你說這是殭屍，我不認同，我……」

「怎麼回事兒？」原本準備繼續去探查倉庫，卻不想趙洪這個時候忽然插話進來，說的竟然是這個，讓我眉頭微微一皺，不是殭屍，又能是什麼？

「承一，按照你們的說法，殭屍應該是結合一定的條件，屍體所變的！但我可以負責任的告訴你，我們面前這個傢伙，他的死亡時間應該是剛才！」趙洪的臉色愈發地難看。

「你說什麼？」我一下子張大了眼睛，顯然我難以相信這個事實，什麼叫死亡時間就是剛才？那意思是我們剛才才殺死了它？

「不，不可能，趙洪，你說它哪裡像人？在你的概念中，人有中了子彈不受傷的情況嗎？」這一次反駁趙洪的不是我，反而是老回，他同樣也不接受這結果。

「我不知道你們對死亡的定義是什麼？我學過法醫，可以初步判定一個人的死亡時間，如果不信我，我們可以更精細的解剖來證明！我，我不知道它到底發生了什麼異變，它的肌肉組織可能已經殭屍化，可是它的一些內臟……」說話間，趙洪指著這具屍體的一個裂開的傷口，那是桃木釘釘上去再劃拉一下造成的。

因為這具屍體本身就是奇瘦無比，所以內臟自然清晰可見，至少在我的眼裡，我一眼看見內臟還是鮮紅的，怕是沒有法醫的常識，看這內臟，也會認為這具屍體是剛剛死亡不久的。

怎麼會這樣？我一下子有了非常不好的聯想，我有些痛苦地拍著自己的腦袋，努力地不讓自己去聯想，真的，我不能想……

可是趙洪還在給別人訴說，指著腦袋上的傷口，流出的腦漿給別人訴說這個證明，我的腦袋「嗡嗡」亂響，像老村長的殭屍，活人復活，河底的屍體，紫色植物，陡然張開的眼睛，晟哥離去的背影，黑岩苗寨那個鳴槍示警的人……

不，我的呼吸聲都變了，老回走到我的面前說道：「承一，這具屍體要帶出去，上交給部門，這其中的事情怕不是我們……」

「都閉嘴！」我忽然大吼了一聲，可是我心裡想著的我不原諒他，絕不！可是我不原諒誰？我的心在抽痛！痛得有些厲害，在荒村的那一天，起風，風中有一個女人，面容是那麼的堅韌，就像那不屈的韌草，她對我說：「我等他，他是孩子的爸爸。」

靜宜嫂子……

我的嘴唇在顫抖，我不知道怎麼給現在在我面前目瞪口呆的人去解釋這一切，可是已經不用我去解釋了，「噗通」一聲悶響，是那些堆積的棉花包落在地上的聲音。

倉庫裡開始響起了紛亂的腳步聲，以及無數人「呵，呵……」的聲音，「噗通，噗通」越來越多的棉花包倒地，我沒回頭，可是我背部的整個肌肉開始收緊，開始僵硬……

所有人的目光都投射在我的身後，趙洪臉色蒼白地喊了一聲：「承一……」

時間彷彿是在這一刻靜止，連我轉身的動作都變成了慢動作，我的眼睛幾乎是毫無意識的，看著一隻，兩隻，三隻，五隻，十隻……很多隻殭屍的身影映入我黑色的眼眸。

那一刻，我的大腦一片空白！

我捏緊了拳頭，指甲刺得我手心肉生疼，我吼道：「小北，畫合擊陣法，我來主陣，慧根兒，趙洪，拖住它們，別讓它們太過靠近。」

小北二話不說，立刻拿出一盒朱砂，一枝特製的筆，開始忙碌起來，他的手沉穩而有力，他沒有一絲表情，到底是極度緊張，還是真的鎮靜，此刻沒有人知道。

而強子在這個時候說道：「哥，我用巫術輔助你們，很有用的。」

難得強子主動請命，我嗯了一聲，沒有說話，在即將大戰的時候，我們需要的是每一個人最大力量的發揮！

強子掏出了一根骨杖，開始念誦起古怪的咒語，並且怪異地跳動，走動了起來，這樣的場景多麼的熟悉，就如看見了以前的高寧……

我好笑地想，別人總以為道士是跳大神的，其實真正的道士哪裡是這樣的？真正的施法像跳大神一般的，是巫術的傳承……

在那邊，慧根兒沒有說話，脫掉了上衣，掐了一個手訣，口中念念有詞，全身的肌肉以肉眼可見的速度緊繃膨脹起來，他掐訣完以後，吐出了一個字：「力！」

我不太懂佛門的祕法，特別是慧大爺所學駁雜，他們那一脈和尚用他的話來說就是奇葩，沒有門第之見，只要是佛家祕法，總是會學習。

但是我懂，慧根兒這一招，應該是借力大力金剛。

趙洪在此刻也終於展現了特工的素質，他扭了扭脖子，雙腳隨意地跳動了幾下，捏了捏拳頭，然後很光棍地拿出手槍，就衝了出去。

我知道我不應該亂想，無奈一旦面對生死，我骨子裡自然就會很光棍兒！想法也會亂七八糟，就如此刻，我還會想，趙洪這小子是不是李小龍看多了，動作都學全套。

元懿大哥走了過來，在和我擦肩而過的瞬間，他停頓了一下，對我說道：「承一，我畢竟是傷及了靈魂，所以功力大不如前，你知道我是一個不甘心命運的人，我丟不了我爺爺的榮耀，所以我努力地鍛鍊著自身，肉身強大了，才有靈魂強大的空間，儘管這很難。可是，現在的我很厲害的，陳承一，你可敢跟我一拚，看誰打倒的殭屍多？」

五年了，原來元懿大哥在發現靈魂受損，內在功力很難有進步的情況下，竟開始瘋狂的錘鍊肉身，也就是修習武家，此刻的他，面容和多年前，荒村那個驕傲、自負卻又英雄的他終於合二為一。

曾經的，我以為，元懿大哥已經變得平和、淡然，原來他骨子裡依舊是他！

看著元懿大哥，我豪氣頓生，大喊了一聲：「好！」

這時，高寧在輔助著小北畫陣，而老回抓抓他那蓬亂的頭髮，依舊是招牌似的懶洋洋表情，只是從褲子上別著的一個黃布包裡抽出了一把師刀，造型就跟一把菜刀似的，很是鋒利，上面刻著三清之一——太上老君的聖號，是一把充滿了正陽氣與煞氣的刀子，要知道師刀的造型還有幾種，選擇這種造型，介於法劍和菜刀之間，本身就是激進而充滿煞氣的。

「承一，其實我還有一個理想，如果不能當賽車手，我還想當古惑仔，我當街砍人一定很拉風，可惜我他媽是個道士。」老回是這樣對我說的。

我哈哈大笑，此刻不到一分鐘，每個人都開始準備好了戰鬥，沒有一絲猶豫，那還要怎麼樣？我大喊了一聲：「那就衝吧！」

彷彿是百米賽跑，我們在比誰跑得更快，終究是我師傅給我打下的底子好，雖然我沒有他那一手輕身的功夫，但跑步老子怕誰？

所以，我是第一個衝到那些怪物，或許應該叫活死人，面前的！我沒有什麼武器，有的只是自己的拳頭，我大吼著狠狠地撞開了一隻撲向我的活死人，然後拳頭狠狠地砸向了另外一隻活死人……

那感覺就跟砸在牆上沒有多大的區別，一拳砸下去，讓我的整個拳頭都開始生疼！

越來越多的棉布包倒在了地上，藉著倉庫明亮的燈光，我看見原來那些棉布包後面藏著一個又一個的鐵籠子，鐵籠子根本就沒有上鎖，而在鐵籠子的頂端，好像有什麼東西一樣，我沒有細看，也來不及細看！

這倉庫裡怕是有幾十隻活死人，我根本沒有空閒去細看！

第三十八章　傷痕，男子漢的勳章

男人最帥的時候，無疑就是戰鬥的時候，儘管會狼狽，但是那是男人陽剛與力的表現，背後是一種承擔和英勇的精神！

我們每一個人都瘋狂了，慧根兒幾乎是一拳一腳，就打下一隻活死人，畢竟借力於大力金剛的他，力量的陡然提升，是不可度量的！

小小的慧根兒反倒像是戰鬥的主力軍，而元懿大哥一招一式都是大家風範，或許他的「殺傷力」比不了我們，可是他功夫中的一個「纏」字是那麼的出色，沒有一隻活死人能從他的身邊漏過去，打擾小北和高寧！

至於趙洪，他習慣用子彈來解決事情，儘管這些活死人怪異到子彈打進腦袋，依舊不會倒下，趙洪的子彈很快打光了，他興奮地舔舔嘴唇，即刻就開始了肉搏戰，我只能說這些能進入高級部門的特工，都是戰鬥機器！

最後是老回，我不想去看他戰鬥，太他媽的像瘋子了，揮舞著一把師刀砍活死人，就真的如古惑仔一般在街上砍人嗎？可是他卻是唯一一個殺死活死人的傢伙，因為他竟然幾刀砍下了一個活死人的腦袋！

要知道，這些傢伙在行動的時候，力大無窮，身上的肌肉組織是堅硬無比的，能砍它腦袋下來，確實是一門「技術活」，而老回也如他自己所說，真的是一個暴力道士！

戰鬥，從來都是血腥的，何況面對的是一群，沒有畏懼，力大無窮，甚至沒有痛覺，不會倒下的傢伙！那樣的心理壓力不是普通的戰士可以想像的！

對於一群這樣的傢伙，除非是用大型的道術或者巫術，普通人去肉搏，根本沒有可能戰勝，倒下只是時間的問題。

每個人的呼吸都如同在肺裡扯風箱似的，吃力而大聲，只是幾分鐘的戰鬥，就讓人體力耗費到了極致！我說不清楚自己的感覺，只是察覺到汗水過了眼睛，模糊了一片，而頭髮濕漉漉地貼在額前，衣服已經被完全扯破！

甚至身上還有幾條血淋淋的口子！

可是現在誰還能估計是否中屍毒的問題？我們不瞭解這些傢伙，也不知道它們是否有屍毒這種東西存在！幸運的只是，這些活死人並不像開始那隻一樣動作敏捷，甚至有的感覺行動都不是那麼靈活，或許這些是失敗品？

我沒有再去想，腦子裡只剩下繼續戰鬥這樣的想法！

汗與血，這是戰鬥中的男人才會有的味道吧，我老是會想起一句話，傷痕，男子漢的勳章！

「撐住！」我從牙縫裡蹦出這兩個字給大家鼓勁，說完之後，就喘息得厲害，可是我不能倒下，那個合擊陣法是我們逃出這裡的希望，必須掩護小北和高寧去完成它。

這戰鬥是無聲的，身後的背景音是強子那抑揚頓挫的行咒之聲，在我們就快要支撐不住的時候，強子忽然停止了他的行咒之聲，然後我感覺像是一股無形的精神力量一下子撞擊了過來，然後纏繞包裹住了我，一下子我在精神方面就像吃了興奮劑一般，而精神帶動的是力量和人的潛力，我虎吼了一聲，感覺力量又重新回到了我的身體！

這就是巫術，更多的時候你以為神奇，其實是一種強大的心理暗示之法，道術裡也有這樣的法術，每個人都覺得好神奇，好玄妙，事實上心理醫生也可以做到一樣的效果。

就如我在夢中夢見那個大爺的大爺和我對話，在心理學上催眠就有這樣的效果！而讓一個人陡然興奮，除了一些興奮劑，心理暗示也可以做到！

只不過這巫術在某些方面更為神奇，竟然能讓人感覺到精神力化為實質，給自己支持，我想或許現代人信奉的科學到了那一步，依然可以做到吧。

我幾乎是熱血沸騰地再次投入戰鬥，暴力的刺激在心頭，讓我雙眼都幾乎血紅，我感覺到傻虎被那股精神力量刺激了，也是蠢蠢欲動，可惜這樣實質上的戰鬥，傻虎出來也沒有用！

「哥們兒們，守住了，咱們不讓一隻怪物過去啊！守住！」我大喊了一聲，一拳砸向了撲到我面前的活死人，覺得不過癮，又一頭撞了上去！謝謝櫻木花道，這戰鬥方式挺他媽過癮……

但同時，那個活死人的爪子再次在我的胸口留下了一條不深不淺的傷口，火辣辣的熱血流出，可我卻幾乎喪失了痛覺，只想高呼一聲，來吧，老子痛快得緊！

「不讓一隻過去！」

「他媽的，我保證一隻都過不去！」

回應我的，是同樣和我一樣，打瘋了的大家，我只是看了一眼，在這個時候，每個人都快成了血人！可是，這有什麼關係？我們只要是在做正確的事兒，為何不敢戰鬥到死？

這時，又一道身影衝了過來，是眼神疲憊，可是又充滿異樣興奮的強子，他說道：「學藝不精，讓你們久等了，我給自己也加持了一下，一起戰！」

「一起戰！」

「一起戰！」

回應他的，是五個男人共同的聲音，我們大笑了幾聲，在這如潮水般的活死人面前，築起了一道人牆，用血與肉為小北和高寧築起一道人牆！

我們學道，總是該有一些大義的！師傅，是否你曾經也是和慧大爺戰鬥到如此地步？望著在我不遠處，戰鬥到極致的小慧根兒，是否曾經，你和慧大爺也是如此戰鬥？你總是想我帶著傳承，活得安寧而幸福，可你是否知道，命運其實是一場輪迴，你的腳印走在前面，而我從六歲開始就踩著你的腳印，一步一步地走到了現在，或者還會走到未來……一直到我追趕上你的身影，見到你，然後告訴你：「師傅，你用歲月把你的血液灌注在了我的身體裡，你會做的，你會執著的，我一樣會！因為……我是你的徒弟，我，也是你的兒子！」

無聲的戰鬥，被老回發出的一聲慘嚎打破，一隻活死人撕下了老回的一塊肉皮……

接著，是趙洪，被一隻活死人的鋒利的指甲，生生的插到了肚子裡……

元懿大哥的肩膀上同樣留下了深深的齒印，被帶下了一塊血肉……

強子的一隻手指扭曲著，應該是骨折了……

而我，呵呵，我已經記不清楚身上有多少的傷口了！

只有慧根兒借力大力金剛，身上的肌肉堅硬無比，倒是沒受什麼傷，這倒讓我放心了不少，慧根兒是我弟弟，我自私的以為，我不能讓他戰鬥到我們一樣的地步，請原諒我的自私吧！

就算是這樣，我們還在戰鬥，或者會戰鬥到死吧，有誰，請在此刻為我們吹奏起一曲戰歌吧……

十分鐘不到的戰鬥，就是這樣慘烈到極致，也就在這時，小北高呼了一聲：「承一，回來，陣法已成！」

這時，趙洪轉過帶血的臉對我吼道：「去，我來再為你擋住！」

慧根兒也衝我咧嘴一笑，說道：「哥，額還有的是力氣！」說話間，慧根兒拿出了他的念珠，掐了另外一個我不認識的手訣，我知道，這應該是壓榨身體潛能的一種術法。

強子也說道：「道術合擊陣，我幫不上忙，去吧，哥！」

我沒有回頭，我的眼眶通紅，我知道在此刻囉嗦，才是害人，我要借助陣法，快點完成術法！

我跑到了陣法的主位，老回和元懿大哥也拖著受傷的軀體，和我一起回到了陣法之中，他們四個分別盤坐在輔助之位，很快就進入了存思的狀態，借靈魂之力於我之身……

而我，想也不想的就塞了一顆藥丸在嘴裡，吞嚥了下去，是的，這就是那種壓榨潛力的藥丸，我隨身帶著幾顆，這麼多年，我再一次用上了它！

前方，是慧根兒、強子、趙洪依然還在戰鬥的身影，少了我們，他們更加吃力……

我閉上了眼睛，不再去看，下一刻存思，踏動起了步罡……

第三十九章　赴死

我是在與時間賽跑，賭注是慧根兒，趙洪還有強子的生命，我輸不起！

我只能全神貫注的投入，投入到了我忘記了我身處在什麼地方，忘記了身上傷口傳來的疼痛，唯一不能忘記的是慧根兒他們還在戰鬥！

我周圍的空氣開始變得炙熱，這是我今年第二次施展這個術法，無疑夏日裡的環境給了這個術法極大的發展空間，加上倉庫本身就是要保持乾燥的地方！

手訣，行咒，這借天火之法被我施展得行雲流水，我不敢有一絲的差錯，終於到了關鍵的時刻，我從隨身的黃布包裡拿出了一張浸潤在水中的符，然後扔了出去！

周圍炙熱的空氣幫了我的大忙，符紙上的白磷很快燃燒，落地，轟的一聲，一條「火龍」咆哮著出現在了地面！

「慧根兒，強子，趙洪，你們回來！」關於「火龍」的操控是比較耗費心神的地方，但這之前，他們必須快一些撤離回來！

慧根兒和強子一聽，拖著趙洪，就飛快朝著陣法這邊跑來，在他們的身後，跟著的是一群活死人！

趙洪已經傷到不能站立了，即便如此還在戰鬥，我看見他一手扶著肚子，死死地捂著，如果我沒猜錯，是剛才那個活死人劃破了他的腹部，腸子流了出來！

「快！」我嘶吼道！

慧根兒一咬牙，一把背起了趙洪，朝著這邊飛奔而來，而強子則緊緊地跑在慧根兒的身後！

「引火之術，沒想到我有生之年還能看見！」元懿大哥張開了雙眼，眼神中有一絲落寞。

「真的引火之術，我明白了為什麼這次任務一定要是你了。」小北也忍不住說道。

「你的進步大得驚人。」這是高寧在對我說話。

「閉嘴吧，沒見他操控很吃力嗎？可是真他媽的，怎麼可能出現引火之術……」老回也忍不住感慨了一句！

而我根本沒有在意這些讚美，其實這不是真正的引火之術，只是取巧罷了，況且，我曾經在鬼市也用過了一次！我的心思現在全在慧根兒他們三人身上。

這絕對是比百米賽跑更加瘋狂的速度，慧根兒一路吼叫著，終於把趙洪背到了我們身後，而強子也緊緊跟上了，我的心終於鬆了一口氣，此時，那群活死人離我們不到十米的距離了，還等什麼呢？

我操縱著火龍，簡直放肆而瘋狂地衝了過去，立刻纏繞上了第一隻衝來的活死人，接著「火龍」就如在憤怒地咆哮似的，蜿蜒曲折，一下子纏繞上了眾多的活死人，很快就在這堆滿了棉花的倉庫裡蔓延成了一片！

這火跟普通的火是有區別的，普通的火也可以對付殭屍一類的東西，可是效果真的很普通，有時甚至在殭屍身上燃燒不起來，可是這是道家人引來之天火，原本就有滌蕩負面和邪惡之作用，效果只小於雷罰！只不過引雷限制太多，面積殺傷力不如天火，況且天火也是克制殭屍的，在這種情況下，我一定是選擇引火之術！

大火熊熊地燃燒，整個倉庫都是活死人的慘嚎聲，戰鬥到此，應該是塵埃落定，接下來我不用去操控天火了，因為火是放縱的，一旦它蔓延開來，誰還能操縱它？這是火的本性，熱烈而放肆！

但與此同時，濃煙也滾滾而來，我們幾個很快就咳嗽了起來！

老回站起來，聳聳肩，說道：「事情大條了，我們是來調查的，可是到最後卻放火燒了別人的倉庫！」說話的時候，一個火人似的活死人撲向了老回，老回一腳踹開！

那邊，強子讓趙洪忍著，把腸子給趙洪塞回了肚子，然後用一件破衣服緊緊地綁住……而小北已經拉開了那扇被趙洪破壞的電子鎖大門！

「快，快出來！要讓那些怪物出來一個，明天新聞頭條都是小事兒了，轟動全國的事兒，就連部門也很難壓下來！」小北吼道！

我們幾個互相攙扶著，朝著門外衝去，還要時不時地去踢開那些猶自掙扎的火人！

這時，一股子深深的疲憊才湧上我的心頭，可是我們還得跑出去！

幸運的是，我們一直都離大門不遠，也不過就是十來步的距離，我們跑得很狼狽，但很快也跑到了大門，那些活死人一個都沒有跟上來，我們有充分的時間出去。

「呵呵呵……呵呵呵……放火了……燒人真好玩兒……」

倉庫裡忽然響起一個小孩子的聲音，我的臉色一沉，全身肌膚在如此炙熱的環境下，也起了一串的雞皮疙瘩。

不止是我，連一向冷靜被我扶著的老回，身體也開始發抖！

除了趙洪，我們每個人都跟遭遇到了晴天霹靂似地呆立當場，我心中苦澀，都成這樣了，還要怎麼戰鬥？我剛才吞服下去了一顆藥丸，如果我記得沒錯，藥效快要過去了！

「呵呵呵，呵呵呵……真好玩兒……」伴隨著那個聽起來充滿童趣，天真的聲音還有鼓掌的聲音！

這時，連趙洪的臉色也變了，沉聲問道：「小鬼？」

小北臉色沉重地點了點頭，愣了兩秒，我終於恢復了神智，看見有一個活死人掙扎著已經快靠近我們了，我咬牙切齒地吼道：「出去再說！」

說完，先把慧根兒一把拉出了大門！

「你們要出去啊……那我先出去吧……我又被丟下一個人了，一個人了！」就在這時，那個天真童趣的聲音一下子變得落寞了起來，到最後竟然變成了一個怪物一般沙啞猙獰的聲音，這聲音讓我的心裡本能地一緊，我還來不及有什麼感覺，就覺得彷彿是一大片狂風呼嘯而過……

那一片狂風經過的時候，就如刀切割在臉上，身上，那是煞氣快凝為實質的表現，可是這還不足以形容，絕對不足以形容，那是一種讓人感受到世界末日般的絕望和窒息，無力反抗的感覺！

我打了一個冷顫，在夏天裡，就這樣生生地打了一個冷顫……這是小鬼？它從我身邊經過了？接下來要做什麼？讓我們死掉？

我忍不住想到這個，忽然覺得自己害怕得緊，我不是怕死，而是我心裡有太多的牽掛！

接著，我感覺到左邊身子被人拉了一把，一看是老回把我拉出了倉庫，然後狠狠拉下了倉庫的大門，「嘩啦」一聲，才彷彿喚醒了我！

我看見，大家都已經橫七豎八地倒在了地上，而身後的倉庫，響起了「劈啪」「劈啪」，玻璃被高溫烤到爆裂然後墜地的聲音！

在倉庫外面有一輛異常豪華的加長轎車，一個身影就站在轎車的前面，在黑暗中我看不清楚，可是我偏偏又能感覺他的雙眼冷冷的看著我們。

如果一定是要死的話，我朝前走了兩步，走著走著臉上就帶著笑容了，這個笑容越來越大，我吼道：「兄弟們，都站起來，咱們再怎麼也得站著死吧！」

虎魂在我的靈魂裡狠狠地咆哮，我已經豁出去了。

「師傅，抱歉，我不能再來找你了。」

「爸媽，姐，這次沒有時間在牆上留字了。」

「沁淮，酥肉，再見……」

「如月丫頭，再見……」

「如雪……」

每一步，我的心裡都在做著一個告別，到了如雪那裡，我竟然只是一片沉默，如果到死了，我想在未來裡，她是我最充滿著遺憾的事情……可是，還有未來嗎？

原諒我此刻的決絕，我沒有看錯，這個冷冷看著我的男人肩膀上，趴著一個小孩兒，黑眸，帶著殘忍扭曲的笑容，小鬼啊……它和那個男人一起冷冷地盯著我們。

我的身後響起了一片腳步聲，大家真的站了起來，慧根兒走到了我身旁，還有強子，我張開雙手攬住他們，輕輕在他們耳邊說道：「我會想盡辦法拖住他，你們跑，帶著大家跑，能跑幾個是幾個，我不能讓我的弟弟去死。」

強子哽咽了，慧根兒只是瞬間就流下了眼淚。

也就在這時，一聲刺耳的機車聲，在我的耳邊響起，一個身穿皮衣的女人跨坐在機車上，就在此刻，她取下了頭盔……

第四十章 臨界點

所有人，都被這個女人吸引了注意力，如此場面，怎麼會有個女人闖入這裡？畢竟我們的形象不好看，八個全身帶血的男人，外加一個站在豪車邊虎視眈眈的冰冷男子。

這麼熱的天兒，也真虧她能穿一件薄薄的皮衣，雖然下身搭配的是一條皮短褲。

她取下了頭盔，動作很是瀟灑地跨坐在了機車上甩了甩頭髮，藉著周圍的各種光源，我看見這是一個面相看起來很年輕的女人，很大的眼睛，眉宇間有些凌厲，嘴角有兩個淺淺的梨渦，一頭不算長的短髮，顯得很是幹練。

她很是時尚美麗，不過美得有些凌厲，讓人不敢直視，氣場很是強大，讓人會聯想到底什麼樣的男人才可以征服這樣的女人，因為我遇見的人裡沒有一個比她氣場還要強大。

「哐」的一聲，是她隨手把機車頭盔放在機車上的聲音，然後她輕快地下了機車，踩著高跟短靴，一步一步的朝著我們走來。

那「啈」「啈」的高跟短靴的聲音，就如踩在人的心口上，所有人的目光都聚集在她的身上，這應該就是區別於氣場的另外一種東西——氣勢。

我敏感地注意到，那個冰冷的男人在看見這個女人來以後，眉頭微微皺了一下。

這個發現讓內心一喜，莫非今天的事情還有可以解決的餘地？

這個女人好像也已經習慣了那種成為眾人目光焦點的生活，她的臉上沒有一點兒負擔，直到走到了場中，她開口了：「第一，這裡鬧得很亂，這幾個小傢伙動作可不小，放火燒倉庫，這裡等一下一定會成為眾多勢力的焦點，我覺得離開比較好。第二，勢力的博奕，不用牽扯到小輩，這裡是嗎？第三，我認為顏逸，你也算是一個長輩，很大的長輩，對小輩出手，怕是有失了風度是嗎？」

沒有任何囉嗦的話語，開門見山，條理清楚，語氣平和，更無盛氣凌人。

如果不是這個女人出場的地點與方式太過怪異，我會以為她是一個異常理智的商場菁英，儘管我從她的話裡得到的資訊很少，也很凌亂，更加猜測不出來她的身分。

不過，倒是知道了那個男人的名字，顏逸。

顏逸？是誰？我努力的回想，可是我保證沒有從任何人的口中聽說過這個名字，這個女人說他是長輩，我可不可以分析是他也是一個圈子裡功力高強的人？只不過這些功力高強的人，為什麼都那麼低調？

面對這個女人的話語，那個男人的表情再次變了變，但是我看不出來到底是變得憤怒或者是開心，總覺得他只是一塊岩石，被扯動了一下而已，根本沒有情緒這種東西的痕跡。

他動了，深藍色的絲綢唐裝隨著他腳步的邁動，輕輕飄舞，竟然有一種奇特的韻律蘊含其中，我瞪大了眼睛，這是真正的本身的氣場影響到了物質！

說玄乎點兒，那就是本身的道已經蘊含在一舉手，一投足之間。

這時，他身上那種模糊的感覺才漸漸消失，我看清楚了他的長相，這是一個臉上線條分明的男人，就如斧刻刀雕，但這樣的線條給他帶來的不是男人味兒，而是一種說不出來的威嚴。

他的頭髮中長，綁了一個馬尾隨意地垂在腦後，黑髮中夾雜了一縷一縷的白髮，就像特別染成了那個樣子，不難看，倒有一種別樣的風采。

「我這邊的勢力，已經出言警告過他很多次，妳知道這個他是誰！而且，在他到來這裡之前，我師弟親自出手給予過他提醒，可是這小輩也未免張狂，竟然不放在眼中。」那男人開口了，聲音沒有什麼感情色彩，但音色渾厚，一字一句的咬字特別清楚，乍一聽，就跟播新聞聯播似的。

可是，這話語雖然他說得平靜，可是我卻聽出來了，他應該指的是我，這時，背著趙洪的老回走到我的身邊，小聲地對我說道：「承一，趙洪的傷勢有些嚴重，拖下去怕是很嚴重。」

慧根兒在施展過祕術以後，可能是時間已經到了，開始虛弱地微微靠著我。

我們這一群人的情況並不樂觀，而身後的熊熊大火，溫度已經透過那道捲簾門傳到了我們的身邊，炙熱得讓人焦躁，濃濃的黑煙也已經升起，我相信很快就有人會發現這裡的情況。

「這裡恐怕不是我們能說話的地頭兒，等兩分鐘，我會開口，我覺得那個女人是來幫我們的。」我小聲地對老回說道。

這兩個人的氣場太特殊，我知道這並不是我們能插手的談話，也沒有我們的發言權，我早已過了年少衝動的時候，在那個時候也許我會不管不顧地吵鬧，要走，要救我的朋友。

可是，現在，至少我還知道審時度勢。

那個叫顏逸的男子說完話後，並沒有看我們一眼，而是盯著那個女人，那個女人的表情沒有任何的變化，很是冷靜淡定地說道：「你繼續說，我是公平的。」

我隱隱感覺，這個看似冷酷的男子，骨子裡有一股張狂的勁兒，可他對這個女人有幾分忌憚。

「我沒有和這個小輩計較，既然是屬於勢力的博奕，我的想法很簡單，只要他不鬧得太過分，我可以給予一定的容忍。可是，今天妳看見了，他帶著人，一把火燒掉了我們重要的倉庫。我給妳面子，但是妳覺得要給到什麼程度？他以為背後有著華夏高層部門的支持，難道就可以不把我放在眼裡？我們從來不插手華夏那一邊的事情與勢力，也就意味著我們也不認可監管，所有的事情只是圈子內部的事情，這小輩，未免太不懂進退。」那顏逸繼續說道，句句話的矛頭全部都是針對於我。

「呵呵……」那女人笑了，然後說道：「沒有人可以不把華夏放在眼裡，不把高層放在眼裡，你身為修者，不可能不懂大勢。你這樣的話也未免張狂，不是嗎？」

這女人倒是有夠冷靜理智啊，侃侃而談，讓人無從辯駁。

「重點是，那個小輩什麼時候又能入我的眼？珍妮，妳的面子值錢，可是沒有值錢到我要忍氣吞聲的地步。妳不要模糊重點。」那顏逸的語氣依然沒有情緒，還是像新聞聯播似的，只是字面上的意思已經很爭鋒相對了。

而我卻待在那裡，珍妮，珍妮這個名字好熟悉，我在哪兒聽過，剛才的戰鬥太激烈，讓我的腦子都不是很清醒，在這一刻我拚命地讓自己冷靜。

忽然我想起來了，江一那個部門的老大，給我提過一個名字！珍妮，珍妮大姐頭！我當時以為是無稽之談，原來真有其人，珍妮她是存在的，她就在我眼前！

我喉嚨發乾，吞了一口唾沫，很想說點兒什麼，卻發現這兩個人的氣勢壓迫得我連開口的機會都沒有，總覺得一開口，就會被淹沒在他們兩人的氣勢汪洋中。

面對顏逸的針鋒相對，珍妮還是很冷靜，她淡淡地說：「然後呢？你要做什麼？」

「我不會讓他死，我手底下一個很重要的人懇求過我，留他性命！所以，我會留他性命，如果弄死了他，失去了我手下那個很重要的人的人心，是不值得的。所以……」顏逸說到這裡停頓了。

「所以什麼？」珍妮一副認真聆聽的樣子。

「所以死罪可免，活罪難逃。」顏逸說道。

珍妮聽聞一言不發，轉身走向了機車，難道是她默許了這樣？

我一下子緊張了起來，江一告訴過我，我可以介入其中，是因為我不會死，有人保著我，因為我們這一脈的人脈關係，而其中他特別就提到了珍妮。

珍妮是會保我性命，但是那顏逸也沒說要殺我，只是說我活罪難逃，其實我知道那些大爺的大爺性格都很古怪，也懶得插手世事，如果珍妮會默許也沒什麼奇怪。

而且，他們的情感彷彿是平靜無風的湖面，再難有什麼波動，他們只會在乎自己在乎的點兒，就如珍妮也許會在乎我的命，但是她不見得就會在乎我身邊這一隊人的命，這也是正常的。

所以，我很緊張，我悄悄捏緊了拳頭，輕聲對老回說道：「只要珍妮一走，我就準備拚命，顏逸說不會殺我，就一定不會殺我，你們跑。」

這比最初的選擇好一點兒，至少我知道我不會死！

「啈」「啈」依然是高跟短靴踩在地面的聲音，珍妮的腳步聲，就如她最初來那樣，依然是那麼的牽動所有人的心，氣氛到這個時候到了臨界點，我手悄悄地伸入了黃布包，那裡還有藥丸，而我在過去了那麼多年以後，依然還是有底牌……

第四十一章　轉折

一步接著一步，終於珍妮走到了她的機車旁邊，一隻手放在了機車的把手上……

我的心在劇烈的跳動，夾雜著一絲難忍的失望，她終究是要走了嗎？相比於我，顏逸異常淡定，彷彿他早已料到珍妮的底線在哪裡，他很有把握珍妮會走，然後等到珍妮走後，他就放心地收拾我們。

估計燒掉的這個倉庫對他來說很重要，所以他的怒火已經「炙熱」到要去試探、挑釁珍妮的底線。

好像他賭贏了。

面對他的淡定，憂心的是我們，我捏住藥丸，就要準備吞下去的瞬間，忽然看見珍妮並沒有跨上她的機車，而是在車上拿了一件什麼東西，然後轉身朝著顏逸氣勢洶洶地走去！

她並沒有跑動，但是動作快得驚人，仔細觀察，就會發現她每一步之間的距離大得驚人，這是一種比較奇特的輕身功夫，具體是怎麼回事兒我也不知道。

其實不要以為武俠小說裡的輕身功夫太誇張，他們只是誇張，沒有到太誇張的地步，其實華夏失傳的東西很多，其中就包括了輕身的功夫。

珍妮顯然是使用了這樣一種神奇的輕身功夫！

珍妮的回頭讓我心中一喜，而還沒來得及反應什麼，就看著她已經到了顏逸的跟前，下一刻，她手上拿著的那件兒東西就已經抵在了顏逸的頭上。

這時，我才看清楚，她手上拿著的竟然是一支雙管獵槍！

真的是……我不知道怎麼形容，只能說是太囂張，她明明比顏逸個子矮很多，在此刻用槍抵著顏逸的腦袋，卻像是在俯視顏逸似的。

「珍妮……」顏逸終於沒有在新聞聯播似地咬字了，聲音中有了一絲憤怒的情緒。

珍妮根本不理他，而是用另外一隻手從皮衣裡摸出了一枝菸，然後點上，瀟灑地吐出了一口菸，才說道：「謝謝，請你不要叫我珍妮，請叫我Jennifer，珍妮那是親熱的稱呼，你以為我和你很親熱？就像你以為你是值得我講道理的人，傻B！」

我們所有人目瞪口呆，不是風度翩翩，理智冷靜的女強人做派嗎？怎麼此刻如此的狂野放肆囂張？這個……到底是怎麼一回事兒？

儘管此刻情況緊張，我還是忍不住拍了一下腦袋，因為我總是忍不住會想，這個珍妮大姐頭，難道真的是混黑社會的？

「妳敢殺我嗎？」顏逸的聲音變得冰冷，於此同時，一直趴在他肩頭的小鬼忽然咆哮了一聲，那聲音尖利而刺耳，讓我們所有人都忍不住打了一個冷顫。

「我×，給老娘閉嘴。」珍妮的臉上此刻充滿了不耐煩，那股氣勢瞬間爆發，一下子就沖淡了小鬼所帶來的影響，甚至那隻正面承受的小鬼因為如此，竟然一下子就萎靡不振起來。

「任你功力通天，老娘一顆子彈一樣打爆你的頭！你賭老娘敢不敢殺你？」珍妮用眼睛斜睨著顏逸，嘴角叼著菸，那神態就跟混跡江湖多年的古惑女沒任何的區別。

「殺了我，會地震，妳信不信？」顏逸的聲音愈發冰冷，如果說他這種老怪物沒留什麼後手，如此輕易被殺死，那才是笑話。

珍妮扔下了抽了兩口的香菸，用她的高跟短靴狠狠地踩熄了，然後優雅地吐出了一口菸，才說道：「惹惱我，一樣會地震，你信不信？」

說完這話兩人竟然同時沉默了，在這炎熱的夏季，竟然就在兩人身處的地方，莫名地吹起了一陣一陣的風，這是氣場對氣流的影響，就如電影的手法，高手對決，總是狂風四溢！

這其實是取自生活的場景，說明的就是一個人的氣場，當然電影的手法總是誇張於生活的。

風一陣一陣地吹過，並沒有為這炎熱的夏夜帶來一絲涼爽，倒是帶來了異常緊張的氣氛。

我們身後的爆裂聲愈發明顯，我就這樣頂著壓力，對大家說道：「我們過去！這裡隨時會有危險！」

遠處，人群的聲音紛沓而來，竟然還伴有警笛的聲音，員警不總是會在事情完結後才會出現嗎？怎麼這一次動作那麼快，真是讓人心生疑惑。

可是細想也不用疑惑！因為這件事情牽涉著部門的博奕。

就在我們一步一步艱難的挪動到安全的地方時，顏逸忽然開口了：「人來了。」

「所以，人前我們這些當長輩的就不要那麼難看了，你懂？」珍妮開口說道。

「妳要怎樣？」這一次換成是顏逸問珍妮同樣的話。

「放他們走，當什麼也沒發生，我不喜歡聽廢話，直接給個答案，行還是不行？」珍妮這樣問道。

「我給妳面……」顏逸的聲音有隱忍的怒氣。

「我說！」珍妮頓了一下，然後忽然大吼道：「不要廢話！」

「行。」顏逸說完，竟然轉身就走了，只是在同時冒出了一句話：「Jennifer，不要以為我真的怕妳。」

「你也不要以為你可以在這裡隨意地養小鬼，為禍四方。」珍妮冷冷地收起了她的雙管獵槍！

顏逸忽然停住了腳步，轉身有些戲謔地望著珍妮說道：「小鬼？哪來的小鬼？妳是說我肩膀上這隻嗎？對不起，它只是我飼養的一個鬼頭，樣子像小鬼了一點兒，有錯嗎？」

「虛偽的傢伙，帶著一個小鬼煞氣凝成的分身四處招搖，就跟傻B一樣！顏逸，你最好別讓人逮著尾巴，找到證據！」珍妮說道。

「哈哈哈……就憑他？」顏逸忽然轉身望向我，這是他第一次正面望著我，那氣勢通天，我忍不住想退一步，卻生生地站定在了那裡，腰杆還挺得筆直。

「哼……老李的徒弟真是討厭，就如Jennifer，對吧？妳一樣！表面上理智淡定，侃侃而談，實際上就是一個女瘋子，真討厭呢，或許女瘋子也不是妳的真面目，可惜無論怎麼樣，我不是怕妳。」說話間，顏逸已經坐上了他的豪車，車子揚長而去。

「我靠，憋死我了，早就想罵這傢伙傻B了，罵了一句，心中果然暗爽！竟然讓老娘和他講道理，要不是老娘為了維護優雅的形象……」珍妮自言自語地轉身就走，根本就無視於我。

可是，如果我沒有看錯的話，在剛才我站定，腰杆挺得筆直的時候，她眼裡分明有一絲安慰的目光。

「珍……珍妮大姐頭。」我也不知道哪來的勇氣，忽然叫住了她，可是一說話，我就懊惱了，我怎麼可以叫一個長輩大姐頭？而且，她不是說了嗎？不親熱的人別叫她珍妮。

她怒氣衝衝地回過頭，對我吼道：「你有什麼要囉嗦的，快點兒講！看你們那個樣子，又髒又狼狽，煩死了！給你們說，老娘喜歡帥哥，懂嗎？帥哥，別耽誤我的時間，我還要去泡帥哥！」

泡帥哥？我愣在那裡，她是開玩笑，還是說真的？

我哪裡敢囉嗦，趕緊說道：「珍妮大姐頭，謝謝妳。」

我以為她會很不耐煩，卻不想她呵呵一笑，竟然揚揚手，轉身走了，對我叫她珍妮大姐頭的事兒也沒發表任何意見！

看著她的背影，原本有些虛弱的慧根兒，忽然大喊道：「珍妮大姐頭，額覺得妳太帥了，你是額滴偶像咧。」

珍妮聽聞忽然轉身，哈哈哈大笑，然後望著慧根兒說道：「小和尚挺嫩的，還不錯，是個帥哥，可惜年紀太小了，等十年過後，你差不多就熟了，還俗吧，我收你入後宮啊，哈哈哈……」

說著，珍妮頭也不回地走了，跨上機車，把雙管獵槍扣在了機車上，對著慧根兒眨了一下眼睛說道：「我這個終結者的造型還不錯吧？」

「太帥咧。」慧根兒的頭點得跟小雞啄米似的。

「哈哈……」珍妮笑著扣上了她的頭盔，機車囂張的發動機轟鳴聲響起，她如風一般的離開了現場。

慧根兒有些愣地望著我，說道：「哥，偶像是在調戲額嗎？」

我根本不清楚，只能有些傻地回答道：「我不知道。」後來，才反應過來，慧根兒這小子哪裡去學的調戲這個詞兒？

也就在這時，警車開到了現場……

第四十二章　驚見

人聲嘈雜中，第一個趕到現場的是一輛警車造型的小巴，車剛一停穩，就從上面下來兩個員警模樣打扮的人，二話不說就讓我們跟著走。

「我需要一輛救護車，直接去醫院。」我不明白為什麼先到的是員警，整個人的大腦也還沒有從珍妮大姐頭那個人的震撼中清醒過來，可是我至少還能明白一件事兒，那就是我們需要去醫院。

「就是去醫院，快點跟我們走。」一個員警不言語，另外一個員警卻附於我耳邊小聲說道，並隨手拿出了一件兒東西，在我面前晃了一下，我一眼就看出，那是一張屬於趙洪部門的工作證。

我心裡疑惑，為什麼我們從倉庫出來，會來那麼多人，就如珍妮大姐頭的出現是那麼巧合，就如電影一般的場景，而為什麼顏逸又會等在倉庫的門外？接著，連部門的人也來了，外面人聲是如此的嘈雜，我都不知道還會來一些什麼人。

這背後是有什麼原因嗎？

不管我是如何的疑惑，大家的傷勢耽誤不得，於是我帶著大家上了那一輛警車，上車之後才驚奇的發現，這原來是一輛偽裝成警車的救護車，內部完全就是救護車！

沒有人說話，車子在我們上車後的瞬間就發動了，以飛快的速度離開現場，傷勢最嚴重的趙洪被抬上了救護車裡的床上，立刻就有一個醫生和護士為他處理傷口。

還有另外一個護士在為其他人的傷口消毒，一切都很安靜，沒有任何人解釋什麼，或者詢問什麼，他們不解釋很正常，這就是部門做事的風格，而我們是很疲憊，疲憊到已經懶得去詢問什麼。

叼著菸，我幾乎是大腦一片空白地倚著車窗，在這個時候才徹底放鬆下來，藥勁兒已經過去的我，特別虛弱，傷口在這種時候也開始劇烈疼痛，我是沒有精力再去想什麼，只能大腦一片空白。

窗外，很熱鬧的樣子，車，人……都朝著那個起火的倉庫奔去，也搞不清楚到底會是哪個勢力的人，到這裡來幹什麼，總覺得整件事情裡，我就是一個重要的小蝦米，很多人盯著我，卻是俯視一般盯著我。

可我自己呢，什麼都不知道！

疲憊地閉上雙眼，我懶得再看，也懶得再想，或許是因為車子行駛得太過平穩，到現在我只想安靜睡一覺，閉著雙眼我迷迷糊糊的，護士給我處理傷口時，傳來的火辣辣疼痛，也不能阻止我的睡意。

也不知道過了多久，人在迷糊的時候是沒有時間概念的，我的手忽然傳來一陣劇烈的疼痛，讓我一下子睜開了眼睛，低頭一看，正在用棉籤幫我清洗傷口的護士，那棉籤竟然死死按到了我傷口上。

「對不起，啊，真的對不起，車子忽然急煞車……」那護士有些焦急地對我解釋道，看她的模樣可能出發之前被告知了什麼，總之對我們是很恭敬的，我也不想去和一個護士計較。

淡淡地說了一句沒關係，心裡卻在疑惑，怎麼會忽然急煞車？想著，我用手輕輕撩起了一點兒窗簾，看見車子已經行駛出了倉庫區，正在返城的城郊路上，車子的前方好像停著一輛車子，剛才接我們上來的兩個員警，正在交涉著什麼。

我微微皺眉，問醫生：「他還好嗎？」我指的是趙洪。

「已經簡單處理過了，其餘的要等回醫院再說，主要是怕感染。」醫生趕緊說道。

真是一波未平，一波又起，坐個車也能被攔截，我是要下去看看怎麼回事兒嗎？這樣想著，我疲憊地歎息了一聲，剛準備行動，剛才在車下兩個人已經上來了一個，對我說道：「陳先生，是來找你，沒惡意，但一定要交一樣東西給你。」

交東西給我？我開口問道：「這些人什麼身分？」

「很抱歉，陳先生，他們的身分好像很神祕，我們暫時還沒得到資訊，會儘量調查的，我們陪著你一起下去吧。」那個人解釋道。

我點點頭，走下了車，這才發現，我所在的車子之所以會急煞車，是因為有一輛轎車橫在了路中間，不煞車也沒辦法。

車下兩個人在等著我，大半夜的也穿得周正無比，短袖襯衣搭著領帶，我懶得去理會他們到底是熱不熱的問題，只是注意到他們手上提著一個看起來很先進的箱子。

「我沒什麼時間，有什麼東西要給我，趕緊說吧？」我對著那兩個人說道。

那個提箱子的人猶豫了一下，還是說道：「這個是有人吩咐我們交給你的，如果你們碰了倉庫裡的東西，有這個東西恐怕會好一些。」

什麼意思？剛開始我沒反應過來，可是只是呆了一下，我就立刻明白了——屍毒？或者說，是那些怪物的毒！原本，我是打算用道家的辦法去拔毒的，沒想到竟然有人送這個來？

想到這個，我立刻想到了這些人的身分，他們應該和A公司有關係，說不定就是那個總公司C公司的人，那麼還有誰會給我送藥？恐怕只有一個人才有可能！

晟哥！

這個答案讓我的心裡極其鬱悶！在倉庫裡看見那些殭屍，它們與老村長的相似之處，就讓我聯想到了晟哥，我不能不去懷疑他，因為在荒村，他曾經給我說過一番奇怪的話，他老師的研究，以及他上飛機之前，肖承乾那個組織曾經用一個手提箱誘惑他。

我曾經反覆去回想這一幕，猜想那手提箱裡會是什麼，答案不管是我去分析，去猜測，還是光憑著自己的靈覺去預感，都只會想到一種東西——紫色植物！

所以，我看見那些殭屍，就會想著這是不是晟哥的研究成果？今天，有人來送藥，就是來證明我的猜測嗎？晟哥竟然研究這個！

那人看我站在那裡，神情不定，也不廢話，直接就把手提箱塞在了我的手裡，然後那兩人轉身就走，在拉開車門的一瞬間，我敏感的察覺到車裡有人在注視著我，我一下子抬起頭，在電光火石，模糊的瞬間，我看見車裡有一個熟悉的身影，在我看向他的一瞬間，他正轉頭……

我看不清楚臉，可是我幾乎可以肯定那就是晟哥，「啪」是車門關上的聲音，「嗚」是發動機啟動的聲音，我一下子反應過來，發瘋般地衝了過去！

我拍打著車窗，吼道：「楊晟，你個狗日的，你給老子下來！」

「楊晟，你個龜兒子，你不敢面對我，是不是？」

「楊晟，你連靜宜嫂子都不顧了嗎？你看過你兒子一次嗎？」

車窗被我砸得「咚咚」直響，可是裡面卻毫無反應，車子毫不留情地轉頭，我被帶得不由自主地打了一個趔趄，車子朝著前方絕塵而去，我顧不得，追了上去，吼道：「楊晟，你他媽是個男人，就和我談一次，你不能再這樣錯下去，你知不知道你在做什麼？」

「楊晟……！」我聲嘶力竭地大吼道，一邊吼一邊瘋狂地追趕著那輛車子。

可惜，現實終究不是拍電影，能有英雄可以和車子賽跑，我只能眼睜睜的看著車子越開越遠，而我越跑越慢，最終我喘著粗氣，只能無奈地看著它消失在一個拐角處。

我記下了車牌號碼，可惜車牌號碼能找到一個人嗎？我知道，憑藉那種勢力背後的力量，這樣的可能性很小很小。

天地之間很安靜，只剩下我粗重的呼吸聲，我早已學會不流淚，甚至是掩藏心事的平靜，可是眼中望著空蕩蕩的前方，難免還是會有哀傷。

曾經的人，是怎麼了？一個個地消逝在生命裡，不然就是漸行漸遠……還在身旁的，也經歷了許多，從前的影子也已經慢慢淡掉，在竹林小築，如月唱歌，我教晟哥和酥肉練拳的一幕，難道只是夢嗎？

生命難道真的不能讓曾經的美好不褪色嗎？

轉身，回頭，我使勁地擦了一下鼻子，讓它不要發酸，人生是什麼？就是給你美好，然後用時間毀掉，你卻眼睜睜不能挽回，只能接受的過程！紅塵練心，練的從來都不是快樂，而是在錘鍊你的痛苦。

如果從來不曾擁有那些美好，沒拿起過，也就沒有放下，心也就不痛！痛的只是，你曾經擁有過，再生生的把它放下，還只能接受現實。

最終若能勘破，不悲不喜，就是你練心的成功。

所以，在荒村那一幕，那一句：「我不放！」是一句多麼天真卻又充滿著痛苦的宣誓啊。路走得長了，人生走得遠了，是真的淡然了，還是麻木得不願面對痛苦了，天不知道，只有你自己的內心知道，一路走一路丟棄，或許才是命運，儘管這樣的丟棄不是你情願，可是你得接受。

接受是一種態度，可是真正放下才是練心吧。

可是，我都不接受，還怎麼放下？望著茫茫的夜空，我忽然發瘋般地再吼了一句：「看著，老子不放！」

第四十三章　制約

我受傷不算重，只是有些木然地躺在病床上，反覆地看著手裡的一張信紙，這封信就是放在那個看起來很先進的箱子裡的，箱子裡有三支針劑一樣的東西，剩下的就是這張封信了。

那個時候，在竹林小築，晟哥老是做著什麼研究，讀讀寫寫，我是看過晟哥的字跡的，記憶力好看來也是一種痛苦，就如現在我看著紙條，盯著那我沒有忘記過的字跡，卻覺得像是另外一個人在對我說話。

紙條上首先寫著箱子裡針劑的用法，接著就是晟哥的一段話。

承一：

事到如今，隱瞞已經沒有任何意義，或許從各種的蛛絲馬跡中你多少也已經猜出了一些東西。不必勸我什麼，我的人生字典中唯一不可能會有的兩個字，就是——後悔。已經發生了的事，後悔是沒有用的，換句話說，後悔是一件最沒意義的事。而對於一個學者來說，浪費時間在沒意義的事情上，就是一種犯罪和浪費生命的行為。

我和你的情誼，時間雖短，卻也不受時間的限制，荒村一別，願在走之前，與你掏心談話，也就是最好的證明，並不完全是利用，因為我也可以選擇用別的方式離開，只是個人認為，心事當與你交待一二，而你也的確深得我心，得我信任。

但是，承一，再深的情誼也是有限度的，原諒我喜歡用尺規去衡量任何的事物，包括感情。所以，這是我最後一次盡力幫你，從此以後，就當再無瓜葛。

奉勸一句，不要陷入太深的漩渦，生命不被自己掌控，終究是件痛苦的事。

停止你的調查行為吧，這是最後一次站在朋友的角度對你說一句真誠的話，當然，你我能成為朋友，也一定有相似的地方，那就是不會聽人勸解，只會朝著自己的目標前進。

我如是，你亦如是。

廢話一句，請不必介意，只是永遠，永遠你都不要成為我前進路上擋路的石頭，那是我最不希望看見的事。

附：我的研究還有很多東西沒有弄明白，前進的道路上阻礙太多。

想說的是，按照一般慣例分析，你們被攻擊受傷，不會有感染的現象。

終究，我還沒有完全冰冷，不願意用你的性命去賭，所以奉上試劑三支，科學原理不必與你解釋，總之只是被抓傷咬傷，注射這試劑以後，就完全沒有任何風險。

但真的只是最後一次了！

最後，想問你，我過分嗎？站在我個人的角度就過分嗎？×年×月×日×地，發生「沙人」圍攻事件，背後的是什麼在支持，我想你不會不知道，不知道就去你所在的部門資料處看看資料。

憑什麼一個國家所做就是對的，我個人所做就是錯的？

他們不過是失敗了，所以原子彈「砰」爆炸了！
可是，陳承一，你記得，我絕對不會失敗，絕對——不會。

楊晟

再看了一次，我發現我麻木了，錯與對？錯與對原本沒有什麼嚴格的界限，我有執念，我師傅有執念，楊晟同樣也有執念，難道我的執念就是高尚，他的執念就是低級嗎？

默默放下信紙，卻有些默然地想著，難怪無論是哪一個宗教都會讓人放下執念，這把雙刃劍，確實充滿了「誘惑」，卻也充滿著傷害。

夏季的暴雨來得快，只是一小會兒，窗外已是電閃雷鳴，我站起身來，默默地走到窗前，看著暴雨傾盆而下，心中說不上是什麼滋味兒。

這處祕密的專屬於部門的醫院是那麼安靜，和它的安靜對比的是我的心。

「總是，總是有什麼東西是大於執念的吧。」我有些無意識地撫上冰冷的玻璃窗，默默對自己說道，支撐我這一信念的，竟然是那個和我交集不深的傻丫頭——關來娣。

是的，曾經因為，我幾度想放棄在劉師傅那裡得到線索的想法，因為我不想做違背自己良心的事，良心是善良而美好的一部分，那是構成人最剔透的本心的重要的一部分。

是這樣的，比執念更大的應該是自己的本心，你可以有執念，但你絕對不要被你的執念所操縱，你應該有一個底限——叫本心，那原本美好剔透的那一部分當做你自己的底線。

或許，師傅有執念，所以他常常和我說本心。

或許，師傅看出我情關難過，以後未免不會生出執念，所以他常常讓我去修本心，紅塵練心。而晟哥，卻被執念操縱著，一步步失去了最重要的本心，卻瘋狂地以為自己是對的，那是自己的追求。

是的，我想明白了，誰的執念也不比誰高級，晟哥錯在，他忘記了人最珍貴的本心，被他的執念操縱著越走越遠……

「轟隆」一聲，一個響雷，從遠方炸起，我的臉上竟然帶上了淡淡的笑容，原來忽然領悟的感覺是那麼好，是那麼的輕鬆，原本疼痛的心也變得平和了起來。

我沒想到在這樣一個電閃雷鳴的雨夜，我能想通這一點，此時，身後有腳步聲響起，我看見是一個護士走進了病房。

她還沒說話，我就走了過去，從箱子裡拿出那三支針劑，把使用方式給她說了一遍，然後對她說道：「等一下，妳就給我們每一個都注射一支調配好的液體吧。」

那護士什麼也不問，默默地就接過了針劑，在這樣的醫院上班，這裡的工作人員早就學會了一些東西，就比如不多問，不多說，接過針劑以後，她對我說道：「你去主任辦公室一趟吧，有你的電話。」

我也沒有多問什麼，轉身就走出病房，然後徑直來到了走廊盡頭的主任辦公室，那主任見我進來了，友好地一笑，然後站起身來說：「有人找你，接電話吧，我先出去一會兒。」

看來，他也忌諱聽到什麼祕密，祕密知道的太多，不是一件美好的事情，反而是一件負擔的事情。

出門的時候，他輕輕帶上了門，並且真誠地對我說了一句：「這裡通話是安全的。」

我對他微微一笑，表示感謝，然後接起了電話，剛「喂」了一聲，電話那頭就傳來了江一沉穩淡定的聲音：「小傢伙，不錯啊，把天捅了個窟窿，人還好好的。」

「江老大，說真的，我挺煩你們這種所謂的厲害人物，說話不帶感情的語調兒，我有一肚子問題想問，但我最先想問的是，打電話來，是什麼事兒？」我不理會這種沒有感情色彩的調侃，我總覺得江一是一隻老狐狸，我還是先弄清楚他的目的比較好。

「打電話來的目的，是想告訴你不要放棄對小鬼的調查，我得到了消息，顏逸這個人竟然帶著小鬼的分身四處招搖，當我華夏無人嗎？」江一可能是接受了我的意見，說話總算有了一絲人味兒，至少我聽出了一絲憤怒的意思。

「你說不放棄？看看吧，你都給我委派的什麼事兒？一個倉庫，就差點讓我們全軍覆沒，我有什麼資格不放棄？」我同樣也有些憤怒，其實我沒打算要放棄，只不過我得讓這個江一多給點兒「好處」。

「那是我們情報的失誤，A公司最近的動作是非常多的，卻沒想到……」說到這裡，江一的聲音停頓了一下，然後說道：「但絕對不排斥，這裡有小鬼本體的可能，承一，證據非常重要，而你不放棄的資格你難道剛才沒體會嗎？」

「是啊，證據非常重要，因為小鬼人人得而誅之，就連顏逸那麼囂張的人也不敢承認他那個是小鬼，對嗎？只要有了證據，一下子就可以調動許多的力量來一舉消滅你們的眼中釘，你們還真是虛偽啊！不爽了，就揍他，這才是正確的人生態度。」我胡亂扯淡。

江一在那邊估計有些哭笑不得，過了半天才說道：「你是在教訓我嗎？」

「不，不不，哪兒敢啊？你剛才說我有體會我不放棄的資格，你是說那個珍妮大姐頭嗎？她，她有些怪異吧？」我忽然就想起了她調戲慧根兒的場面，總覺得這個大姐頭太過古怪。

「她怪異？呵……」江一難得笑了一聲，然後反問我：「你師傅不怪異嗎？」

我師傅？我一下子就心虛地流了幾顆冷汗，腦海中浮現出了我師傅的形象，耍賴、邋遢、貪吃、好色、嘴賤、欺負小輩，也沒什麼節操的樣子……說他怪異，簡直是給他面子的形容詞兒。

「底氣不足了，是吧？小子，你現在沒有資格去瞭解珍妮，連我也不見得有資格，也許越真的人，他的表象也就越複雜，但是湮滅不了他們的真，你記住這句話吧。」江一對我說道。

「可，珍妮為什麼會忽然出現在那裡？未免太巧合？」我忽然這樣問道，畢竟生活不是在拍電影。

我也不能指望，在我危機的時候，隨時有個英雄從天而降吧？

「你問那個？你可能還想問，為什麼顏逸會在那裡？而員警也那麼快出現是為什麼吧？我能不能告訴你，從你們進入倉庫區不久後，外面就發生了『地震』，各方勢力全部都趕往了那裡，都擠在了那裡？」江一很快地回答我。

「如果是這樣，為什麼顏逸不事先動手，珍妮大姐頭也不事先出手，難道等到關鍵的時候，出來當英雄嗎？」我有些不解地問道。

「很簡單，因為制約！」江一一字一句地說道。

第四十四章　新的行動

因為制約？乍一聽我真的不太懂這句話的意思到底是什麼，於是我問道：「江老大，你能把事情詳細的說說嗎？至少你要我幹活，我也得知道到底發生了什麼啊？」

說話間，我不由自主地眉頭微微皺起，因為我是徹底感覺到了這件事情的複雜和危險，照江一的說法，我還真是一隻幸運的蝦米，在大風大浪間，有人罩著，還不至於丟了性命。

江一倒也沒有猶豫，很簡單地對我說道：「事實上，你們的行動都被監控著，我們也還沒有找出內奸到底是誰？但是，在我們的構想裡，A公司雖然動作頻繁，但是不是屬於重要的核心部分，讓你們從這一部分先下手，就算行動全程被監控，也不會出什麼大問題，至少那些老傢伙不敢動手。可是……」

聽到這裡，我算是明白了一部分，於是不由自主地問道：「可是，我們第一個行動的目標是倉庫，歪打正著一般的，弄到了別人很重要的東西，是嗎？」

「是的，從你們行動不久後，我們收到消息，顏逸在得知你們的行動後，竟然親自出發先去了倉庫，接著屬於他們那一方的勢力也匆忙趕往倉庫，比較幸運的是，一向行蹤飄忽的珍妮大姐頭竟然也在這個城市，我竟然還聯繫到了她，她也趕往了倉庫區，而我們的人也趕往了那裡。」

江一緩緩地訴說著。

「這就是問題的關鍵，為什麼那麼多人到了，我們卻……我知道，因為制約嗎？」

「你總算明白了一點兒，就好比陰陽太極圖般的微妙平衡，各方的勢力到了那裡也是一個微妙的平衡，顏逸不出手，珍妮大姐頭一樣不能出手，他們的勢力沒行動，我們的勢力一樣不能行動！雖然很擔心你們在裡面的情況，可是因為這種平衡在那個時候不能崩壞，除非我們想要那裡就展開一場大戰。我曾經說過這麼一句話，你能調查這件事情，你不會死，至少不會被各方面勢力的人弄死，但是你一樣有危險……」江一的語氣有少少的愧疚，被我給聽出來了。

於是我接口說道：「所以，在倉庫裡，就算是我自己面對的危險，對吧？」我的語氣卻很平靜，沒有多大的憤怒，倉庫裡的東西是逆天的，危害極大的。

在平日裡，我就是一個很普通的人，我只在乎我在乎的人，對別人的因果是非抱著的是一種冷眼旁觀的態度，可是就如師傅所說，我們學道之人，總要有一些大義，你可以不去插手一個人的因果是非，可是你不能不顧一群人，一個民族的命運，那是大義的所在！

那是我該出手的事情，就算賭上性命，也可以說是值得的事情，不是我偉大，而是人生總有許多該與不該，我一直堅信，當災難來臨時，在這片土地上的人，就算是很多看似膽小冷漠之人，他們一樣會為了身後的土地，身後的一群同族而犧牲生命。

所以，我有什麼好憤怒的？

江一沉默了一會兒，然後才說道：「承一，希望你不要怪我，身在其位，要考慮的事情太多。我愧對老姜，讓你置身於危險之中，可是小鬼這種東西太過逆天，特別是一旦失控，哪一次沒造成血流成河的危險。我不能允許我華夏大地上有它的存在，承一，我……」

一個部門老大，傳說中最接近地仙，或者就是地仙的人對我解釋這個？我說心裡不爽那是假的，我拿著話筒忍不住大笑了幾聲，說道：「好了，江老大，其實我夜觀星象，白觀面相，都覺得自己怎麼看怎麼就是一個英雄。直接跟我說吧，下一步做什麼？」

「下一步，你們就佯裝在醫院養傷吧，這樣多少會放鬆一點兒對方的警惕，你們這一次動了他們的一個倉庫，但我估計他們還有更重要的東西在另外幾個倉庫，所以關鍵時刻有小鬼的守護也是有很大可能的事情。我也就不多廢話了，下一個目標魯凡明。」江一簡單地說道。

他的意思就是讓我們佯裝在醫院養傷，而在這段時間內，抓緊時間調查一個魯凡明的人。而魯凡明我知道，在資料裡曾經他是我圈出的重點任務，A公司的絕對核心，曾經有過C公司高層的背景。

這個行動說起來很簡單，還有養傷做為掩護，但事實上，我們真的是一群傷者，這就是最大的困難，可是這是沒得選擇的事情，我們必須去做。

長歎了一聲，我覺得我就是一個事兒精，其他的不解釋。

「怎麼？覺得很累，很苦，忍不住歎氣了？」江一難得調侃了我一句。

「不是，我就覺得顏逸挺煩的，我們打完了，也放火燒了他們的倉庫，他才出來報復我一小輩，挺那啥的。」我隨便找了一個藉口來掩飾，我不能給江一說，我覺得我自己是個事兒精吧？雖然，我心知肚明，以顏逸的身分地位修養，都會忍不住在事情已經不可挽回的時候出手，是因為憤怒，是因為我們真的動了他覺得了不得的東西。

我以為江一也會這樣對我說，可沒想到江一卻這樣對我說了一句：「修者的執念往往比普通人的執念更深，這條路的盡頭往往也是令人絕望的，心性不夠，就如根基不穩，砌成了摩天大廈，也一樣會崩潰倒塌。可這樣的結果，會讓人甘心嗎？因為摩天大廈已經砌成了啊！我的意思是，或許你毀滅的不是一個倉庫，說不定是顏逸的希望。」

他的希望是一堆殭屍？或者我難以理解！我沉默了一會兒，然後說道：「這些我不明白，但是任務我會好好的執行，沒事兒，我就掛了啊。」

「你這小子，完成這個任務以後，我會給你補償的。」江一忽然那麼說了一句。

補償？我微微一笑，並不在乎，我在乎的只是師傅的消息，沒有多言，我默默地掛斷了電話。

在醫院的日子挺無聊的，特別是這個偽裝成普通民居，實則設備先進的祕密醫院，更是無聊。

因為它是不對外服務的，所以異常的安靜。

也不知道是因為注射了楊晟給我們的針劑，還是就如楊晟所說，被抓傷咬傷是不會被感染的，總之我們八個人是一點兒事情都沒有。

除了趙洪傷勢嚴重一些，其餘的幾個人，包括我在內，只是第二天就已經生龍活虎了，畢竟是一些皮外傷，不影響行動的。

第二天的下午，我們聚集在老回的病房打牌，在我們身邊的是一份報紙，在報紙的角落有一個極其不起眼的新聞，大意是某倉庫區一倉庫堆積的棉花，因為防火措施沒有做好，加上天乾物燥的原因，所以引發了一場火災。所幸沒有造成人員的傷亡，也僅僅起火的那座倉庫被燒毀，蔓延的火勢得到有效控制，並及時的撲滅，在這炎熱夏季，請大家務必……

在這之後就是一些廢話，大意就是讓大家做好防火的工作，諸如此類的。

真相永遠是被掩蓋的，但是掩蓋某些真相卻不一定都是惡意。

「放下，放下，我這兒有一對七，我還沒出牌呢。」老回大呼小叫的，一邊扔下一對七，一邊對準備「瞞天過海」，悄悄耍賴的小北「怒目相向」。

我很難想像，一群大男人躲在病房裡，避過護士的耳目玩幼稚的「七王五二三」這種牌，還能認真到如此的程度。

小北被老回抓到了耍賴，一張臉紅紅的，抓了抓腦袋，很乾脆地轉移話題，說道：「承一，你真是厲害呢，一把火放得都能上新聞了，可憐我和老回幹了那麼多驚天動地的大事兒，都沒上過報紙。」

「額哥幹的大事兒也多咧。」慧根兒不服氣地哼了一句，這小子倒是很維護我的。

此時，牌已經出到了最後一輪，我很沒形象地蹲在床上，嘴角叼著一枝菸，得意洋洋地數著自己的得分，一邊數一邊說道：「上報紙這種事兒呢，是看人品的，這放火也是一門技術活兒，我得努力的學好技術，下一次爭取我英俊瀟灑的形象也能登在報紙上。」

「來，來來，別耍賴啊，一人五塊，收錢嘍。」當然，我不會忘記最重要的事兒，那就是收錢，不是他們讚揚我幾句上了報紙，我就能不收錢的，這打牌贏一回對於我來說是多麼不容易的事兒啊。

也就在這時，護士妹妹忽然就推門進來了，可憐我叼著菸，還在大呼小叫地喊著收錢，正好被逮個現場，雖說在這醫院的病人，身分都是不一般的，醫生護士都比較恭敬，但是醫院還是有醫院的規矩——就比如不能在病房抽菸。

「陳承一，又是你。病房裡是不能抽菸的。」護士妹妹有些惱怒地對我說道。

我嘿嘿地訕笑著，趕緊滅了菸，恭敬地把菸扔進垃圾桶，護士妹妹沒好氣地哼了一聲，對我們做了常規的檢查就出去了。

可我這時才發現，包括憨厚的強子在內，所有的人都開始裝睡，那意思再明顯不過，就是要賴我五塊錢的「賭債」！這些都是什麼人啊，我是命格不好，加上是學道之人，經常就是「逢賭必輸」，這好不容易贏一盤兒，這些傢伙還好意思賴我的賭債，真是叔叔可以忍，嬸嬸都不能忍！

所以，我在憤怒之下，端起病床下的痰盂吼道：「誰敢賴小爺的賭債，一人灌上一口，是絕對的。」

我一吼，老回就驚呼著從床上跳了起來，然後朝著病房的門口衝去，我放下痰盂就去追趕老回，其餘人再也不能裝睡，一個個都忍不住大笑起來，一時間病房笑鬧成一團……

曾經有句話說得好，男人的友誼很簡單，有時候一杯酒，一根菸就能拉近彼此的距離，但是兄弟的友誼不簡單，至少要一起扛過槍，一起……一起那啥過。

一起那啥我們是修者，是一定不會的，但是一起扛過槍，背後的意思就是要一起經歷過生死，才能有兄弟般的情誼，我們一隊人因為酒而拉近了彼此的距離，卻因為一場生死，讓彼此成為了兄弟。

在鬧過以後，我們幾個大男人橫七豎八地擠在了老回的床上，各種粗重的呼吸聲，和「嘶嘶」的聲音不絕於耳，呼吸粗重是因為瘋累了，那「嘶嘶」的聲音，是因為在瘋玩的過程中扯動到了傷口。

我最終沒要到那幾十塊錢的賭債，但是無所謂，快樂是無價的，在師傅離開以後，我就很少有快樂的時候，或者我本能的拒絕它，我總是怕煙花易冷，人易別，總是怕擁有過後，再讓我失去，我就情願不要有。

可是，快樂它來的時候，和痛苦一樣，我還是不能抗拒，這就是命運的遊戲，不是你想不想要，接不接受，而最終只是你能不能承受，然後再超越它。

我望著天花板，承認自己想得遠了，在大家都平靜了一些過後，我忽然開口說道：「魯凡明，今晚出發，調查他。」

我說完，周圍是一片沉默，首先開口的是強子，他說道：「哥，洪子去嗎？他還傷得很嚴重。」

是的，我們看起來幾個生龍活虎了，而趙洪卻還在監護室，他受傷嚴重，我說要行動，沒有一個人抱怨自己的傷勢，提出疑問，唯一擔心的就是我會「無情」的讓趙洪也參加行動。

也是可以理解的，部門的待遇很高，特權很多，但同樣做事也是拿命在做，就比如重傷時，任務來了，你說不定一樣要撐著去完成任務，一樣要戰鬥！

「洪子不去，這一次行動，就我和老回去。我們一起行動目標太大，在拿不準的情況下，沒必要全員出動的，我和老回先去踩踩點兒。」我淡淡地說道。

身為一個隊伍的領隊，要做的絕對不僅僅是指揮，身先士卒也是肯定的，我不是一個愛把危險往自己身上攬的人，可是，此時我已經把他們當成我的兄弟，再者，我身上有我的責任。

沒有人說話，這夏日懶洋洋的下午，我們就這樣都躺在床上沉默了，因為每一次的行動，必然就是生死。

而也就我和老回行動之時，我們遇見了一個女人，一個整件事中無比重要，可我們一開始卻一點兒都沒察覺到她重要的女人。

第四十五章　偽裝

夜色沉沉，已是深夜十點多，我和老回還徘徊在一條以小吃聞名的街道，和那些半夜醉酒，在街道上流連的人沒有什麼太大的區別。

老回一隻手搭在我的肩膀上，依舊是他慣有的風格，吊兒郎當的T恤、短褲、拖鞋、腳步踉蹌，手裡還提著一瓶啤酒，時不時地灌上一口，就跟真的喝高了一般。

而我的形象也好不到哪裡去，格子襯衫隨意地塞在牛仔短褲屁股上的包裡，身上穿著背心，還刻意扯了一截起來露出肚子，也是提著一瓶酒，腳步踉蹌。

不知道的人，就以為我們倆是標準的酒瘋子。

灌了一口酒，我附在老回耳邊小聲地對老回說道：「我的樣子沒有什麼吧？」

老回小聲說道：「這年頭，道士當特工也要專業，相信我的化妝技術，這是必修課，如果不靠感應你這個人的氣場，光看樣子，就算見過你的顏逸，他是修者，記憶力夠好吧？我保證他站在你面前也不可能認出你。」

「我的意思是，我×，你咋把我弄那麼醜？我不好意思走在街上了！」我一邊裝得醉醺醺的樣子，一邊灌酒，一邊咬牙切齒地罵著老回。

「我×，你是要去勾引魯凡明碼？要那麼帥做啥？」老回毫不客氣地回了我一句。

我無言，斜睨了一下旁邊的一個大排檔，人聲鼎沸，生意好得不得了，而我盯著的是其中一張空桌子，此時還沒有人坐在那張桌子上。

如果是外地人看到這一幕，一定會比較奇怪，為什麼有很多人在等位置的大排檔，偏偏會留出一個空桌子來不讓人坐，要知道這家路邊攤的小龍蝦出名之極，很多外地人都會慕名來吃，老闆難道還會嫌人多，特意留出一張空桌子嗎？

可是常在這條小吃街吃東西的人就會知道，這已經是這家大排檔的一個傳統了，那張空桌子據說是留給某個異常有錢的大款的。

那個大款就是魯凡明！

根據資料上說，魯凡明這個人生性警惕，光在公司辦公室就預留有一層樓，而且那層樓到處都是監控器，想要在公司調查他幾乎是不可能的事兒，而從其他方面下手呢？更是困難，因為在這個城市他明面上的住處就有不下五處，就這樣，據可靠消息，他都還租了不少房子，還有一些沒曝光的住處。

跟蹤他？更不可能，且不說不能肯定他會不會去公司，什麼時候去，就算碰巧他在公司了，離開的時候，一定都是三輛以上一樣的車同時離開，而且他還不一定在車上，說不定就從其他出口走了，你要怎麼跟蹤？

所謂狡兔三窟，這魯凡明不知道有幾十窟！這要怎麼調查？

我和老回分析過這個人，如果不是有見不得光的事兒的話，這個人怎麼會把自己搞得比特務還特務？所以，在他的身上我們說不定有大收穫。

上面讓我們直接調查這個人，也是這個意思，由於我們燒毀了倉庫，這調查事件就已經不是打草驚蛇的事兒了，而是擺在明面兒上搶時間的事情了，所以也就是打蛇打七寸，把這邊的調查徹底塵埃落定的意思。

可是魯凡明顯然是一塊兒難啃的骨頭，謹慎到了如此地步，怕是一般人都沒辦法下手。可是我們這一次行動的背後是一整個部門的配合，所以調查能力是異常強悍的，於是魯凡明身上一個不算弱點的弱點就浮出了水面，那就是魯凡明對美食有一種執著的偏好。

人活在這世上，都是需要一點兒樂趣來支撐的，魯凡明作為一個男人，不抽菸，不喝酒，不貪色，甚至連玩樂也僅限於必須的應酬，他如果再沒一個愛好美食的樂趣，怕是已經人生無趣了。

而人只要有愛好，那麼那個愛好就可以看成是一個弱點，也就是突破點。

魯凡明愛吃，在這個城市來了以後，特別的偏好就是這家賣小龍蝦的大排檔，這裡曾經還是一個路邊攤，在魯凡明吃過一次覺得驚為天人以後，第二天就派人給老闆送上了一筆錢，讓老闆在這條街上租了三個相連的門面。

他只有一個要求，那就是不管任何時候，他來或者不來，那老闆都必須為他留上一張空桌子。

這裡就是我和老回唯一的突破點兒。

此時，那張空桌子上還沒有人，我看了一眼之後，佯裝罵罵咧咧地拖著老回去等位置，一副沒有喝盡興的樣子，所謂演戲演全套，我和老回之所以選擇佯裝喝大了再來，是為了掩飾。

畢竟一個人的行動，總不可能全無破綻，就比如你悄悄地觀察別人，別人一定會是有察覺的，但是如果你喝多了，自然就可以肆無忌憚地盯著別人看，一般人都是不會和酒瘋子計較的，何況喝醉了，你的任何行為也可以解釋。

「不會落空吧？」老回豪放地喝了一口酒，酒液沿著嘴角流下，眼神模糊，很是狼狽的樣子，可是他的語氣卻異常清醒。

「不會，我們出發之前，部門不是還特意送了一份資料過來嗎？現在是夏日，魯凡明來吃小龍蝦的頻率很高，而且這個人太過警惕，他只要來吃小龍蝦，總會派一些手下來周圍打探換環境，然後在他來吃之前，也在這家大排檔吃小龍蝦，為的是關鍵時候保護他逃跑。你看出來沒有……」我也小聲的對老回說道，一邊說一邊傻乎乎的笑著，在旁人眼裡，我就像是在和老回說醉話一般。

「看出來了，這家大排檔，圍著那張空桌子坐的人都很警惕的樣子，根本不像是來吃飯的，一直在觀察著周圍，彼此之間也不喝酒，不交談！那我們今天運氣真好啊，一出來就遇見了魯凡明來。你小子行啊？怎麼看出來的？」老回很是驚喜地說道，當然表面上還是一副醉鬼的樣子。

「廢話，我從街口開始，就一直在悄悄觀察這裡，你覺得我要沒點兒收穫，還行嗎？」我對老回說道，順便不忘了催老闆兩句：「我們從外地過來一趟容易嗎？老闆兒，這位置還要等多久啊？」

我大呼小叫的樣子，引起了很多人厭惡的皺眉，魯凡明的人也打量了我幾眼，可是那眼神並不在意，甚至是有些不屑我這樣的酒瘋子。

要的就是這個效果，其實調查一個人，你真的不能刻意的低調，在某些時候，必須是要故意高調的。

這是我出發之前，小北給我上的一課，老回說，小北就算沒有一身道士的本事，也絕對是一個異常合格的特工。

這大排檔的老闆是個老好人，趕緊來安撫了我和老回幾句，順便還給我們遞了一枝菸，也就在這交流中，一個有些偏胖，戴著一副金屬框眼鏡，看起來乾淨憨厚的人來到了這個大排檔。

他一靠近這裡，原本還在和我和老回說話的老闆，趕緊對我們陪了一個笑，去到那個人身邊了，而坐在那張空桌子周圍的人也明顯警惕了幾分，同時臉上還對那人露出了恭敬的表情。

面對老闆異常熱情的招呼，那人露出人畜無害的笑容，看起來熱情又老實，一邊和老闆隨意地說著話，一邊就跨入了這家大排檔。

我和老回一邊灌酒，一邊嘻嘻哈哈，一邊卻把眼神落在了那人身上，我們就是肆無忌憚的看著他，他也不介意，還回頭望著我們兩「醉鬼」和氣的一笑。

不錯，這個穿著白色短袖襯衣，黑色西褲，還夾著一個公事包，看起來再老實憨厚普通不過的人，就是魯凡明，那個資料上需要重中之重調查的小心謹慎，幾乎無弱點的傢伙。

魯凡明徑直走到那張空桌子面前坐下了，他沒有開口吩咐什麼，老闆就給他端上了一盤油酥花生米，凍得冰冰涼涼的酸梅酒，也親自給魯凡明倒上了一杯。

根據資料，這傢伙不喝外面的酒，這酸梅酒是他不知道從哪兒搞來存放在這老闆這裡的，看起來還挺會享受的。

說起來，魯凡明這個傢伙還有一個可以說得上是優點的弱點，那就是他雖然行蹤不定，但是時間掐得卻是異常準時，他如果要來這家大排檔吃飯，一般就是在十點半到十二點之間，絕對不會超出這個範圍。

而在這裡吃飯的時間，也絕對只有四十分鐘左右，總之也不會超出這個時間範圍。

我和老回到底準備工作做得倉促了一點兒，所以一下子造成了自己行動時間緊迫的尷尬，畢竟沒想到今天魯凡明十點四十多就來了，而我和老回還沒有等到位置。

可他只吃四十分鐘的時間！四十分鐘時間，要做的事情很多，可我們沒等到位置，一舉一動都在監視之下。不能輕舉妄動！

想到這裡，我忽然生出了急智，拖著老回就直接地朝著大排檔，魯凡明坐著的位置衝去。

第四十六章　小動作

「啪」的一聲，我的手狠狠地拍在了魯凡明的桌子上，把周圍的人都嚇了一跳，而圍繞著魯凡明坐的幾桌他的保鏢，目光全部轉向了這裡，其中一個還特別衝動地站了起來。

魯凡明憨厚的笑著，望了我一眼，我裝作醉眼朦朧的樣子，事實上哪裡是醉眼朦朧？我分明看見魯凡明在微笑之前，輕輕地瞪了一眼那個站起來的保鏢，而我眼角的餘光瞟見，那個保鏢竟然打了一個冷顫，趕緊就坐下了。

這個看似憨厚微胖的男人，到底私底下是怎麼樣的可怕，才能讓手底下的保鏢怕成這個樣子啊？我在心裡默想道。

「請問，這位小哥，你是有什麼事情嗎？」魯凡明帶著人畜無害的笑容，非常客氣地問著我。

這時端著一盆小龍蝦正走過來的老闆嚇了一跳，趕緊端著小龍蝦飛奔過來，就要勸架。

既然我是酒瘋子，我還怕什麼？我把別在牛仔褲上的襯衫往地上一扔，指著魯凡明就吼道：「你這個胖子，給老子閉嘴，坐這裡沉默，不關你啥事兒啊！」

然後指著老闆的鼻子罵道：「他是人，我和我兄弟就不是人啊？為什麼他一來有位置，我們就沒有？看不起人是不是？欺負老子外地來的是不是？你們這一帶的老大是誰來著？不就是刀疤王嗎？他和老子是兄弟，過命的交情，他跑路來這個城市之前，是老子給湊的路費。看見這個了嗎？」

我說話間，指著肩膀上的紋身，一副醉醺醺惡狠狠的樣子盯著那大排檔的老闆，在這時我看見老回正在灌酒，當時我拖他進來的時候，他還有幾分不安，可是人精似的人，到這時候還不明白，也就不是老回了。

估計是我表演得太好笑，他為了掩飾，只能拚命灌酒，當我指著肩膀上的紋身，問別人看見了沒有，他終於忍不住一口酒就噴了出來，為了掩飾，他拚命咳嗽，然後衝過來，酒瓶子往桌子上狠狠一砸，然後吼道：「別看這紋身不起眼，這城市道上能混出來的兄弟誰不認識這個？刀疤王的過命兄弟，標誌性的紋身——劍。」

賤？我快忍不住了，臉都抽抽了，這老回都說些什麼跟什麼啊？不過，酒瘋子嘛，吹牛也好，扯淡也好，越是這樣才越真實。

果然，我瞟了魯凡明不屑一顧的眼神，當然他掩飾得很好，一轉過頭望著我們的時候，又立刻變成有些害怕，有些老實憨厚的樣子了。

惡人不怕，怕偽君子，而會扮豬吃老虎的偽君子又是偽君子中的極品，顯然這魯凡明就是，讓我不得不對他在心裡高看了幾眼。

但戲終究還是要演下去的，我再次拍著桌子吼道：「對的，老子就是劍哥，你去道上打聽打聽，誰不認識老子一把劍——劍哥！今天他坐這裡，老子也非要坐這裡！不然的話……」

雖說大部分人都知道我和老回這架勢絕對就是喝醉了酒的人，在那裡瞎牛B，可是這老闆確實只是一個生意人，生意人總是特別不願意惹事兒的，不管我和老回是不是吹牛了，他還是一副很可憐的樣子望著魯凡明，希望能夠息事寧人。

魯凡明擺出一副樂呵呵，傻乎乎的樣子，如釋重負地說道：「原來是為這個啊，坐吧，一起吃。」

老闆長吁了一口氣，趕緊把手裡的小龍蝦放在了桌子上，對魯凡明連聲說謝謝，但是我沒有看錯，魯凡明可不是什麼大度的人，他分明對他的幾個保鏢使了一個眼色，我估計我和老回等下離開就會有麻煩。

但是，現在的事情顯然更重要，這人就是太愛扮豬吃老虎，太小心謹慎，才給了我和老回可乘之機，如果他平日裡是一個霸道的，不懂隱忍的人，反而我和老回就不那麼好接近他了。

有時，想想人生還真奇妙，明明謹慎，隱忍是人自保的最好武器，偏偏在某種時候，卻能成為你的破綻。所以，人，並沒有什麼完美的性格，環境造就人，但不見得人就能適應任何環境。

道法自然，解釋起來很簡單，領悟起來就太複雜，如果說真有完美的性格，那麼就是你的性格已經到了自然二字的境界，你的一言一行，一舉一動，就是自然，而自然就是渾然天成，那個時候，就哪裡還有什麼破綻？

而又有什麼還能影響你？可惜，從古到今，能做到的，也就只有那麼幾個聖人罷了。

得到了魯凡明的同意，我和老回假裝一肚子火沒處發的樣子，只好醉醺醺地坐下了，老回坐在了魯凡明的左邊，而我要去坐魯凡明的右邊，卻假裝站立不穩，一下子摔倒了下去，人摔倒的時候，會很自然的想去找借力的東西，所以我就很自然地拉了魯凡明一把，讓他和我一起跌坐了下去。

在這期間，我做了一個非常隱祕的小動作，這是我和老回這次行動最主要的目的。

魯凡明的修養很好，好到你絕對會認為他是一個憨厚的，好欺負的好人，可是在那一瞬間，我看見他惡狠狠地看了我一眼，用手緊緊護著一直抱在懷裡的公事包。

我大呼小叫的，四仰八叉地倒在地面上，假裝沒有看見，我是想多瞭解一下魯凡明這個人到底是怎麼樣的，但事實上，他卻只是惡狠狠地看了我一眼，立刻自己站了起來，一邊站起來，一邊說著：「小哥，小心點兒，我沒關係的，沒關係的啊。」

魯凡明的這番表現，弄得周圍不相干的人都對我和老回怒目相向了，有些人則是幸災樂禍看好戲的表情，畢竟魯凡明身分不凡的事兒，也不是能隱瞞得了所有人，大不了大家就當他是有錢有素質修養好的人。

可是，華夏人就是如此，看熱鬧不嫌事兒大，用現在的話來說，就是特別愛看屌絲得罪大人物，然後還一副不自知的樣子，這就是好戲啊。

但我只能裝作什麼也不知道，大大咧咧爬起來，吼了幾句看什麼，然後坐上了桌子。

接下來，倒也相安無事，畢竟魯凡明這個人幾乎是滴水不漏，就算最混帳的小混子估計也對他發不了脾氣，所以又能發生什麼事兒呢？

我對老回做了一個成功的眼神，然後就要酒，點菜，一副大呼小叫的樣子，魯凡明在旁邊憨厚地笑著，還邀請我和老回吃他的小龍蝦。

而我和老回做戲做全套，開始拍著他的肩膀，大呼小叫地對他喊著兄弟啊，以後哥罩著你什麼的。

事實上，那個小龍蝦真的不錯，在那個年頭，流行的是吃麻辣小龍蝦，這家店的小龍蝦卻是水煮小龍蝦，就是把小龍蝦清洗乾淨之後，放清水裡，加幾根芹菜葉子去腥味，就這麼煮了。

煮好後，一大盆子給你端上來，同時端上來的，就是這小龍蝦好吃真正「祕密武器」，蘸水了！

所以，這小龍蝦就是以後很出名的蘸水龍蝦做法！

真的很好吃，剝開以後，雪白的，保留了小龍蝦原本鮮甜味兒的龍蝦肉，蘸上老闆的獨門蘸水，有一點兒辣，有一點兒衝，有一點兒甜，很嫩……而且舌頭上還回味無窮，得不停讓啤酒沖去舌頭上的麻，簡直讓舌頭都開了花。

我簡直忘記了我是在做任務，大口喝酒，使勁兒地剝著龍蝦吃，一口一個，還嫌不過癮，因為小龍蝦的肉太少了，我自己剝著，簡直覺得不夠塞牙縫。

可也就在這時，魯凡明站起來，溫和地說了一句：「小哥，你先吃，我吃好了，就走了啊。幫我給那位大哥道別一聲啊。」

說完，他就喊著結帳。

至於老回在廁所裡，在廁所裡幹什麼？除了方便，自然就是打電話。

而我灌了一口酒，說道：「好說，好說。」屁股底下卻是紋絲不動，一點兒都沒有跟上去的意思，因為現在已經不用了。

第四十七章　脫身

魯凡明打過招呼，就結帳走了，在結帳的時刻，他沒有絲毫的張揚，就如一般的小市民似的，小心翼翼地數了幾張零鈔，甚至還拿出了兩塊硬幣來結帳，讓在旁邊的我心裡直呼這人小心得太誇張了。

凡事不要過頭，過頭就是假了，我喝了一口酒，這樣的話我自然不會對魯凡明說。

結帳完以後，魯凡明帶著討好的笑容對我笑了一下就轉身走了，我繼續坐在那張桌子上大吃大喝，而老回在一分鐘以後也回來了，他對我使了一個眼色，意思是讓我看他身後的「尾巴」，我做了一個了然的表情，心裡清楚得很，我和老回已經被魯凡明的人盯上了，老回上廁所，自然也會有人盯著。

老回坐回了位置，對我說道：「快吃，今天不喝幾臺是不行了，剛才又有人約咱們喝，大概十幾分鐘以後××歌城，哈哈，那裡的妹子聽說不錯啊。」

說話間，老回的聲音故意放得很大，還伴隨著猥瑣的笑聲，自然換來了幾道鄙視的目光望著我和老回。

我跟著一起笑，但心裡明白，老回是在告訴我，十幾分鐘以後才會有人來接應我們。

是的，剛才老回去廁所，就是叫「救兵」去了，目測這裡十幾個都是魯凡明的人，我和老回畢竟雙拳難敵四手，如果被纏上了，麻煩不說，至少這次行動就前功盡棄了。

至於在廁所的電話我也不用擔心老回什麼，他和小北都會好幾種密碼，他撥通小北的電話，直接是用手指敲著話筒，用密碼傳遞資訊的，我相信這些保鏢應該是不知道什麼的。

我想了想，放下酒杯，故意笑得猥褻無比，然後大聲地說道：「說起××歌城的妹子嘛，嘿嘿……」然後我一把攬過老回，在他耳邊小聲說道：「我們等不起十幾分鐘那麼久，十幾分鐘以後魯凡明都不知道跑到哪裡去了，這種蟲蟲是有有效距離的。」

是的，我剛才那個小動作，就是在魯凡明的身上放了一隻很小的蟲子，這種追蹤的蟲蟲是如月在前年培養了一些，順便送給我的一對，大概在五公里之內都有效果，原理據說是因為氣味。

昆蟲原本就是很神奇，就連現在世界昆蟲學家只研究到「皮毛」的存在，那些蟲蟲我是搞不清楚了，但沒想到，我一直留著的一對蟲蟲，在這個時候起到了效果。

原本，老回是建議我用道家的放鬼頭辦法追蹤魯凡明的，但是那個必須要找個地方開壇做法，再請回鬼頭，詢問具體位址，時效性絕對是趕不上這種蟲蟲的，而且我根本沒有飼養過任何鬼頭，這個辦法自然被我否決了。

可是，蟲蟲也有自己的限制，聽說要十幾分鐘以後，我們才有接應人，就確實太麻煩了。

「哈哈，你說的真的？那妹子真的那麼夠勁兒？」老回很猥褻地回應道，然後說道：「你說起這個，我也認識一個妹子，她……」接著，老回附在我耳邊說道：「那就只有一個辦法了，請當地的派出所幫忙。」

我立刻明白了老回的意思，然後佯裝尿急，去了一趟廁所，不說用，自然也有尾巴跟著我，但是那又有什麼關係，我撥通了小北的電話，在電話這頭大呼小叫：「你等著，老子要來收拾你，有本事你就叫公安局的人來抓我啊，叫來啊，老子現在就××街，等著你叫公安局的人來，不叫你就是龜兒子，老子等你五分鐘時間，記得，不叫你就是龜兒子啊。」

小北是個機靈人兒，肯定也明白了我的意思，說道：「這個辦法好，你和回哥等著，如果是當地的派出所，差不多五分鐘以後就有人來。」

我掛斷了電話，很自然地在廁所裡方便了一下，喝了一些啤酒，肚子早就脹得難受了，為了避免等一下誤事，放空一下肚子，是自然了。

方便完，我很冷靜地在旁邊的水龍頭洗了一個臉，讓自己徹底清醒了一下，然後很快的從胸前的口袋裡摸出了一隻小蟲子，放在了手臂靠近手背的位置。

別人看不出來什麼，但是我心裡卻是清楚，這就是如月教我的，利用這蠱蟲的辦法，要配合一種特殊的用草液調和的液體，在手臂上畫一個「米」字型的叉，然後因為蟲子的特性，牠就只會在這個「米」字型的叉裡活動，不會走出這個範圍。

而這蟲子還有一個特性，那就是會根據氣味追蹤自己的同伴，米字型幾乎就把所有的分岔路的方向都囊括了，同伴在哪個方向，蟲子就會爬向哪個方向，我憑著手臂上傳來的感覺，自然就不會跟丟目標人物，甚至都不用看一眼！

這簡直比最先進的儀器還要先進，而且異常隱蔽，因為這蟲子就比螞蟻大一些！

做完這一切，我心裡異常鎮定，腳步卻很漂浮地走出了廁所，然後坐回了位置，接著大大咧咧地對老回說道：「等五分鐘我們再結帳走，狗日的王二叫囂著讓公幹抓老子，老子就在這裡等著，看他敢不敢？老子是守法公民！我看他有啥本事叫人抓我！」

老回心中了然，一邊給我倒酒，一邊哈哈大笑地應和著我，可是我的心卻在「哭泣」，心想我英明一世，到今天，終於名聲在這個大排檔裡敗完了，估計這裡所有的人都開始鄙視我和老回這兩「老混混」了吧？

越是緊張的時刻，我就越是愛胡思亂想，這也就是所謂的光棍精神，總是能找些雞毛蒜皮的小事兒，來轉移自己的注意力。

爬在手臂上的蟲子有些焦躁不安，這種蟲子的節肢很是特別，就是帶著倒鉤那種，牠爬動的時候，你的感覺很是明顯，我是能感覺到蟲子從我的手臂上直線往前，可是卻出不了那個汁液的範圍，索性就在最前方打著圈圈。

我的心裡也緊張，生怕魯凡明離開後會開車，那麼五公里他很快就能脫離這個範圍，我在心裡數著時間，但願這裡的派出所辦事效率會高一些。

估計老回跟我是一樣的心思，以至於握著酒杯的手都在發抖，在我坐下，大概四分鐘不到的時候，在街道的那頭響起了警笛聲，別人的臉上露出了詫異，不解或者看熱鬧的神情，我和老回卻禁不住同時臉上一喜，接著立刻擺出了一副驚慌失措的表情。

老回扔下兩百塊，就喊道：「老闆，結帳，兩百夠了嗎？」

那老闆先是愣了一下，忽然就陪著笑說道：「兩百有多啊！」

「那就行！」老回大喊了一句，然後忽然對我說道：「跑！」

說完後，老回拔腿就跑，裝作驚慌失措的樣子，竟然是朝著警車跑去，我趕緊跟上，邊跑邊在老回身邊說道：「失敗，你太失敗了，哪有混混兒吃飯要跑路時，還惦記著給錢的。」

「滾，我看你演戲演上癮了，不給錢咋行？心裡過意得去嗎？再說，不給錢，那老闆糾纏不清，反而耽誤事兒。」老回也是邊跑邊回答我。

在我們起身跑路的同時，那些魯凡明的保鏢竟然不約而同地追了上來，我原本以為他們會放棄的，沒想到魯凡明的一個眼神，威懾力那麼大，見我要跑，明知道是因為有員警要來抓我們，這些人還是敢「頂風而上」。

這只能說明兩個問題，第一，他們很怕魯凡明。第二，魯凡明在他們眼裡，手眼通天，員警不值得他們怕！

「我×！」我罵了一句，心裡不忿，說起來確實也有些悲哀，A公司做了那麼邪惡的事情，竟然一個核心高層都可以在這個地方手眼通天，華夏的某些人是不是該自我反省一下？

老回在慌忙間，撿了一張板凳，看也不看地朝後面砸去，然後繼續跑著，邊跑他邊問我：「陳承一，你罵誰呢？」

我一邊喘氣，一邊吼道：「罵你拖低了我們的整體表演水準，沒希望得到小金人了。」

而在那邊，警車已經開到了我們的面前！

第四十八章　他有祕密

最終的結果，是我和老回，還有那些追趕我們的保鏢，全部被員警「圍攻」了，也不知道小北是怎麼說的，抑或是上面給了地方警局壓力，總之這次是出動了三輛警車，十幾個員警來逮我和老回，順帶也開始抓那些保鏢。

我和老回是在眾目睽睽之下被銬上手銬，給抓上警車了，那樣子要多狼狽有多狼狽，搞不清楚的人還以為我們是什麼大犯、要犯呢，嗯，指不定就有人真以為我們是什麼刀疤王的兄弟。

我們被安排在了打頭的那輛桑塔納裡面，率先離去，至於魯凡明那些保鏢，那些員警還在逮捕，他們可能是太有依仗的，我在被押上警車時看見，那些人竟然沒怎麼反抗，也不逃跑。

警車呼嘯著離開，留下了一堆看熱鬧的人，至此我們已經耽誤了七、八分鐘的時間，也就是說距離魯凡明離開已經有七、八分鐘了。

我和老回一上車，就有一個警官模樣的人熱情地為我們打開了手銬，說道：「真沒想到兩位這麼年輕，竟然是祕密特工，放心，這次的事情我們一定會遵守紀律，嚴格保密的。」

老回揉了揉手腕，意味深長地說道：「不管你有什麼壓力，總之那些保鏢你最好想盡辦法關押一天，免得有通風報信的可能，也不管你有什麼辦法，總之讓那些人配合你，對目標任務魯凡明說打聽到消息，我們是重犯，已經被警察局控制了，他們則沒事兒。」

那警官忙不迭地答應著，這就是老回做事的風格，滴水不漏，竟然為我們的行動爭取足夠的時間，畢竟魯凡明這個人小心謹慎，生性多疑，除了這一次機會，再找別的機會就困難了。

而我則懶得多說什麼，直接說道：「把車子徑直往前開。速度快點兒……」

在路上，我指揮著車子一路行駛，而那警官則小心翼翼地問道：「兩位，你們這次的案子嚴重吧？」

按規矩他是不能打聽的，可是我們這兩部門特殊，有時反而要利用這種看似不經意的打聽傳播假消息，所以老回很嚴肅地說道：「這是很嚴重的走私案，多的我不能說了，你也不要多打聽！」

很幸運的是，魯凡明並沒有脫離蟲子的追蹤，一路上我們跟隨得很順利，因為警車太顯眼，中途我們換乘了一輛轎車，蟲子的反應都很明顯。

一路一直跟隨到一棟普通的居民樓，蟲子開始原地打轉，那帶刺的節肢弄得我的手臂癢癢的，難受得緊，可是我卻不敢把牠拿下來。

這就是這個蟲子的特性，當另外一隻蟲子在距離牠很近，就是三十米以內，並且不再移動的話，這蟲子就會焦躁得原地打轉。

魯凡明身上那隻應該也沒有問題，因為我是悄悄地把如月給我的汁液弄在了他的褲腿上的，只是一小灘，斷然是不會爬到魯凡明身上，讓魯凡明察覺到的。

我和老回早就利用換開車的間隙，各自換了一身不同風格的衣服，弄掉了剛才的偽裝，貼上了小鬍子，戴了一副眼鏡，改變了一下子膚色，這麼小小的改變，就跟換了一個人似的。

蟲子還在焦躁不安地爬動，老回懶洋洋地靠在椅背上說道：「上面說這個魯凡明最近愈發的活動頻繁，截取到他和高層的聯繫信號也很多，只是他們防竊聽的技術太厲害了，竊聽不到什麼具體內容。而且他的行蹤也越來越難掌握。但願我們今天能好運到底，他會有行動。」

我很篤定地說道：「他最近應該天天都會有『活動』吧。」

「你是根據資料判斷的？」老回有些疑惑地問道，他不知道為什麼我會如此的肯定。

「哦，不是，你不知道我是一個靈覺強大的天才嗎？」我抱著頭，懶洋洋地靠在椅背上，很是無所謂地說道。

「我呸。」老回啐了我一口，一副懶得理我的架式，可就在這時，一個黑影鬼鬼祟祟地竄出了大樓，飛快的竄進一輛車裡，然後那車燈亮起，發動機的聲音就傳來了。

老回一下子坐直了身子，對我說道：「陳承一，快點兒，開車。」

「開車做什麼？」我望了老回一眼。

「那輛車，是魯凡明經常動用的三輛車之一，難道不跟上去？」老回像看白癡一樣的看了我一眼。

「那人不是魯凡明。」我沒好氣地說道。

「你是靠靈覺判斷的？」老回用一種很神奇的目光看著我。

「不是，是靠它！」我抬起手臂，指著還在「米」字圖中心位置，焦躁不安地打轉的蟲子說道。

「我……」老回懊惱地拍了一下額頭，估計是覺得自己被我繞昏了頭，竟然會犯這麼低級的錯誤而懊惱！

可也就在這時，又一個人竄出了這棟大樓，提著一包東西，腳步匆匆，卻沒有朝著停車的地方走去，而是左顧右盼地望了一番，然後果斷地朝著路邊走去。

這個人一開始並沒有引起我和老回的注意，主要是身高比魯凡明高了許多的樣子，看起來也瘦了一些，而且臉上有絡腮鬍，跟魯凡明那憨厚老實的樣子實在差了一大截。

其實最高明的化妝術並不是臉部的改變，而是身材的改變，我和老回沒有注意到也是正常的，但事實上改變身高和體形也不是沒有辦法，鞋墊可以讓人高那麼幾分，而在衣服裡纏繞上一些什麼，也可以讓人看起來變胖。

只不過人們往往對認識有盲區，只會特別注意人的臉，而錯過身材的改變，我和老回一樣有這樣一個盲區。

要知道，滿臉的絡腮鬍足以遮蓋一個人的相貌了。

所以，我和老回只是淡淡地觀察了他幾眼，沒有多加注意，而這個人在周圍望了一圈，走向路邊之後，只是愉快地吹著口哨，把手裡那包東西固定在了一輛摩托車上，然後跨坐在摩托車上離去了。

他離去以後，先後有幾輛車子跟著發動，而我在那之後，一下子拍打了一下方向盤，吼了一句：「這魯凡明已經離開了！」

「啊？什麼時候離開的？」老回又是不解，怎麼我又說魯凡明又離開了？

「就是那個騎摩托車的人，他騎車一離開一定的距離，我這手臂上的蟲子馬上有反應了，這魯凡明太狡猾。」我有些憤怒地說道。

面對這種「敵人」，任誰也不會有好心情，因為隨時都有一種被耍弄的感覺。

「等一下跟上去吧，摩托車太靈活，我們開車跟得太緊也沒意思。而且，那麼多車子同時發動了，估計就是在全方位把魯凡明放哨，這次我有感覺，魯凡明要去的地方一定不一般，不然他不用特意化妝，特意這樣做，還特意讓那麼多人幫著監控！」老回皺著眉頭說道。

「他是有大祕密的。」我咬牙切齒地說道，總覺得我對這個人有了一種說不出的憤怒，自從看著他提了那包東西以後，我說不上是為什麼！

在難熬地等待了一分多鐘以後，在剛才啟動的車子已經開出了一定的距離以後，我才啟動了車子，開出了我們原本所在的比較隱祕的位置。

這年頭，道士不好當，特工就更他媽的苦B！我陡然就覺得我不崇拜〇〇七了，當特工還能當得那麼帥，那絕對是假的，一般情況下，特工私底下應該被磨出狂躁症了吧？

有蟲子的指引，我們的跟蹤還是順利的，只是在車子行駛了十幾分鐘以後，望著前方的道路，我煞了車，再次有些憤怒的拍了一下方向盤！

這次不止是我，連一向鎮定的老回也不淡定了，在那邊暴了一句粗口，因為我們此時已經身處在市郊，面前這條路是一條分岔路，就相當於是那種村子裡修的水泥路，很窄，最多能兩輛車並行，而且，我們明顯地看見前方不遠處停著一輛車，是剛才跟著魯凡明上路的車之一，顯然是為了監控。

如果我們這麼大剌剌地開進去，就是暴露目標了！

如今還能怎麼辦？如果魯凡明脫離了五公里以外，蟲子也會失去作用的，但願他沒有離開太遠！

第四十九章　畏懼與女人

魯凡明這樣的謹慎讓我和老回火大不已，這樣的折騰他不去當個偵探簡直是浪費人才了，可是這樣火大的情緒對於事情來說，是沒有任何幫助的，而且還會形成拖累，所以我深呼吸了一口，對情緒同樣有些焦躁的老回說道：「說起來，我們其實不該抱怨魯凡明，因為我們今天晚上是天時地利人和，是非常幸運的。」

老回沒好氣的回道：「這話怎麼說？」

「首先，我們在大排檔等到了魯凡明，要知道我們利用養傷來當掩飾的時間原本就緊迫。第二，魯凡明今天不是回家睡覺，而是鬼鬼祟祟的行動了。最後，最重要的一點兒，那就是魯凡明上去一趟，換了一件襯衫，但是他並沒有換褲子，你知道的，他可能會是想，一條普通的西褲紮著白色襯衫，和一條普通的西褲配著一件隨意的休閒襯衫，那是兩種感覺，而且，他微胖，只是胖的肚子，下半身又沒有什麼改變！又或者，剛還沒有替換的褲子，鬼知道是咋回事兒，總之，幸運的就是他沒有換褲子。」我一邊給老回解釋著，一邊心情就慢慢釋然了，說到最後，竟然微笑起來。

「他沒換褲子關我什麼屁事？」老回還是有些煩躁。

「當然有事兒，那就是我的蟲子是放在他褲子上的！俗話說，七分靠打拚，三分天註定，這就是老天註定我們今晚會成功，你還生氣個什麼勁兒啊？放淡定點兒吧，我們今晚說不定有了不起的發現呢。」我鼓勁般地對老回說道。

老回笑了，問道：「又是靠靈覺肯定的？」

我哈哈大笑，說道：「你猜對了。」

「我呸。」老回依然是啐了一口，然後同樣和我大笑了起來，剛才那種煩躁的情緒被我們一掃而空。

把車子停在一個僻靜的地方，我和老回下了車，在這深夜快十二點的時刻，我們竟然在附近敲開了一棟小樓的門，硬是和別人買了一輛自行車。

那條鄉道太過明顯，又被全面布控，我們兩個開車還是行走都太扎眼了，我和老回簡單觀察了一下，連接著那條鄉道的還有許多岔路，有一些晚歸的人，都選擇騎車在那條岔路回鄉，畢竟比大路要近一些，也就是所謂的抄近道吧。

我們有蟲子不怕走近道會跟丟魯凡明，還能節約一些時間，自行車無疑是最好的選擇。

事情很順利，一輛老自行車賣了五百塊，估計那家主人以為遇見了神經病，我騎車，老回坐在後座，我一蹬車，老回已經在算帳：「五百啊，不給老子報帳，老子就把報帳單子扔頭頭臉上去。」

我聽著沒有說話，只是專心而快速地蹬著自行車，但心裡卻罵著×蛋的人生，別的男人自行車後座上都坐著的是心愛的女人，我的自行車後座上馱著一個頹廢大叔——老回，還是在這樣夜深人靜的路上，什麼玩意兒啊？

如果是如雪……想著，我的臉上就不自覺的掛上了微笑，是啊，要是是如雪，多好？

有著蟲子的幫助，我們並沒有迷路，另外這輛破自行車也不是全無優點，至少上面掛著一個蓄電池燈，讓我們在更狹窄又陌生的岔道上也不至於摔了筋斗。

只是騎行了十來分鐘，蟲子就不再指路了，而是再次焦躁地爬回了中心點兒打轉，一感覺到蟲子這個反應，我趕緊關了蓄電池燈，然後一下子停了車，小聲地催促著老回下車，我也跟著跳下了車。

我這麼大的反應，讓老回莫名其妙，他說道：「這鄉里到處都是玉米地兒擋著，你怕什麼啊？」

是的，此時我們已經追蹤魯凡明到了城郊的鄉里，也的確如老回所說，到處都有玉米地擋著，我不用那麼大驚小怪，畢竟一到三十米的距離蟲子就會如此反應，而在鄉里，三十米的距離也意味著其中有很多塊田地了。

面對老回的質疑，我把自行車隨手藏在了玉米地裡，卻沒有搭腔，只是悶聲說道：「小聲點兒好。」其實，我是沒辦法對老回解釋，我有共生虎魂這回事情，更沒辦法說明我的共生虎魂到了這裡，竟然開始莫名地畏懼。

要知道虎是王者，王者有王者的驕傲，它寧願死也不可能有畏懼，我也自問出生入死這麼多次，它從來沒有讓我感應到這種情緒，這是破天荒地第一次，它出現這樣的情緒，我靈魂與它共生，怎麼可能不出現這樣激動的反應。

我只是沒法解釋，放下自行車以後，回頭和老回摸黑走在這鄉間的小路上，老回儘管詫異，可還是沒有多問，但只是這樣走了一步，我就忽然站住了。

因為站住得太忽然，老回一下子沒反應過來，撞到了我身上，才讓我從震驚中回過神來，老回覺得奇怪，不由得問我：「承一，到底咋了？」

「蟲子死掉了！」我轉身低聲地說道，順便點亮了打火機，在打火機的映照下，我的手臂上有一處地方開始慢慢地滲出血液，那是蟲子咬的，而那隻蟲子因為太過狂躁，已經突破這種汁液的限制，一下子極快地爬走了，也不知道爬到哪裡去了。

「好了，我知道這蟲子的養法了，只是這蟲子這麼厲害，有什麼局限嗎？」我腦海中忽然想起如月給我蟲子時，我和她的一段對話。

「當然有局限啊，就比如目標身上的蟲子死掉了，另外一隻蟲子就會狂躁得不受控制呢，會咬人，也一定會很快跑掉。」如月是如此回答我的。

「這是癡情蟲嗎？還會狂躁？咬人會不會中毒啊？」當時的我充滿了好奇。

「這蟲子沒毒的，癡情蟲？三哥哥，你覺得蟲子之間也會有愛情嗎？」如月當時是這麼問我的，至於我怎麼回答的，我忘記了。

從回憶中回過神來，看見的是老回滿臉的震驚，他說道：「蟲子死掉了，還要怎麼找？你不是說過嗎？只要接近了目標直線距離五米以內，蟲子就會不顧一切地爬出去，會不會是我們接近了目標五米以內啊？」

說話間，老回不自覺地抬頭看了一眼田地外的房子，計算著最近的一棟是不是離我們有五米的距離。

我卻搖頭說道：「不一樣的，另外一隻蟲子的確是死掉了，至於有沒有被發現，我也沒把握。可是……我有辦法找到魯凡明。」

「還能有什麼辦法？不要看三十米的距離，可這距離的人家起碼有七、八戶，我們總不能挨個進門去調查吧，魯凡明這麼謹慎，如果這樣弄的話，一定會被發現的。」老回抓了抓腦袋，顯然這種情況讓他覺得無奈。

「跟著我吧，我是有辦法的。」我的心裡也鬱悶，可是我的確沒有騙老回，因為我感覺到我的虎魂在持續地害怕，甚至我剛才走了一步，它的害怕情緒就更重了一分。

虎魂不會無緣無故的害怕，只能說，虎魂最畏懼的地方，那一定就是魯凡明的藏身之處，我是這樣肯定的，沒有原因，就是這樣的肯定。

所以，我悶頭往前走，慢慢接近了那一排住宅，這靠近城市的鄉里和偏僻的鄉里不一樣的地方就在於，他們的房子間隔不會很遠，甚至是很近，有的就乾脆只是一個院牆的距離。

這樣去修建房子是為我們的行動提供了便利，至少裝作打牌晚回家的人走在這路上不是太顯眼，畢竟房子是修建在一堆的，單獨很遠的房子，反而讓我們的目標明顯了。

很快，我們就走出了岔路，走到了大路上來，在清冷的月光下，由於虎魂的畏懼情緒，我竟然走在這炎熱的夏夜裡，也感覺到了有幾分發冷的感覺，我和虎魂既然是共生，我也會受它的影響，所以，我也不自覺地有一些畏懼。

偏偏屋漏偏逢連夜雨，走在這很普通的路上，我原本就是戰戰兢兢的，但是在路過一處的時候，忽然一樣兒東西從一棵大樹背面竄出來，直直地撞在了我的身上，我一下子被嚇得差點驚呼出聲，好不容易壓下情緒以後，我一低頭，看見的哪裡是一個什麼東西？分明就是一個女人忽然這麼竄了出來。

映入我眼簾的是她髒兮兮的，帶著異常迷茫神情的臉。

第五十章 確定

這個女人我不認識，難道是一個女瘋子？這就是我腦海裡的第一個想法，帶著疑惑，我輕輕的推開了她，而老回在旁邊小聲說道：「這麼晚了，怎麼會有一個女人在這裡晃蕩？」

那女人自然沒有回答老回，而是帶著她那異樣迷茫的神情望了周圍，轉身就要走。

我看了她一眼，只見她全身也是髒兮兮的，和臉蛋兒一樣髒，只不過在這種髒的表象之下，依然掩蓋不了的是她的穿著很青春，還有那種青春的人特有的時尚。

只不過她到底多大的年紀，我看不出來，畢竟她的臉太髒了，頭髮也是亂七八糟的。

不知道為什麼，我心底有些可憐她，現在有些人是壞到底的，一個女人，就算是個瘋子，可能也會對這個女人做出很不好的事情，現在又是半夜三更，雖然我在執行任務，不想多生是非，可是就這樣完全置之不理，我的良心也過意不去。

我三兩步追上她，叫了一聲：「喂，妳家在哪兒？」

那女人忽然轉頭望了我一眼，看著我的眼神中竟然有幾分防備怯意，她聲音有些顫抖地問我：「你要幹什麼？」

難道我很像一個壞人？而且看她回答的樣子也不像神智不清，我還沒來得及說話，老回已經走到了我的身邊，說道：「姑娘，我們是看妳一個人在外面遊蕩，提醒妳快些回家，現在這世道，夜半三更的，也不見得有多安全，如果妳家近的話，我們就送妳到家的附近。」

「就是這個意思。」我也如此說道，雖說這樣必然會耽誤我和老回的任務，但是蟲子已經不在了，也不在乎多耽誤一會兒了，這畢竟是人的良心和善意，這種東西在偶爾的時候也許會被社會誤解，因為現在的人們已經不太習慣別人莫名的熱情與善良了，但這種東西不該在這個世界上消失，它是通往本心的一把鑰匙。

那女人聽我和老回如此說，感激地望了我和老回一眼，卻異常怪異地搖搖頭，走掉了，她邊走邊說：「我的家很遠呢，放心吧，沒人會傷害我，傷害我的人都會倒楣的，靠近我的人也是這樣啊。」

什麼意思？我和老回對望了一眼，莫非還是瘋子？

老回朝前走了一步，還想堅持一下，讓這個女人不要半夜在外面晃蕩，卻不想這一次那個女人忽然聲音變得尖厲起來，吼道：「你不要靠近我，不要！」

嚇得老回不敢再動，畢竟我們到這個地方是為了執行任務的，她這樣大呼小叫，對於我和老回來說要壞事兒的。

那女人走得極快，我和老回又不敢上前，只不過一轉眼的時間，她就消失在一片田地中，綿綿密密的玉米地就是天然的青紗帳，哪裡還看得見她的人影。

老回對我無奈地聳了聳肩膀，我搖頭說道：「算了，各人有各人的緣法，這女人還真是奇怪。」

「估計是受什麼刺激了，聽口音也不像本地人，估計是流落到這裡來的，也許這村子裡也有好心的老太太，婦人什麼的照顧一下她的。」老回這樣說道。

沒辦法，他人的人生總是他人的，我們可以給予善意，卻改變不了根本，根本的改變只在於自己的本心。

這個女人的出現就如同一個小插曲一般，來得快，去得也快，她一走掉，我的心神又再次沉靜集中了起來，那種從內心而來的畏懼感又傳來了，剛才那個女人打岔一下，倒讓我一下子分散了注意力。

我用四指緊捏了一下自己的拇指，這個動作很像是在握緊拳頭，在全身感覺一緊後，又放鬆了一下，然後再繼續這樣捏了二下，再次放鬆……

握固，在我的日子太過忙碌以後，這個小時候養成的習慣都幾乎快被我遺忘，只不過拋開握固對身體上的好處來說，握固也有「固魂」、「提神」一說，就是有瞬間提升人的精氣神，穩固靈魂的作用。

我的內心受傻虎的影響，對這個地方感覺到恐懼，我是用握固的辦法來消除這種恐懼對我的影響。

我和老回就這樣走在這條路上，老回沒有什麼感覺，而我則悄悄地做著握固的動作，儘量裝作平靜，這裡有七、八戶的人家，在走到第三家人家，也就是房子修得最豪華氣派，也是最大的一家人家時，在我靈魂內一向是沉睡以養神的傻虎忽然怒吼了一聲，這種發自靈魂內的怒火，把我一下子吼愣了。

接著，我的內心深處也蕩起一種我自己都不太能夠明辨是為何，卻異常清晰的恐懼，這種極度的恐懼是在我身上沒有發生過的事情，就連當初第一次在荒墳遇見厲鬼李鳳仙也沒有發生過的！我差點兒驚呼出聲。

也幸虧是當時僅有的一絲清明，讓我知道自己不能那麼做，只能狠狠地咬了一下舌尖，讓疼痛來制止自己的這種行為。

我和傻虎靈魂相連，其實我知道那一聲怒吼，壓根兒不是傻虎憤怒了什麼的，而是因為極度的驚懼不安才發出了那麼一聲怒吼，就像一個人被逼到了恐懼的極限，反而會暴怒一般。

儘管我沒有叫出聲，但我還是忍不住被這突如其來的恐怖弄到倒退了兩步，老回拉住我小聲問道：「承一，你咋了？」

我看了一眼眼前帶著一個碩大院子的豪華小樓，轉頭小聲對老回說道：「就是這裡！」

老回想要說什麼，卻被我捂住了嘴，一把拉著他，快步走出了這條鄉道，踏上小路，直接走入了「青紗帳」裡！

「承一，是那裡，我們就想辦法進去吧，你這是幹嘛？」老回不解我的舉動到底是一個什麼意思？

「老回，別問，給我幾分鐘時間，我必須要靜一下！而且我們也不能從前院進入，我們得從房子的後面想辦法進去。但是，現在你真的讓我靜一下。」我快速地說著，說完了就跟要虛脫了一般，一屁股坐在了地上，壓倒了幾根玉米，然後大口大口地喘息。

恐懼是一件很累的事情，累的不是身體，是心神，我就在這種狀態下，剛才我是強撐著拉老回到這裡的，否則我一定會情緒失控，所以一放鬆下來，我就成了這副模樣。

或者，有人會不理解我這種莫名的恐懼，我也沒有辦法解釋，從靈魂深處傳來的恐懼是多麼的可怕，從某種角度上來說，傻虎就是我，因為它是我靈魂的一部分。

老回見我的模樣，絕對不像是在開玩笑，擔憂地望了我一眼，我卻衝他擺擺手，然後有些顫抖地拿出一枝菸點上，狠狠地吸了一口。

淡藍色的煙霧吸進胸腔，那種菸草帶來的麻痺感，讓我終於好了一些。

老回見我臉色不好，專心抽菸，卻不願意多說的樣子，很識趣地沒有多問，反倒是從隨身的包裡拿出一件樣子很先進的儀器，說道：「我先去探測一下吧，一棟房子的話，這玩意兒夠用了。」

老回拿出的是一個掌上型熱敏探測儀，用處就是探測生命，幾乎是特工的標配，相當於是個「透視眼」般的存在，好笑的是，這就是科學與玄學對立又統一的地方，玄學也有一些手段，可以探測出屋中的生命體，就比如說其中有一種氣場感應法。

只不過，玄學這種辦法如果遇見屋中是一個高人，很是容易被發現，相對來說，這個時候依仗科學的手段，反倒是安全的。

「老回，那棟屋子很危險。」我忽然開口這樣對老回說道。

老回沒有懷疑我的話，而是直接說道：「咱們部門這玩意兒，可不是大路貨，是最先進的，可以隔著一定的距離探測出來的，雖說準確率不是百分之百，我會小心的。」

我想了想，點頭答應了老回，不是說我要逃避危險，而是我靠近那棟屋子，我就沒法壓抑內心的恐懼，這讓我不能去完成任何事情，所以，到現在我有更重要的事情要做！

我必須克服這種恐懼！

第五十一章　潛入

如何克服我的恐懼，那只能是一個辦法，安撫傻虎，如若安撫不了，我只能用祕法，讓傻虎陷入一種類似於昏迷的沉睡了。

雖說是共生虎魂，但在地位上，還是我為主，傻虎為輔，按照師傅給我的說法，如果我魂飛魄散，傻虎的結局也會很慘，也就是說同樣會魂飛魄散。

但是，若果傻虎能在我有生之年，結成完整的虎魂，那麼在我死後，靈魂釋放的那一刻，傻虎也會得到徹底的自由。

既然是這種我為主的模式，我自己是有祕法控制傻虎。

老回已經腳步匆匆地離去了，而我也剛好抽完了一枝菸，掐滅了菸頭，我立刻陷入了沉思的狀態，試著開始溝通聯繫傻虎。

存思是一種很奇妙的狀態，何況傻虎和我共生，溝通聯繫起來也很容易，可是這一次，它彷彿是不理會我的溝通，而是表現出無限的煩躁與焦躁，還有就是——畏懼。

我試圖去說服傻虎不要害怕，因為任務是必須完成的，如果害怕，反而我們才會陷入危險的境地。

可是傻虎依舊沒有多少改變，在存思的狀態下，我彷彿看見傻虎那種來回走動，不時咽嗚的樣子，而且，我可以感覺到它此時有了另外一種情緒，想要對我訴說什麼，很是急切地想要對我訴說什麼，無奈傻虎離靈魂完整的狀態還差了許多，只能對我表達簡單的情緒，想要交流在此時的狀態下是絕對不可能的，這讓它更加煩躁。

它的情緒顯然也能影響我的情緒，在這種情況下，我是別無它法，只能開始在心中默念晦澀的咒語，然後開始催眠傻虎。

咒語是一種很神奇的東西，師傅曾經說它模仿的是最原始的天道的聲音，直接而簡單地達到目的，天道的聲音是什麼？我不清楚，我只知道催眠傻虎用科學來解釋，其實就是人類的自我催眠，畢竟我說過，傻虎也是我靈魂的一部分，但是比起那複雜且又耗費時間的心理暗示的辦法，這咒語是真的簡單直接又有效。

在我的咒語催動之下，傻虎慢慢地陷入了深層次的沉眠，這對它其實是沒有害處的，畢竟很多動物修煉，動輒就會陷入漫長沉眠，這可不是懶惰，這只是……只是一種靈魂修煉的辦法。

曾經，我就知道，睡眠是補神，滋養靈魂最簡單，也很有效的一種辦法。

傻虎陷入了深層次的沉眠，就一如最初，它還是懵懂狀態，沒被喚醒時的樣子，只能在我生死危機的時候被動醒來，這種感覺，讓已經習慣了傻虎存在的我一陣空虛，因為我感覺不到它情緒的存在，竟然還有些小難過。

但這樣做的好處也是明顯的，隨著傻虎的沉眠，它帶來的負面情緒也脫離了我，我不再感覺到那無法抗拒的恐懼，一切感覺都恢復到了平常。

長吁了一口氣，我乾脆仰面倒在了這「青紗帳」裡，抓緊時間恢復著自己剛才的疲憊，心裡卻在想著，千萬不要有條蛇兄弟爬到我身上……這種在關鍵時刻，喜歡胡思亂想，分散注意力的光棍小爺又回來了。

大概過了十分鐘以後，青紗帳裡響起了腳步聲，我動都沒動，因為聽著那腳步聲我就知道是老回那傢伙回來了。

看見我躺在這裡，老回從背包裡摸出一瓶子水扔給我，說道：「別這樣躺著，不然我還以為你死了。」

喝了酒的人總是容易口渴，何況這麼炎熱的天氣，我抓起水瓶子，咕咚咕咚的喝了一半，然後把水遞回給老回，老回喝了幾口，就把空瓶子扔了，然後把手下的熱敏探測儀，還有一些雜七雜八的小工具都從他那隨身的大包裡弄了出來，接著扯過一些玉米桿子遮蓋了起來。

「這是幹嘛？」我怎麼看老回，怎麼覺得他這是準備要「輕裝上陣」的樣子。

「很奇怪，結果探測出來了，那棟房子不是一共有三層嗎？加上樓頂搭了半個閣樓，就算小四層吧，在屋子裡一共有七個人，幾乎都集中在一樓，也就是說上面幾層樓沒人。不過我觀察了一下，偶爾那些在一樓的人會移動一下，到二樓或者三樓去，估計是樓頂的閣樓不方便，他們應該不會去。」老回給我解釋著。

「就七個人？」我聽聞也從地上站了起來，總覺得那屋子不簡單，咋會只有七個人？

「我其實不知道，我以前學過一點兒技術，這個技術算是探察的技術，總之我通過一點兒小辦法來探察了一下，總是覺得那屋子估計有個地下室，可是儀器探測不到，到時候再說吧，你說那屋子有問題，我們就一定要查清楚。」說話間，老回已經收拾完畢了，正在綁緊鞋帶，我也做著同樣的動作。

和老回還是有點兒小默契的，從他的訴說和動作來看，我就知道，他那意思再明顯不過了，我們等一下要準備爬樓了！就是一口氣爬上四樓，或者說是樓頂的小閣樓。

夜色是一切最好的掩飾，在我解決了恐懼情緒以後，行動彷彿變得順利了起來，此刻，我和老回就已經通過配合成功地翻過了院牆，站在了這棟房屋的後院。

「他家沒養狗，真是幸運。這就是你說的天時地利人和啊。」站在這裡，老回的心情莫名地好了起來，或者他認為，只要能順利潛入，我們的任務就算完成了一大半吧。

而我們之所以敢那麼囂張地進來，也是因為有熱敏探測儀探測到了這院子裡並沒有狗的存在，可是老回的說法卻讓我搖頭，因為在我內心有一個判斷，我很乾脆地說給了老回聽：「這房子邪乎，你以為能養活得了一隻狗？你知道狗這種東西雖然比不上貓，可到底還是敏感的，而且邪物又不像懼貓那樣懼牠。」

小聲說話間，我開始觀察著周圍的地形，這房子就和一般的鄉里房子一樣，前院很大，所謂後院，還不如叫一條後巷子來得準確，一般是做為柴房的所在，或者就是堆放雜物，大一些就修一個雜物間在這裡。

我和老回所處的地方就是一間矮小的雜物間旁邊，挨著雜物間的一旁是一根裸露的落水管，就是用來屋頂排水的，我和老回要爬到屋頂，基本上就是靠它了，有點兒難度，不過因為這落水管兒靠近某一排窗戶，難度還不算太大。

「也虧得我們是道士，哪個真道士是不練兩下拳腳來健身的？否則這樓就得爬死我們。」老回朝手裡吐了一口唾沫，搓了搓手，就身手敏捷地再次翻上院牆，然後接著那狹窄的院牆，爬到了雜物間的頂上，我緊跟在老回的身後。

雜物間的頂是石棉瓦蓋的，顯然很容易踩破，如果是踩破了，那動靜兒可就大了。所以，我和老回只敢小心翼翼地沿著結實一些的邊緣，快速地兩步做一步跳過去，還好，只要速度很快，就算一張紙也能瞬間承受一下壓力，我們並沒有踩破石棉瓦，而是順利抓住了落水管……

只是老回在抓住落水管，貼住牆的一瞬間，忍不住低呼了一聲，差點兒掉下去，在那個時候，我剛好踩過石棉瓦，等著老回給我騰位置，去不想發生了這種狀況。

好在我反應快，在最後那一步跳的時候，輕輕朝著旁邊一躍，一手立刻抓住了二樓的窗臺，藉力一把抓住了老回！

「咋回……」我才問了兩個字，就問不出口了，因為在抓住這棟小樓的窗臺時，那冰冷的窗臺傳來的一股寒意讓我差點抓不住掉下去，更別提說話了。

這股寒意並不是握住冰的那種感覺，而是那種直傳心底的冷意，但好在只是瞬間接觸，所以才難免心神不穩，只要熬過了那一秒，就好了。

老回此時已經恢復了，跟個猴兒似的，趕緊往上爬了幾下，我也順勢抓住落水管，穩住了身子。

在我們的身體都有了藉力點兒以後，老回才長吁了一口氣說道：「唔，感覺到了吧，這房子絕對絕對有大問題。」

我在下面催促著，說道：「還用你說？往上爬吧，有什麼問題進去以後就知道了。」

可是，傻虎明明已經沉眠了，為什麼又一絲恐懼的情緒在我心底蔓延開了呢？

（《城中詭事(3)》完）

高寶書版集團
gobooks.com.tw

DN 170
我當道士那些年 II（卷三・城中詭事）
作　　者　仐三
編　　輯　蘇芳毓
校　　對　黃芷琳
排　　版　趙小芳
美術編輯　宇宙小鹿
出　　版　英屬維京群島商高寶國際有限公司台灣分公司
Global Group Holdings, Ltd.
地　　址　台北市內湖區洲子街88號3樓
網　　址　gobooks.com.tw
電　　話　(02) 27992788
電　　郵　readers@gobooks.com.tw（讀者服務部）
pr@gobooks.com.tw（公關諮詢部）
傳　　真　出版部　(02) 27990909　行銷部 (02) 27993088
郵政劃撥　19394552
戶　　名　英屬維京群島商高寶國際有限公司台灣分公司
發　　行　希代多媒體書版股份有限公司/Printed in Taiwan
初版日期　2014年2月

國家圖書館出版品預行編目(CIP)資料

我當道士那些年 II（卷三・城中詭事）／仐三著
-- 初版. -- 臺北市 :高寶國際出版：
希代多媒體發行, 2014.2
面；　公分. -- (戲非戲170)

ISBN 978-986-185-959-0(卷三：平裝)

857.7　　102027160